主编　凌翔

老马

孔
锐

著

中国民族文化出版社

北　京

图书在版编目（CIP）数据

老马 / 孔锐著. — 北京：中国民族文化出版社有限公司，2020.6

ISBN 978-7-5122-1330-2

Ⅰ. ①老… Ⅱ. ①孔… Ⅲ. ①长篇小说－中国－当代 Ⅳ. ①I247.5

中国版本图书馆CIP数据核字（2020）第037334号

书　　名：老　马

作　　者：孔　锐

责　　编：张嘉林

出　　版：中国民族文化出版社

地　　址：北京东城区和平里北街14号（100013）

发　　行：010-64211754　84250639

印　　刷：唐山楠萍印务有限公司

开　　本：710mm×1000mm　1/16

印　　张：19

字　　数：280千字

版　　次：2020年6月第1版第1次印刷

书　　号：ISBN 978-7-5122-1330-2

定　　价：52.00元

前　言

　　我是一名牙医，二十八年前我从医学院毕业，分配到扬州城的一家医院。学医并不是我的初衷，我曾经有过很多的梦想，那是些年少时纯真而美好的印记，无疑都已成为时间的一种表象，连同过去的我最终都消失在那流动的光阴里。

　　我曾经幻想做一个旅行者、探索者，去周游世界，让那些山水都羡慕我的自由。我更想做一个写作者，记录我生命的旅程和思想，以及这个世界呈现给我的现实。没有谁会在生命的旅途中一帆风顺，我们常常不想屈服于命运，却又总在不经意间顺从于现实。

　　于是我每天很乐意去面对那些张大了的嘴巴，透过它们，我看到的是一道道美丽的风景。

　　我像一名修理工，又像一名工艺师，在那些嘴巴里，我有时敲敲打打，有时精雕细琢。我执着于我的事业，并深深爱上了它，因为它陪我成长，并给我带来荣耀、快乐和光明。

　　我的心智也在一天天成熟，这是我最初的盼望。我渐渐懂得人的一生是由苦难堆砌而成的，随后才有了坚守和盼望。而时间是最好的朋友，也是最坏的敌人，它总在左右着我们的世界，哪怕再坚硬的牙齿，也经不起时间的考验，终将逝去光华，消失殆尽。

　　不知从什么时候起，我开始喜欢与那些嘴巴交谈。可人的内心世界总被严实地隐藏在外表下，是复杂而又微妙的，想探究绝非易事，即使面对面，你也很难真正走进对方的内心。

我徘徊在灵魂的窗前，在关心他们感受的同时更关心他们的命运。我以悲悯的人文情怀面对他们生命中的点滴与瞬间，深受感动。面对美与丑、善与恶、真与假，我变得无法控制自己，我想表达我的情绪，并用文字的形式展现出来。于是我开始写作，这是一件美好而又神秘的事情，我沉迷于其中。

我变得越来越胆大，我开始在黑夜中寻求光明。那些黑夜的背后是常人无法理解的死寂，直到我碰到老马。我发现有一丝亮光出现并被它吸引，那是他在打量和研究我的眼光。等我真正被那光亮吸引过去，我却看到了后面更黑、更沉寂的夜。

老马是我朋友的朋友，快六十岁了，找我看牙已经很久了，我们渐渐也成了朋友。他额前深刻的皱纹和那缕飘动的头发告诉我他是一个有故事的人。

老马自称是"儒商"，熟悉他的人都知道他既有儒者的涵养和才智，又有商人的财富与成功，他经营外贸生意二十多年，精通日语，懂书法、绘画和音乐；他行善助学，助人为乐；老马自我调侃是位"扬州才子"，年过半百的他下起了围棋，学会了弹琴；老马称自己是诗人，二十世纪七十年代便开始在《诗刊》杂志上发表诗歌了。

老马出身于书香门第，父亲是机关干部，一个扬州城里不大不小的副处级，母亲是人民医院内科主任医师。熟悉老马的人都知道，马家人生来就聪明勤奋，虽历尽坎坷却也能轻松面对一切，因此老马始终风趣幽默而不失沉稳大气。漫嘲逆境，笑对人生，一个远看近看都充满浪漫传奇色彩的文化商人，一个看似富有和谐温馨却有着你所不知的故事的家庭。人生的困惑和遗憾，不幸和磨难，发生在这样一个文化和商业气息浓厚的家庭中，让人无法想象。

有人说他一生喜欢过好几个女人，这不一定是他的错，才子佳人的风流佳话自古便是人们茶余饭后的话题，千百年来人类历史文明的发展也无法阻挡这样的情趣，因为生生不息的演绎在历史的长河中是永恒的美丽。

很想听他的故事，一直没机会开口。一次看完牙，他突然冒出一句："你想不想知道我的故事？"

"想，当然想！"我很兴奋也很期待这一时刻的到来。

终于在一个周日的午后，我们相约在护城河边的茶吧坐下。

午后的阳光火热，六月的街头，行人似乎越来越少，只有来来往往的汽车，在匆匆忙忙中装扮着街景。

老马点上一支香烟，深吸了一口。身材修长的他，头发虽稀疏却梳理得油光可鉴，光秃的脑门前有一缕头发从左边发际绕到了右边，白皙的脸庞刻着深深的皱纹。

我这是在做什么？我突然觉得我们扮演的角色调换过来了，我成了一个前来看病的人。

老马看着窗外，久久凝视着一个方向，似乎是很遥远的地方。

"生命的过程就是吃苦的过程，我相信人是吃苦长大的……"他的门牙略微前突，表情很严肃。

目　录

第一章　少年发梦　　　　　　　001

第二章　圆梦英雄　　　　　　　015

第三章　无常的加冕　　　　　　057

第四章　沉浮的伤痛　　　　　　105

第五章　死亡的探险　　　　　　157

第六章　捍卫初心　　　　　　　263

尾　声　　　　　　　　　　　　293

第一章

少年发梦

我的名字叫马琪，但喜欢被人称为"老马"。当然有我父亲在场的时候，没人这么叫我，我也不敢答应。我的爷爷和父亲也都被人喊了一辈子老马。我大约在十八岁的时候就被人喊老马了，原因很多，第一条大概也是最重要的原因是我人长得老气。我脸长，天生的马脸，抬头纹很重，这两点随了我的爷爷和父亲，他们都是马脸，也都长皱纹。但那个时候，我的头发是乌黑的，也不稀少。我说起话来慢条斯理的，样子看起来很老成，让人猜不透年龄。还有一个原因也很重要，那便是别人喊起来顺溜，我听起来便当、舒服。

　　我从小就不安分，是个调皮捣蛋的孩子，常常搅得机关大院鸡犬不宁。

　　"这玻璃被打碎了，准是马家那小子干的。"

　　"老马，你家儿子又惹祸了！用炸药炸死了陆家的小猫！"

　　"老马，刘主任家的鸡夜里被人放跑了，是不是你儿子干的？"

　　为此，我的屁股挨了不少棍棒，但也躲掉了不少。父亲常常追着我打半天，因为想要打到我不是那么容易，我会到处乱跑。我是父亲唯一的儿子，我知道父亲是恨铁不成钢，可又舍不得下狠手，棍棒落到我身上的时候并不疼，于是我还是不长记性。父亲常常气喘吁吁地追着我打，跑累了，站在那儿朝我叫道："小子，有种的别跑。"

　　我知道我是他的种，我并不真正怕他，更何况我并没有什么错。所以我常常面对着父亲，站在原地大声说："毛主席教导我们，不要冤枉一个好人！"

　　我故意把人字拖得很长，我知道父亲拿我没办法。

　　"你还狡辩？"

　　"那鸡窝的门不是我打开的，我对毛主席发誓，不是我干的！不是我干的，干吗要我承认？"

　　说实话，那鸡窝里满地是鸡屎，我嫌脏，这事当然不是我干的。其他事情嘛，倒都是我干的。

那时候，我爷爷还在，他会大声阻止父亲："他是你养的吗？我看你不是我养的。"

我很感激我爷爷。那时候，我觉得我是我爷爷养的。

我十二岁就穿上了绿军装，拿着红缨枪站在学校门口站岗放哨，威风凛凛的样子让我的二姐很是羡慕，说我就像解放军。可我很惭愧，我知道和平年代那些站岗放哨都是做做样子，其实根本没有敌人。可我天生就喜欢解放军，常常穿着一身绿军装，穿过大街小巷……

十八岁那年，我高中毕业了。那时候的我额前有很茂盛的黑发，而且都是竖直的，我的眼睛大大的，只是看见女生的时候略带羞涩与胆怯。我的身材是挺拔的，腿是细长的，我还擅长长跑，我并不知道那是一种耐力的锻炼和培养，更没有想到这样的耐力完全可以用来面对后来错综复杂的人生。

这一年，终于有大事发生了，那就是城里的青年下乡锻炼。如果告诉你我下乡锻炼纯粹是为了一个女人，你绝对不会相信。如今我连自己也不相信十八岁那年我就开始迷恋女人了。那时的我默默地盯上了班花周燕。

> 放上一颗心在我的枕边，
> 让你每夜都在我的心头，
> 走过千山万水风风雨雨，
> 我也要寻觅你美丽的踪迹。

我终于写下了我生命中的第一首诗，悄悄地塞进了周燕的书包里。十八岁情窦初开的我，以爱情诗为开场白，拉开了初恋的帷幕。

我突然觉得我长大了，居然疯狂地爱上了周燕，其实我并不明白什么是爱，只是觉得周燕什么都好。我想着她的一切，满脑子都是她。

知道她报名下乡了，我也报了名。

班主任在会上说得很清楚，城里的青年去亲近土地、亲近大自然，确实有好处。我们家二姐马璐已经报名了，大姐马瑶已经工作。我可以暂缓一年，可是我偏偏坚持要去。

发现自己喜欢上了这个女人，便不能自拔。其实还不能称周燕是女人，周燕也只比我大一岁，还是个姑娘。对女人的概念我那时候也很模糊，但十分清楚女人与男人的生理差别。甚至想的时候也说不出具体想什么，只觉得脸在发烫，心跳在加速，浑身上下能竖起来的都竖起来了。

说起来周燕家还是个高干家庭，父亲是市委办公室主任，母亲是供销社总账会计。周燕在家是老大，下面还有两个上初中的弟弟。因为有两个弟弟，周燕的父母才主动劝女儿下乡。

要说我的眼力还真是相当不错，周燕在班上是班花，在校是校花。白皙的皮肤，乌黑的长发，眼睛虽不大却散发出迷人的光彩，特别是标准的身段，丰满的胸脯常常在行走中上下起伏、左右相撞着，撞得我头晕眼花，撞得我胡思乱想。

然而她生性高傲，从未正视过任何男生，对我自然也不例外。在她眼里我长相怪异，学习成绩又差，虽然也是干部子女，但我父亲官职比她父亲差一级，她自然不把我放在眼中。她甚至嘲笑我痴情的目光，可是我却一点儿也不生气，她怎么样对我我都喜欢。

我报名下乡，立马遭到了父亲的反对，我发现所有我想干的，父亲都不同意，这让我变得更加叛逆起来。父亲当场暴跳如雷，母亲也极力反对。

"谁让你自作主张？"父亲说话的时候，额头上青筋都凸起来了。

"我们班都报了，老师说要积极参加！"我随口答道。

"呸，你懂个屁！你知道啥叫下乡锻炼？你姐报了，你就可以赖到明年。"父亲是真生气了。

"你们怎么这么落后？什么觉悟？真想不通！"我为我父母落后的思想感到惭愧。

我知道我们家就我一个儿子，要下乡也轮不到我，虽说是城里人，父亲也是个局级干部，但重男轻女的思想依然是存在的，不要说只有一个儿子，就是有两个儿子，恐怕也还是先让女儿去。

"你还小，等过了二十岁再想这个事。"

父亲开始放慢了语气，似乎在求我，我知道他想说服我。我发现父亲的胡子在抖动，我并不知道那是父亲在激动、在生气、在拿我没有办法。从小到大我还从来没见过父亲这么把我当回事，我只知道他平常会骂我打我，让我一直以为他讨厌我。

父亲说完话脸色就变得铁青，当他弯下腰去脱鞋的时候，我意识到他这回是当真了，长这么大父亲脱过几次鞋，但那都是我调皮闯了大祸的时候。比如与小六子爬上树，准备打鸟，却用弹弓打碎了陆市长家的天窗，玻璃从天花板上掉到了餐桌上；与小六子偷了市委办公室的手摇电话机；自制炸药炸死了邻居家的猫；还有一次，边走路边踢球，踢倒了一个孕妇，让孕妇流了产……父亲的鞋底虽然软，打在身上也不疼，但他的气势很吓人，他也并不知道这很伤我自尊。看见父亲脱鞋，我便转身向门外奔去，我不想挨打，更何况我觉得我没有错。

这里顺便说一下小六子，我儿时最好的伙伴，那些打碎玻璃、炸死小猫的事都有他的参与，他是我忠实的追随者和崇拜者。他小我一岁，和我在一个机关大院长大的，父亲是扬州老地委书记。他是我的铁哥儿们。

那天我骑车冲进了周燕家的巷口，在她家门口站了整整一个下午。

我跨坐在自行车上，出了一身的汗。这条巷子很深，也很陌生。凝视着她家的院门，我希望看到她的出现。我闭上眼睛，深吸一口气，又深呼一口气，因为我明显地感觉到自己冰凉的双手有一丝丝的微颤。这才是初秋时节，我知道那是因为紧张，可我连自己究竟是来干什么的都说不清楚了。这实在太可笑了。我不时地把头伸向大院，很想周燕立刻就站在我的面前。很快，我的内心开始沮丧起来，因为她并不知道这一切。

晚上我很晚才回家，到了家才知道父亲那天差点儿倒下，也就是从那天开始，我们知道父亲得了高血压。这是为我得的，可当医生的母亲后来总算说了一句话，这句话让我心里多少减轻了点负担：亏得打儿子头晕，要不真不知道他早就高血压了。

木已成舟，下乡锻炼岂是儿戏。我在班主任那儿报的名，我父亲想尽办法也没能去掉名单上我的名字。只是接到名单的时候，我蒙了，我与周燕根本就没有分在同一个公社。

"老师，我想去泰安公社。"我急急忙忙去找班主任。

"这是居委会分配的，恐怕改不了。"班主任看着我无奈地说道。

于是我去了居委会，但根本没人理我，说是上面定下的名单，已无法更改。我急得团团转，第一次感觉到权力的重要性，也开始后悔自己的决定，更觉得对不起父亲。然而除了想找关系让我与周燕分到一起，别无他法。想到周燕的父亲是市委办公室主任，这点小事应该写张纸条就能办成。可是，当我赶过去大胆地站在周燕面前求她帮忙时，却遭到了周燕的破口大骂："你就一个神经病，谁愿意跟你在一起？你以为你是谁啊？"

她终于正眼看我了，只可惜是在骂我的时候。

这是十八岁的我在爱情道路上遭遇的第一次挫折和打击，我感觉天地从此没有了光明，只有一片昏暗。这个打击让我的自尊心受到了严重伤害，我几乎一蹶不振。痛苦的是，我还得继续去农村。这是我人生第一次喜欢一个女人，稀里糊涂的，超级的荒唐可笑，最终以失败告终。

下乡那天，天是晴是阴我都不记得了，只记得眼前一片灰暗。

那是深秋的时节，田野里一片金黄。卡车在锣鼓声中停了下来，我们来到了霍家庄。这霍家庄是扬州城东郊区的一个村庄，如今成了我的新家。它倚傍着秀美大气的运河，环绕着江淮平原难得一见的"丘陵"——其实就是一个低矮的山冈，恰恰是这样一个长满了树林和青草的土山冈，把霍家庄点缀成了一幅山清水秀的油画，让大运河的水滋润着这块良田宝地，滋养着这块土地上的芸芸众生。

霍家庄是扬州郊区相对富裕的村庄，虽说是农村，却因邻近扬州城，多少沾染了扬州城的古美和文化气息，虽然我的心情并不好，可是它给我的第一印象并不坏。

支书王广庆是个 1949 年以后的老高中毕业生，祖父在抗日战争中光荣牺牲，父亲在解放扬州城的前一天被国民党的乱枪打死，唯一有争议的就是他娶了霍家庄大地主刘大麻子的女儿香桂为妻。

据说地主的女儿香桂年轻时貌美如花，似仙女一般，把王广庆迷得根本顾不得香桂的地主成分。王广庆在农村算得上是才高八斗，自然是霍家庄举足轻重的人物。王广庆唯一的女儿王芳除了眼睛细，像她外公刘大麻子，其余遗传了王广庆与香桂的优点，虽刚高中毕业在家务农，却也能歌善舞、知书达礼。

当我双脚踏上霍家庄这块陌生的土地时就开始后悔了。当初闹着要下乡的革命豪情，现在看来，是多么的愚蠢和荒谬。我再也不愿想起周燕，那个傲慢无礼又无情的女人，那个离我越来越远的女人，当初我竟然是为她而来。刚刚发了誓不再想她，却发现一时竟做不到，还冒出了很多无名的恨来，却又想不出一个办法来解恨。我真的不愿就这样毁在周燕的手上。

分到霍家庄的年轻人有十多个，二姐马璐也在其中，我被分在了四队，马璐被分到了八队。四队队长薛贵把我安排在了孤寡老人王婆婆家中，由王婆婆负责我的三顿饮食。这夜我躺在床上久久不能入睡。看着窗外的月光，心里居然有种说不出来的孤独和惆怅。

"小马，你说说，你会干什么活儿？"

第二天，薛贵坐在生产队办公室里，点上一支烟，眯起双眼，若有所思地问道。我知道他因为没什么文化，很重视我这个文化人，据说让我落户四队是他向王广庆申请的，同时他也知道我父亲是市里的干部，于是对我格外热情和尊重。

"我会写字，画画，还有打乒乓球……"我说得自己都想笑了，可我真的想不出自己会干什么活儿，我知道薛贵要的不是这些。

"哈哈哈……"屋里的人都笑了。

"你就负责绿肥的过秤吧！这好歹需要识字的人干！"薛贵猛抽一口烟后，终于定下了我的工作。

绿肥实际上就是浸泡在粪便中发酵后的青草，应该说是标准的有机肥。肥料过大秤这活儿我没有听说过，也没有看过，更没有干过，但知道一定不是什么重活儿，比起拿钉耙锄头下田种地或者挑水挑粪挑河，一定轻松很多。

于是我干上了绿肥过秤这个活儿，虽然绿肥很臭，可活儿并不累，只要记录重量就行了。没想到这竟是"肥缺"，居然天天有人贿赂我，因为人人都指望我多记工分。

"马先生，你真是个好人啊！"

"马先生，这是家里鸡生的，你尽管吃！"

"先生，这饼摊的时候放了点韭菜，不知你吃不吃得惯！"

"先生，你是大慈大悲的菩萨！"

十八岁的我在接受再教育的初期就已被广大的贫下中农给俘虏了。

"哎！你们把队排好，我是懂得好歹的人，是有阶级感情的人，更是心里有数的人，你们就放心吧！"

他们怎么会知道我最喜欢吃韭菜饼的？再吃些农民的草鸡蛋，我心里实在过意不去了。我是个知恩图报的人，也是有同情心乐于助人的人。我得帮他们一把，因为这个并不难，我只要大笔一挥就行了。于是我睁一只眼闭一只眼地每天给他们每家每户多记几斤，这对于高中毕业的我来说也太简单了。我每天乐此不疲地干着活儿，居然渐渐地快忘记周燕了，也觉得这样的日子过得挺快。我始终记着父亲关照我的话，有事没事都必须看书学习。周燕并没有扑灭我的灵感，我常常写些小诗。

"马先生人真是好啊！"

"马先生果真是菩萨心肠啊！"

在这样的赞美声中，我完全忘记了原则。我并不知道我闯祸了，多记绿肥重量就是多记工分，多记工分的后果是相当严重的。果然没几天小队会计发现了。值得庆幸的是，发现后他们仅仅是对我进行了严肃的批评教育，并没有追究我的责任，毕竟我是为"老百姓"谋福利的，闹大了对他们干部不利，可他们却停了我的职，让我去给河工烧饭。

这烧饭的活儿其实也并不累，关键是我不会。去了三天，队长便让我又回来了。第一天烧煳了，第二天烧了个夹生饭，第三天烧成了稀饭……让三十多个大劳力好几天没吃饱。

我开始后悔下乡，也明白这里并没有我的用武之地。这可怨不得别人，是我自找的。可我的用武之地究竟在哪里呢？连我自己也不知道。

这期间二姐马璐来看了我几次，她在八队与支书女儿王芳在一起养蚕。每次除了帮我洗衣服便是关照我要好好看书学习，跟我父母似的。我知道她完全是为我好，可是，看书学习又有什么用呢？

有一次大队组织活动，进城看电影，没想到二姐马璐他们先行一步，支书王广庆的女儿王芳居然要与我同行。我俩骑了一辆自行车进的城，来回都是我带的她。看的是越剧电影《红楼梦》，回来的时候，天上没有月亮，我与她连车带人冲进了水稻田。

她浑身是烂泥，我那晚不知从哪儿来的勇气和力气，居然把她从稻田抱到了旁边的小河，我双手从上抹到了下，帮她洗净烂泥，她似乎一点也没有反抗，站在河里一动不动……

月亮突然出来了，我看清了她满脸的羞涩，看到她的衣服紧贴着身体，看到她起伏的胸部。我这才意识到，刚刚我摸了她的全身。她居然什么话也没说，默默地看着我，眼睛里有渴望的光芒在闪烁。我吓得再也不敢看她一眼，恍惚间，我希望眼前站着的是周燕……

"马琪，就到霍家庄了，我妈妈一定会在村口等我，说不定还会骂我，我们俩不能一起进庄，我得先走一步，你在后面慢慢骑，省得让她误会。"没想到王芳说出这样的话，也看得出她怕她妈妈。

王芳的妈妈，那个地主刘大麻子的女儿香桂，关于她宁可与刘大麻子断绝父女关系也要嫁给王广庆的故事我早有所闻，只是来霍家庄好久了，至今未见过这个女人。我突然有些莫名的担心。

十几分钟过去了，我估计王芳早已进了庄子，风确实有点凉，熟睡的村庄就在前方，我加快了速度。

远远地，月光下，村口站着两个女人。其中一个体态丰腴，双手叉腰，一副愤怒的样子，仿佛要咆哮大喊，另一个是王芳。这叉腰的女人想必就是香桂了。

我有点害怕，却没了退路。

"站住，你就是那个浑蛋小马？"香桂的声音激动而急促，似乎有要冲上前来的感觉。

"妈，妈，我们回家吧，我们回家吧，人家马哥哥刚刚救了我。"王芳拉着香桂，急切地哀求着她。

月光下，我看清了香桂的模样，一个风韵犹存的中年女人，眉宇间带着傲气，透着泼辣和直率。

"是的，阿姨！我就是小马。"我突然勇敢起来，觉得没做任何亏心事，更没有什么可害怕的。

"我问你，你与王芳两个人进城看的是什么电影？"香桂有些穷追不舍了。

"是《红楼梦》，阿姨。"我回答道。

"呸，他贾宝玉是个大流氓，你看了《红楼梦》，你也就是个大流氓。说，你把我女儿究竟怎么了？"

从香桂的嘴里一下子冒出了两个"大流氓"，我脸红了。

"妈，你说什么呀？我们快回去吧，我要感冒了！"王芳说完连续打了几个喷嚏，拉着香桂就回家。

香桂哪里肯罢休，不停地回头看看站在原地发愣的我，想必怕声音大了被庄上人听了笑话，压着嗓子叫着："单身汉与我家王芳看电影，就没安什么好心，这半夜的，还看了大流氓贾宝玉。你就是个大流氓，请你今后再也别找我们家王芳了……"

"妈，你说的什么呀……"王芳的声音越来越远了，还有香桂的声音。似乎两人在争吵着。

"我本将心向明月，奈何明月照沟渠。"一种失落感油然而生，我只感觉肚子饿得慌慌的，心里也空荡荡的，只有这孤寂的月色在伴着我。

这件事情的发生并没有影响大队支书王广庆对我的态度。我烧饭回来没几天，他认为过秤烧饭于我是大材小用，提出让我去大队小学当代课老师。我知道支书王广庆慧眼识人，原因是我在很短的时间里在《诗刊》上连续发表了几首诗，这在全公社是罕见的，他甚至为我开了一次表彰大会，号召全庄的年轻人向我学习。

我于这份工作如鱼得水，我喜欢当老师，可是每当大忙时学校便放假，我还得继续回四队参加劳动。

安排我的活计又让薛贵伤透了脑筋。正好粮仓有个过秤的活儿，薛贵说："队上也没几个识字写字的，就你干吧！"

这活儿干到第五天的时候，又发生了一件事。给粮仓上粮的一个女孩，是四队老王家六姑娘王小多。王小多青春年少，小学文化，家里排行老六，上面有五个姐姐，下面还有一个妹妹和一个弟弟。可想而知，起名字的人把王小多的"多"，起得是多么随性和现实，一个多余来到这个世界的人。这姑娘个子不高，短发，皮肤白皙，身体较结实，干起活儿来也很卖力气。

那天她两手托着装米的簸箕往梯子上爬，爬到正中时裤带突然松了，裤子一下子掉了下来。粮仓内的男男女女一个个都抬头往高处看，王小多当场就惊慌失措地扔掉了手上装稻子的簸箕。顿时整个粮仓里似天女散花一般，哗啦啦地洒下了一地的稻谷，场面甚为壮观。王小多慌乱中一手抓住梯子，同时弯下腰一手拎起裤子。谁也没有想到的是，王小多没有穿内裤……

"啊……"

这是王小多的叫喊声，有点凄凉，是为散落一地的稻谷？为半空中突然出现的意外？为脱落的长裤？为暴露的身体？

这一刻，粮仓几乎所有人都在抬头看，猎奇心理让他们绝不会放弃眼前的场景。我也抬头看了，那个画面让二十岁不到的我心惊肉跳。

第二天一大早竟传来了噩耗，说王小多上吊死了。我听到这个消息的时候，半天没有回过神来，甚至连饭也吃不下。王小多不该轻生，贫穷不是她的错，愚昧无知才是她的错。没有人会专门嘲笑贫穷者和弱者，只有同情，她真傻啊……后来听说下葬的时候，家里给王小多穿上了三条内裤……

这是刚成年的我第一次近距离接触死亡。我第二天去了王小多的家，所有当时在粮仓的人都去了，看到她家徒四壁，我心痛了，我出了五元钱丧葬礼，为我那天的抬头一瞥。

当了两个月的代课老师后，有人开始看中我的才华了。之所以看中我，是因为我写的几篇文章投到公社文化广播站被采用了。

"这个人才我用定了！"

这是公社书记反复强调的话，于是我很快调入了公社文化广播站。

这个公社文化广播站就两个人，除了我，还有一个女人。她也姓马，三十多岁，有一个十岁的儿子，丈夫在供销社工作，老实人，公公却是原来的老公社书记。这姓马的女人虽没有文化，可手脚勤快，人长得不好看，却很能干。她主要负责每天去各个大队收稿发稿，对我也还算比较尊重，有时还替我打扫打扫房间。

这样的工作看起来零碎繁杂，做起来枯燥乏味，甚至还很辛苦。有时半夜起床播台风警报，有时白天下乡一整天采集资料素材，有时从早到晚帮书记编辑广播讲稿。其实比小学代课老师苦多了。

有一天我想起有一包衣服忘在了霍家庄王婆婆的屋子里，这天晚上广播站正好也没事，我便一个人步行从镇上向霍家庄走去。

从镇上步行到霍家庄大约需要二十五分钟，虽没走惯夜路，但有月亮一路相伴，我心里又还想着稿件的事，所以也不害怕。

前方就是大队粮仓，四间土屋子，有窗户，从前曾从门前路过，只是夜里没有来过。突然我看到一个白色的影子一晃而过，我虽不信什么鬼神，可确实吓了一跳，脚下加快了步子向村里直奔。

拿上衣服，我便叫上了邻居一个小伙子。

"那边粮仓好像有鬼，你送我一程！"

"有鬼好啊，我来捉鬼！"

这小伙子一听我的话来了兴趣，黑灯瞎火的，反正除了抱老婆上床便没什么事可做了，于是他跟着我，手拿一根草叉子，用力推开了粮仓大门。走到窗前，发现窗户没有玻璃，有片破塑料纸在风中哗哗地摆动着，倒真像个人影。

一场虚惊，俩人正想离开，却突然听到了更大的声响，似稻草翻压的声音，又有粗重的喘气声，还有女人的呻吟声。循声而去，借着月光，我看到粮垛旁的稻草上一对赤身裸体的男女正拥抱在一起。再一看，那女的竟是公社文化广播站姓马的女人，男的是大队副支书"六八子"。为什么叫"六八子"，据说副支书他父亲是六十八岁生的他。

这样的场面我平生第一次遇见，虽慌得无所适从，却有一种说不出来的感觉从心底迸发出来，唯恐打断了眼前的一切。也担心地上的两人回过神来，认出我俩，于是立即与小伙子夺路而逃。这是我第一次见到惊心动魄的场面，只可惜没能看得真切。月光笼罩着荒田野草下的粮仓，幽静又有点滑稽可笑。

第二章

圆梦英雄

一

　　自从我去了公社文化广播站，我二姐马璐便接替我去大队小学当了代课老师。二姐天生就是个勤奋好学的人，她没有一天停止过读书，并常常督促我要多看书多学习。这一干便是三年。

　　又是秋天，二姐又来看我了，这一次进门与往常不同，显得很急促也很神秘。

　　"马琪，我刚从城里回来，回家拿了一些衣服，顺便也帮你带了几件。"马璐的语速加快，显然她还要说些什么。

　　"这两天父亲他们在开紧急会议，好像要发生重大事件了！"马璐的表情很严肃。

　　"是吗？那我们该干些什么？"我看着马璐认真的样子，知道她说的这一切都是真的。

　　"父亲让我告诉你，我们各自管好自己的事情，别与外界任何人产生任何瓜葛。"马璐说着说着想笑了——她与我同在农村插队，除了农民和农民的孩子，几乎与外界根本没有接触，更不用提什么瓜葛了。

　　"似乎有重大事件要发生了，连母亲都顾不得与父亲生气了，上次的风波似乎过去了。"

　　我知道马璐所说的风波一定是指上次母亲因为父亲惹的风流债对父亲耿耿于怀呢。

　　"放心吧！我会管好我自己的！"

一天下午，马璐兴奋地跑来找我。

"马琪，马琪，据可靠消息，父亲说从今年下半年开始全国将统一恢复高考制度了。"

马璐说话的时候眼睛在发光，似乎在黑暗中看见了光明。

"恢复高考制度？"

高考，又何尝不是我的人生奋斗目标呢？马璐的消息一般来说都是真实可靠的，而且是内部消息。因为消息源于父亲的机关，可以说是扬州城消息最灵通的地方。

果然，春节一过，中央就有正式文件下达。即将恢复高考制度了，人们奔走相告，也相应看到了读书人的未来和希望。

一天下午，父亲突然让人带了信，要马璐与我赶紧一同回家。我们姐弟俩虽然早已成了很多家庭羡慕的对象，做了小学代课老师和公社文化广播站的临时干部，但面临即将到来的高考，父亲似乎有话要说。

"马璐，马琪，你们都知道的，今后想回城谈何容易。可现在机会来了，高考就是一次机会，天赐的。机会面前人人平等，你们要想将来有出息，就必须全力以赴准备这次高考。"父亲是认真的，"除非你们不想离开农村！"

"放心吧，爸爸！我会的，我一直就在等这么一天呢！"马璐似乎很有信心。

"那你呢，儿子？"母亲插了话，对于从小就调皮捣蛋的我，母亲向来与我说话总是启发性的，她并不清楚如今的我已经成熟多了。

"我也会努力去复习迎考的！你们就放心吧！"虽然对高考的概念我还很模糊，可我清楚自己的处境。如今，高考成了我们离开农村唯一的跳板。

"我们家三个全考，一定都会考上的！"父亲笑着说，像看见了结果似的。

那年冬天，我参加了恢复后的第一届高考，然而事与愿违，在考化学时出现了重大失误，没有考上大学，考了个中专。可是我根本不想读中专。我的两个姐姐都考上大学了，特别是二姐，考的是中国科技大学。全家人喜忧参半，我知道父亲最大的心愿便是我能考上，于是全家一致决定让我复读，可是我偏不愿意，高考完了我就有了我自己的想法。父亲这回很有耐心，对我说道："你是我马家的独苗，光宗耀祖是你的职责！"

我郑重其事地告诉他："光宗耀祖那是你父亲对你的重托，强加在我的身上是不道德的。"

"我与你妈都是大学毕业。你上不了大学岂不是笑话？"父亲在求我。

"谁会笑话？谁敢笑话？要明年再考个中专才让人笑话哩！"我主意已定，谁劝也没用。

"再考个中专，就后年再考！"父亲开始激动了，因为他说服不了我。

"要考你考吧！你说什么也没用，我只想当兵。"我一步也不肯让。

"你……"父亲开始瞪眼了，脸涨得通红，我知道他血压又上来了。

"算了，老马，不要逼他了！我听说部队里上军校比地方上容易多了，说不定他就能考上，他就是这个命！要不就依了他吧！"母亲喊父亲也喊老马，她帮我说话，知道我从小的梦想就是当个军人。

"这个没出息的东西。"父亲撂下了这句话，说的时候，脸色已变白了。他最明白他儿子是个什么东西，从此便再也不与我提光宗耀祖的事了。

唉！我从小就喜欢跟院子里的孩子们玩打仗的游戏，羡慕穿军装的人，更喜欢拿把假枪耀武扬威地走在路上或者人群里……都看到了吧，我根本就不是块学习的料。

小时候父亲逼我背唐诗，爷爷就说过这样的话："我当初逼你背书写字，你就这么大的出息。逼出来的都成不了才，我孙子另有他用！"

也许爷爷比他儿子更了解他的孙子，我认为爷爷是世界上最懂我的人。

刚入伍，我们来到了辽阳的新兵集训基地。条件相当艰苦，远远超过我的想象，一切都是军事化管理。这种苦我必须吃下，否则对不起我的父亲。我突然变得懂事起来，开始后悔没有听父亲的劝告。如今，吃居然成了我最大的兴趣，真是没出息。

当兵前我想吃什么就能吃什么，没想到当了兵，白面馒头居然成了我最惦记的东西。我当时竟自愿连续三个晚上站岗执勤，每晚一站便是十个小时。外人是无法理解的。不过不是我一人喜欢，因为值夜岗的人可以领到一个白面馒头，白天每人每顿只能吃到一个黑面馒头。你无法想象每晚怀中揣着白面馒头是件多么幸福的事情。那时候年轻气盛，就想着吃和女人，可这两样东西都不是想就能得到的。

我常常怀揣着一个白面馒头，很久才吃下去。夜里很冷，偶尔伸手去怀里抚摸它，心里就会一阵兴奋。当然我只是打个比方而已，我骂自己没出息，才有这样的想象。

有天夜里，我与一个江苏老乡巡逻站岗。路过营房时，突然听到"咚咚"的无规律敲击声，偌大的一排排营房，很难准确地判断声音是从哪里发出来的。

我立马趴到地上，耳朵贴到地面。

"马哥，声音就是从这排房屋发出来的。"江苏老乡也紧张地趴在地上。

也就在此刻，强烈的第六感告诉我，出事了，就现在，就在附近。从小就擅长玩打仗和侦探游戏的我立刻循声找到了出事房间，拼命敲门，不顾一切地撞开了房门。

一股煤气味扑面而来，满屋是东倒西歪挣扎的战士，有的已经不动了。

"救命啊！"

"救救我……"

地上的那些战士看着我都伸手求救，声音很微弱，像是生命垂危。

我一边让江苏老乡速去营部，紧急通知所有人过来救人，一边推开所有的窗户，这样处理煤气中毒的常规方法我早在上小学时就会了。母亲因为需要值夜班，常常提醒我们姐弟三人煤气中毒如何自救，虽然没试过，但步骤和要点是清楚的，第一步也是最重要的一步便是打开门窗。

我不停地一个个拍打着屋内几十个人的脸和身子，并拼命叫喊着："快醒醒，快醒醒……"

我感觉我的嗓子都快要哑了，我竭尽全力地呼喊，已经麻木了，也不知道自己究竟为什么要喊。

那一刻，我把这里当成了战场。当初不顾一切来当兵，为的就是穿上军装当个英雄，也许冥冥之中老天爷在一次次成全我。突然我看见了墙上挂着的一把军号，想起小时候讲解"英雄的故事"里军号的作用，我立刻兴奋起来。也许，这军号今天真能派上用场。我急忙拿起来，冲出门外，对着天空吹了起来。

是紧急集合号的调子，还是起床号的调子，我才不管。"嘀嘀嗒嘀嗒，嘀嘀嗒嘀嗒……"虽然搞不懂是什么，但相信一定会起作用。

很快江苏老乡带着一队人马赶到了，有班长、排长、连长，随即团长也跟着赶来了。重要的是带来了卫生队的医生和护士。医生是个女的，看上去年龄不大，临床经验一定不丰富。我见她神色慌张，惊恐万分，面对地上东倒西歪的几十个战士竟束手无策，心里便明白了这俩医务人员一定没有见过这样的煤气中毒的场面，幸亏我之前的紧急措施，几十个人都已基本清醒。

来的人虽多，却都站着干着急，救人可不是凭人多力量大就能完成的。我脑中拼命回忆着母亲曾经教给我的急救知识，配合着医生护士。

"你们每两个人抱一个到门外走廊透气！一定要解开衣领！"

"一定要平放！"

我成了救治的主力军。

"你们看着我，这儿是人中，这儿是合谷，这儿是太阳穴……"我突然想到了母亲教给我的穴位。

"先给他们每人按起来！"

连长和团长都在听着我的指挥，他们觉得我说得都在理上，此刻的我一定成了他们心中的英雄人物了。

很快卫生连的连长和教导员以及全部医务人员都赶到了，并且还带来了氧气瓶和其他药物……三十几名战士全都清醒过来，两名情况严重的战士被送去卫生连住院观察了。

折腾了整整大半夜。

"这个马琪真的太神奇了！"

"这个战士要立大功了！"

"多亏了他，几十条性命啊！"

我却一点累的感觉也没有。

军部嘉奖令：马琪荣获一等功！这便是我在二十三岁入伍后第一年的壮举，由此从小立志当英雄的夙愿终于实现了。

当军人是我的梦想，只是没想到会来到草原上当兵。完成了新兵集训，我们坐军车奔赴内蒙古赤峰科尔沁草原边的沙漠营地。卡车已经颠簸了整整两天两夜，隔着薄薄的车篷，我听着外面的风声和雨声。这样的风声是我有生以来第一次听到，似奔驰而来的骏马，又似呼啸而飞的雄鹰。你会感觉到它似乎飘过了千山万水，带着哀怨和不平向你走来，又不做丝毫的停留离你而去。风声中的轻声细语似女人的呻吟，又似一种淋漓尽致的号哭和尽兴的欢呼。是何方神圣造就了如此妙不可言的风声？这听似诡秘的风声却又是如此的浪漫多情。有寒气从车篷的缝隙处吹入，透过缝隙向远处望去，我惊呆了，我看见了绵延不断的大草原。这是我生平第一次看见草原，我从心底发出呼唤："啊！是草原！"没错，这就是草原。此刻的我很想告诉我父亲：父亲，我看见草原了，我相信我的选择一定没错。

我开始了沙漠军营生活，在科尔沁大草原的军营成了一名通信兵。我暗自发誓，一定要好好表现，争取早日考上军校。因为我身手敏捷，完成任务对我来说易如反掌。我常常独自一人坐上火车，穿梭千里，有时甚至还会骑马穿越沙漠。

从小就喜欢调皮捣蛋的我只觉得当兵得心应手，时常庆幸自己的选择，只是在偶尔想到未来时内心有些迷惘。

这次护送绝密文件的任务还是由我与陈兴伟来完成。陈兴伟是我的搭档。两人临行时在营部跟往常一样互相签字做口诺。

"这是十颗信号弹，只有到了万不得已，你们方可以用它！"

政委的态度是认真的，可我却丝毫没有恐惧感，也绝不会想到信号弹能有什么用处。

"是，请首长放心！"

初出茅庐的我们虽然知道护送文件的重要性，但感觉政委似乎有点小题大做了。

能有什么紧急情况？能有什么危险？已经送过好几次密件了，来回都很顺利。我的脑中一连几个反问一闪而过，我相信这一次肯定也会顺利完成任务的。信号弹？多好笑的摆设，跟完成任务又有什么关系呢？

这次任务的地点较远，骑马是不现实的。军部用军用卡车带我们穿过沙漠。车上，我与陈兴伟坐在驾驶室后方，两人始终有说不完的话题。

"哎，老马，我这辈子最大的愿望是当个画家。你呢？"

"我只想当个好兵，当个英雄，将来有一天转业了找个好工作，娶妻生子！"

"我想系统学习美术，我父亲以前是四川大学美术教授，刚刚恢复原职。"

"屈才了，你就应该离开这样的环境，或者去营部发挥你的特长。"

陈兴伟是个白面书生，四川人，身材不高，却很文静，一口四川腔调，年长我一岁，来自一个美术世家。

我俩早就惺惺相惜了，陈兴伟与我谈艺术谈人生，谈米开朗基罗、高更、莫奈，谈毕加索的个性人生，谈达·芬奇的诡秘图案，谈凡·高的《向日葵》和《有乌鸦的田野》……

谈到兴致高时，陈兴伟告诉我，他早已不是处男，因为他已睡过女人了。这让我有点羡慕和惭愧，生平第一次听男人告诉我这件事情，激动之余对陈兴伟多了几分崇拜，毕竟自己还未跨出过这一步。

陈兴伟说四川老家那条大街的巷头上有个姑娘，是他曾经的同班同学，就在参军的前一天，他们睡了，姑娘说了会永远等他回来娶她的。说着说着，陈兴伟竟然哭了起来，沉浸在相思之苦中。我麻木地盯着痛哭的陈兴伟，不知说什么才好。

到底是搞艺术的，浪漫和大胆一定是并存的。"你一个姑娘都没有碰过吗？"陈兴伟似乎不相信我的话。

卡车在沙漠里前进，夕阳的余晖照进了车窗，衬着沙漠的金黄，把我们的脸照得透亮。我俩讲累了，正歇着。卡车像一只蚂蚁爬行在荒无人烟的沙漠上，我盯着茫茫无际的前方竟不寒而栗起来，这个时候只有司机一个人沉着冷静。

"嘎吱！"车子突然停了下来。

"发动机熄火了？怎么会？"我问司机。司机说了一声："坏了，油箱漏油了！"语气那样的低沉，沉到了沙子里。

"那怎么办？"我是个对机械制造的东西特感兴趣的人，虽然没有摸过汽车，但很想帮忙。然而，在这样荒凉的地方，没有工具谁也无从下手。

"你们两个下来，把所有的东西都拿下来，我沿原路返回营部修理。你俩好好在原地等着我。我会很快回来的。"

司机是个固执又不善言辞的老兵，不容我们商量，开着车就走了。汽车越走越远，很快消失在天边，汽车马达轰轰的声音也跟着消失了。天渐渐黑了下来，沙漠里只留下我和陈兴伟无助地四处张望。

很奇怪，今晚的天空居然没有月亮。

茫茫沙漠漆黑一片。我感觉到前所未有的恐惧，这样的恐惧主要来源于对所处环境的陌生。我想到很久之前看过的一本小说，提到专门靠在沙漠里打劫为生的强盗，其实这倒不怕，反正身上也没什么钱，只是封口密件一定得保护好。那还有什么可怕？沙尘暴！好像天气预报没有报道过，不会发生。那还会有什么？野兽会出现吗？沙漠里的野兽会是什么呢？

"马琪，今晚好害怕！"陈兴伟带着哭腔说。这搞艺术的，感情也太丰富了，刚刚为女朋友流了泪，现在又为黑夜而流泪。我很快明白，陈兴伟不仅是个多愁善感的人，更是个胆小懦弱的人。

"别怕，没事。有我在就有你在，有你在就有密件在！"

"这空空如也的天地，漆黑一片，谁不害怕？"

"我们聊聊吧，别老想没用的事。"

"可是，我们什么也看不见，我害怕。你听，有可怕的声音。"

"别吱声！"

果然远处传来"嗷嗷"的叫声，这个声音熟悉得可怕，可怕得让人恐惧，我与陈兴伟同时想到了是什么野兽发出的声音。

"是狼！"我俩不约而同地叫出了声。

长这么大，第一次听到狼的叫声竟是在这样凄惨的场景之中。

更可怕的是狼的嚎叫声不是单调的，是此起彼伏的，一浪接着一浪的，越来越响，越来越近了。远处有闪闪发绿的光在向我们靠近，那一定就是传说中狼群的眼睛。

"是狼群！"我小声提醒陈兴伟。

"呜呜……"陈兴伟又哭出了声，"太可怕了，怎么办？今晚死定了！就这么白白地送死，我心不甘啊！我还有很多事情没有做完呢！"

"小声点，不会就这么死的！你放心！"我一把抓住陈兴伟，摇晃他的双肩，"我俩马上抱枪背靠背在地上坐着，行李放在我们前方。"

我想起一篇文章中曾经写过，遇狼时，一定不能让狼有从后方袭击的机会。

这个方法果然有效。六七匹狼远远地站在原地观望着，似乎起了疑心，犹豫着看看我们有没有反应，接着又试探性地向我们靠近。

"我怕，马琪！如果我死了，我的女朋友怎么办？她不会嫁人吧！她已经是我的人了！"陈兴伟这个没出息的东西，危难之际想的还是女人。

"陈兴伟，你他妈该知足了，女人我连碰也没碰过。"

也许人在极端的情形下说出的话才是心里话，也是最人性的感言。

我不想去安慰他，我得想办法对付狼群。

"哎，我想到了一个主意，我喊一、二、三，我们同时猛然站起来，看狼有什么反应！"

"一，二，三！"

当我们俩同时从地上站起来时，狼群果然吓得后退了一段距离。可如此反复几次后，狼再也不上当了，面对我们的突然起立竟毫不退缩反而勇往直前。更可怕的是，狼越来越多了，黑压压的一片，闪烁着一片绿幽幽的光芒。

"马琪，怎么办？救救我吧！我不能死，我死了，她一定也活不下去，这样一来就是两条人命了！"陈兴伟哀求着我。我真的瞧不起他了，不仅贪生怕死，而且极度自私。可有一点我挺骄傲，他把我当成能救他的人。

黑夜里，没有人能体会到我的心情。我也是独苗，我也怕死，可我从小到大就想当英雄。下乡无用武之地，如今在部队若连这样的场面都不能应付，我马琪当什么英雄？

黑暗中除了绿眼便是恐惧，惊慌中，我突然摸到枪，高兴地叫了起来："陈兴伟，陈兴伟，有办法了，有办法了，我们可以发求救信号弹。"

这是出发前政委强调不到万不得已不要用的，眼前不正是生死攸关之际吗？

两人似乎抓住了救命稻草，兴奋起来，也立即行动起来。当第一颗红色信号弹随着一声猛烈的枪声在高空中画出抛物线轨迹时，狼群吓得狼狈而逃。

"马琪，真有你的，太好了！我们不会死了！"

"别高兴得太早。"

果然，不一会儿，狼群又围了上来。

就这样，第二颗、第三颗……第十颗信号弹放完了，天也终于大亮了。

狼群渐渐地退尽。与狼群斗智斗勇了一夜，此时我与陈兴伟也都精疲力竭了。

远处汽车的马达声越来越近，我们循声望去，看到卡车从昨天走的方向出现了。

循着马达声，在茫茫的沙漠尽头，仿佛有一只墨绿色的甲虫在爬行，荒无人烟的大漠在阳光下显得尤其宁静和温柔，仿佛刚刚夜间的一切都是梦魇，除了眼前凌乱的脚印以及远处狼群的足迹外，丝毫看不出昨晚有战斗的痕迹。

我和陈兴伟昂首挺胸地屹立在沙漠中，翘首凝望着马达声传来的方向，盼望能快快见到军用卡车的出现。此刻的我们，把能活着看这纷扰的世界当成了一种天大的幸福。

与我生死共度的陈兴伟在一夜之间成熟了很多，这如噩梦一样的夜晚让他心有余悸。他似乎渐渐明白了自己的不足，甚至为自己的无理哭闹而羞愧。他认为这辈子认识了我老马是他的福气，他的自私而狭隘在我面前显露无遗。他原先的最大愿望是要成为一名画家，可经过这一夜，他想过了，得先成为一个成熟大气和谦卑的人，这才是人活下去的资本。

我感觉自己刚从死亡边缘回来，夜间恐惧和惊悚后留下的汗迹还在。这看似是一次与狼的争斗，实际上是种生死搏斗，虽没有交战，没见血迹，却早已是血迹斑斑了。我完全理解陈兴伟的痛哭，那种在温室里长大的孩子，没有经历过风吹雨打，诚实和软弱得让我觉得可笑，而我则充当了一次英雄和救世主的角色。

军用卡车靠近了我们，司机见到我们时大呼"万岁"，修了一夜车的司机说，他其实担心了一夜，刚刚路上看到了狼群的足迹，他以为再也见不到我们了，沙漠上会留下我们的一堆尸骨。

师部通令嘉奖，力度仅次于三等功。嘉奖令的奖状上写道：圆满完成任务，跟豺狼虎豹做斗争，做了毛主席的好战士。

我与陈兴伟创造奇迹的过程让我们彼此心走得更近了，这种同生死共患难的感悟是非常人能够感受的。

潜意识中我又被陈兴伟在死亡面前怀念和留恋他的爱情而感动，爱情的真谛也许就如陈兴伟所说，世界之所以美好让人留恋，是因为这个世界上有个彼此牵挂的人，这样的感觉我虽能理解却不能体会。面对陈兴伟，我倒有点惭愧形秽了，很期待眼前草原大漠中有爱情的出现。

通信连位于师部机关内，我们的部队散落在科尔沁草原的各个角落，一些军事常规信息只需电报和电话传达，重要秘密文件的传达和护送任务就落在了我们这些通信兵的身上。

赤峰似乎一年只有夏天和冬天。十月的时候，就开始生火烧炕了，虽说是师部机关，整齐的军队营房，其实都是土墙在沙漠上堆砌而成，墙体很厚，足有 50 多厘米，想必其主要作用除了御寒就是为了应付随时可能发生的沙尘暴吧。房屋的窗户也很特别，一定是考虑到沙尘暴的缘故，窗户的作用只是为了采光，两块玻璃一块靠外一块靠内插进土墙内，没有丝毫的通风透气作用。刚刚过去的冬天最低气温达到了零下 30 多摄氏度，作为南方人，我的膝盖早就感到从未有过的疼痛。当初在新兵集训营时，就曾因为膝关节疼痛中途停止集训休息过一个星期。这里的冬天特别的长，进入四月的时候，白杨树才开始发青，而我的腿却痛得再也走不动路了。

卫生所有两排营房，也在师部的大院内，我终于住院了。

二

　　"谁叫马琪？"

　　夜间病房的走廊里很远就听见有女人的喊声，这个声音与众不同。好久没听见女人说话的声音了，这个声音把我从熟睡的梦境中唤醒，听起来舒服极了。温柔亲切，柔韧而又干净利索，既甜美又不矫揉造作，显然声音的主人是性感而又成熟的。

　　"到！我就是！"

　　当了半年兵，对于听到自己的姓名随叫随到已经习惯。只是只闻其声不见其人，让我在床上愣是僵了半天，以为还在做梦，但听见"咚咚咚"有节奏的脚步声越来越近。

　　"你就是五床马琪？今天周末，夜班是我值，有什么急事找我！"

　　一个身材高挑身穿军官服的年轻女人向我走来，却没作丝毫停留，只留下了背影，那么的高贵美丽，一双大大的眼睛在我的眼前一闪而过，那充满"诱惑"的眼神却始终留在了我的脑海中。我望着她远去的背影"哦"了一声。

　　后来五天的住院，躺在床上的我再也没有见到过"大眼睛"。我用耳朵在听，用心在等，也没有等到那"咚咚咚"的脚步声。我甚至有点后悔，那个夜晚我应该有点儿急事发生，哪怕是肚子疼一疼，牙疼一疼，去找一找她也好。

　　四月天了，依然很冷。赤峰地区军队属于"四皮区"，所谓"四皮"就是皮帽、皮大衣、皮大头鞋和皮手套。我的"四皮"还在身上，一点也不敢随便脱下任何一样，生怕关节炎复发。

住院一周，膝关节疼痛得到了缓解，走起路来也不再瘸了。卫生所的医生说，要想根治除非离开这个地方，因为这里的气候太寒凉了。

果然没隔几天，又复发了，疼得我下不了床，已不能做任何事情了。我犹豫不决，却又难以开口向领导汇报，最终还是向师部写了申请，野外护送绝密文件的任务我干不了了。这让陈兴伟很沮丧，他说："马哥，没了你，我干什么也没劲了。"

"我也不想离开你，你会遇到比我更好的搭档。"

"再好也还是不如你好，你知道的，我俩是亲兄弟。"

他这句话说得我掉眼泪了，我跟陈兴伟是一样的心情，我何尝不愿意跟他在一起，我们早已是生死之交。

部队调换工作不是一件容易的事情，申请提交了一个月，也无人理睬。那天我实在忍不住了，直接去了政委办公室。

"年纪轻轻的，怕吃苦怎么行？"政委看了我一眼，严肃地说。

"首长，我不是怕吃苦，是我的腿真的不行了，膝盖已经水肿了，我的腿已经不能走路了。"我立马撸起了裤腿，给政委看。

"不是不相信你，小马啊，相信你是个好战士，曾经还立过功。只是暂时找不到替代你的人，也找不到适合你的工作。"

"政委你看，这是卫生所的疾病诊断证明。"

"你把证明放这儿，我们再讨论研究一下，你先去休息几天吧！"

政委这样一说，我心里稍微舒服了点。

父亲又来信了，还是些老生常谈的话题，说他与母亲一切都好，两个姐姐也都挺争气的，基本上不用再操心了，现在全家的重心都放在了我的身上，关照我一定要好好表现，争取下半年上军校。我也明白，只有上军校这条路能够改变我的命运了，可又担心如今我的现状会影响到我的前途。

看着来信，我突然有了想家的感觉，惦记起父亲的好来。当初他是最反对我来当兵的人，他的反对如今想想是有道理的，这里远离扬州，根本找不到关系能跟上面说上话。如果当初听了父亲的话，复读一年，我也许现在已经坐在大学课堂里了。

一天，班长让我去师部，我既紧张又兴奋。到了师部，文书通知我今后的任务便是负责师部机关及后勤部队的一些文件和公私信件的收取和发放工作。

"谢谢！感谢首长！"

我激动得语无伦次，毕竟，我没有找任何人任何关系，工作居然变动成功了。还有，我一直瞒着父母，就是怕他们操心，这下我可以大胆地告诉他们事情的来龙去脉了。

"讨论的时候，政委帮你说了不少好话。他说你是个人才。你小子人缘不错，也一定下了不少功夫吧！"文书小声地问我。

"没有，绝对没有。我真的是有病在身！"

师部文书神秘地笑了起来。这一笑反而让我内心不平静了，第一次感受到被别人误解是一件痛苦的事情。

然而，发放及收取的文件实在是太多，既烦琐又复杂，一天下来并没有比原先轻松多少。至此我才开始怀疑，当兵这条路我是否走错了。

很久没有遇见陈兴伟了，听说他总在一个任务接着一个任务地去完成，三五天才回一次师部，他的搭档换成了一个比我还要小的新兵。

"马哥，从你走了，我变得勇敢起来了。"陈兴伟自豪地说，我知道他想改变我对他的看法。

"你本来就是个勇敢的人……"我的话还没有说完，便看到陈兴伟的眼眶发红了。我能感到他在成长，我们应该都在成长。

今天是第一次给卫生所送信，除了几封公函，还有一封卫生所所长的私人信件，信封封面上写着：卫生所所长鄂丽收。

来卫生所已不是第一次了，上次住院就连续待了一周，虽然比较熟悉这里的环境，可来所长室却是第一次。很显然，从信封上看这所长是个女的。卫生所本来女人就多，整个师部机关女人最多的地方就是卫生所了。以前经常听人说某某某为了看哪个女医生还是女护士故意装病住院，某某某每天有事没事搞点事情来卫生所报到，就连上次的住院我还被连里的不少人莫名其妙羡慕了好久。

"咚咚咚，咚咚咚。"我看见门口写着"所长室"三个字，便上前轻轻地敲起来。看得出来门没有关严实，里面一定有人。

"咚咚咚，咚咚咚。"

我见半天里面没有动静，于是又敲了一遍。这一遍敲的力度稍微大了点，声音也大了好多。可敲完我就后悔了，不应该使这么大劲，这对主人似乎不太礼貌。

要不要再敲门？说不定里面真的没人，再敲也不会有人开门。要不就推门？门是掩着的，一推便可推开。可推门又不妥，里面如果有人，贸然推开是没礼貌违反军规的行为，里面如果没人就更不能推开。

我站在门外犹豫了很久。

还是用老办法吧，这是我送信常用的方法，遇到没人的时候，把信从地面的门缝里塞进去。这样主人回来后一开门便可看见。

我弯下了腰趴在地上，把那封信从门缝往里面推。我刚刚站起来，门却突然开了。

"谁这么没礼貌？谁这么放肆？没看见我在拖地吗？地上这么潮，能就这样塞进来吗？"

这是个熟悉的声音，是我在梦中想了很久的声音，只是如今有点儿骄横跋扈。我惊呆了。

眼前站着的女人大眼睛浓眉毛，肤色白里透红。高挑的身材挺拔婀娜，一身军装更显出一种高贵大气和神秘。

我盯着她看了半天也没有说出话来，因为"大眼睛"此刻就站在我的面前。

"对不起，我以为里面没人。"

认错这样的事仅仅是舌头打个滚儿而已，更何况眼前的这位是"首长"，是个任性蛮不讲理的"大小姐"，但重要的是这些东西我都喜欢。说不清为什么，自从那天晚上，她似一阵风从我身边吹过后，我便晕头转向了，被她深深地吸引了。

"对不起有什么用，你弄湿了我的信封。""大眼睛"弯下腰捡起了信封，站在我的眼前，盯着我看了起来。

"报告首长，我甘愿接受你的批评，如果没什么事我该走了！"

我立即感觉到难为情，并觉得有必要赶紧离开。这女人不好对付，往下还不知道要什么花招，虽然我愿意被她耍，被她纠缠，但在首长面前需要矜持，可她是个女人，我又怕我做不到。

"好吧！这一次就算了，放过你这小子，下一次没这种好事了。"

鄂丽微笑着看着我，让我有种春风拂面的感觉，这种感觉几乎把我整颗心都甜醉了。再回想当初对周燕的那段情感，只感觉当初的我是多么的幼稚和荒唐。

送信的"艳遇"让我偷偷在心里乐了好几天，没有想到那梦中想了千百回的"大眼睛"居然是以这样的方式重新出现在眼前。"笑渐不闻声渐悄，多情却被无情恼。"我连续有好几天茶不思饭不想，发现自己无法自拔了，甚至眼睛一闭就能看见一双大眼睛在闪烁，还有鄂丽朝我微笑时露出的那一排整齐的牙齿，怎么看怎么舒坦。

二十三岁的我已经懂得这是一种爱的冲动，就是有点害怕这样的爱会让我失去自我，我不得不承认我已经爱上她了。我并不觉得丢人，我想默默地爱她，并不伤害她。

这样的爱是朦胧的、真切而又迷茫的，内心还有一团无名的火在燃烧，一直烧到我的嗓子眼，有时烧得我产生一种冲动，想去拥抱亲吻鄂丽的冲动。可一旦这样的感觉产生的时候，我又开始自责起来，也许更多的是自卑，这是一种奢望，不该属于我。

陈兴伟这一天特地来找我，带了一瓶二锅头，还有两听肉罐头，操着四川话："马哥，好久不见，想死我了，咱哥俩好好喝两口！"

我知道他是真心想我了。

"怎么回事？你一下子瘦了好多？"

"没有，这两天肠胃不舒服，吃得少了。"

这小子胆子虽小，但很会察言观色。"你小子，一定是想女人了！"

陈兴伟虽然在开玩笑，却一针见血地说到了我的心上。我有点脸红了。

两人不是第一次喝酒，却从来没有像今天这样喝过。不知不觉快喝完一瓶二锅头了。谈着谈着，陈兴伟自然而然地谈到他的那个女人。

"你根本不知道睡女人的滋味，她像一只小鸟依在你怀里，她又像一只耳耙子，挠得你心里全身都痒痒的，舒服极了……"

陈兴伟全然陶醉在他一个人的世界里，丝毫不知道他其实在诱导我，这让我很难受。

"她突然抱住我，要我要了她。我想控制，可是我控制不住，我是第一次，她也是……"

这种状态下，陈兴伟一时半会儿是停不下来的。我没有完全明白"要我要了她"这句话意味着什么，可我又似乎能明白。

我其实挺羡慕他的，我渴望有一天也能成为一个真正的男人。

酒喝光的时候，罐头里的肉也吃光了，两人趴在桌上呼呼大睡过去。

天开始暖和了。有些日子没见到"大眼睛"了，我隔天从军用邮件车上翻取邮件，可没有一封是单独寄给她的。

已经快一个月没有看见她了，虽然卫生所去过几次，几次她的门都是虚掩的，可我手上没有她的邮件，哪能贸然去推开那扇门呢？"大眼睛"迷人的样子渐渐在我的视线中模糊起来，梦中却又是那样的清晰。模糊和清晰在焦虑中交织着，我有点恍惚不安起来。

"咚咚咚，咚咚咚！"

终于一封"卫生所所长鄂丽收"的信件捧在了我的手上，我如获珍宝地站在鄂丽的门前，激动而又忐忑不安地准备敲门。

"咚咚咚，咚咚咚！"

一遍不行，两遍，我重复了一次，一切就像第一次的重演。信封从门缝塞进去的瞬间门开了，开得比上一次快，仿佛开门人随时在把着门把等着地上信封的出现。

"又犯错误了，又弄湿了我母亲的信封！不是跟你说了吗？地上湿，不能这么塞！"

"大眼睛"显然是存心刁难，依旧是那么的任性和野蛮，我不知道该说什么，看着"大眼睛"的嘴巴在动着，有理在她面前也不愿说了。

"那么烦请鄂所长下次说一声请进或者请推门！"我也不知道哪里来的勇气敢对鄂所长如此不敬，"没什么事我走了。"

如此不知所措地面对日思夜想的姑娘总不是个办法，我怕时间长了对自己反而是种伤害，况且这姑娘不是省油的灯，尽管我很想跟她再多待一会儿，可是根本没有理由。

"站住，你进来！"鄂丽突然叫住门口要走的我。

我几乎忘了自己是来干什么的了，更不敢相信自己的耳朵，怎么也不会想到"大眼睛"会让我进去，我无法左右自己的双腿。

"你进来，我有话要问你！"鄂丽看到我在迟疑，又加了一句，"我命令你进来！"

"是，所长！"我抬腿迈进了门口。

"你坐下！"

鄂丽搬了张凳子让我坐下，我发现鄂丽的这间屋子简单而清爽，墙上还挂着一幅人体解剖图案，这让我感觉很熟悉，我妈的办公室也有这样一幅图。

"小同志，叫什么名字？哪里人？"鄂丽边问我边用手梳着头发，只是"小同志"这三个字让我想笑。

"我，马琪！"在首长面前必须实话实说。

"啊，你就是马琪，怪不得这么面熟。对，上次住院的时候看见的就是你。"

"是的，我住过院！"

"你知道吗？你可是个名人，我听我父亲夸过你，有情有才，有勇又有谋！"

鄂丽一下子兴奋起来，眼里放射出了光芒，刚刚的傲慢和嚣张顿时消失得无影无踪。

"你父亲？请问谁是你父亲？"听了鄂丽的话，我一下子愣住了。

"我父亲是鄂建文。"

鄂丽的话让我惊呆了，"鄂建文"三个字早已如雷贯耳，鄂建文是军长啊！

也不知自己是如何告别了鄂丽走回营房的，不敢相信让我日思夜想的姑娘居然是军长的女儿。难怪这么的刁蛮和任性，也难怪我见她第一眼时就被她独特的气质吸引。原先的自卑，我觉得是因为小兵与卫生所所长之间的距离，可如今距离更大了，她可是军长的女儿。

想了几个晚上，我终于想通了。花儿虽然美丽，并不一定非得摘下来，远远地凝望着她，欣赏着她，祝福着她，同样也是一种爱的表达。

想明白归想明白，鄂丽的眼神却总浮现在我的眼前，有时似百头小鹿在奔跑相互撞击，有时似一汪潭水平静安宁，有时又似一团熊熊燃烧的火焰在喷射着激情。我知道我已深深地爱上了鄂丽，单纯而又彻底，毫无半点保留，这可如何是好？

就在这个时候，我看到了一个奇迹。

一天傍晚时分，夕阳普照在这片沙漠上，天空的远端烧起了一片红霞，照得这片大地渐渐发红，远处深绿色的军用卡车队似蚂蚁般缓缓地爬行过来，与这片土黄色的沙漠形成鲜明的对比。也就在此时，天空中出现了一片神奇的景象：前方大片云端上浮现出一片鳞次栉比、错落有致的高楼大厦，整齐的街道、奔跑的汽车和川流不息的人群；街道两边的大树郁郁葱葱，树叶似乎在随风飘动，甚至连电线杆上的电线也清晰可见。这景色仿佛很近，伸手便可触及，又仿佛很远，在另外一个很遥远的世界。

军营里一下子热闹起来。

"快来看，海市蜃楼！"

"果然是的。"

"真美啊！"

人们争相出来观赏，连长说这样的景色沙漠中常常出现。

海市蜃楼是一种光学幻景，是物体反射的光又被大气折射形成的影像，有在海上出现的，有在沙漠出现的。这样的知识我小时候就已经了解，只不过第一次有幸看到。

久违的景色让站在沙漠上的所有人想到了各自心中的家乡，那山那水，那些街道和房屋……

终于，十分钟不到，天空中的高楼大厦渐渐模糊开来，消失得无影无踪，让人意犹未尽，浮想联翩。

"看过的人今年要走好运！"有人笑着说。

"刚刚时间真短，要有个相机拍下来就好了。"

"什么运？"

"桃花运！"

"哈哈哈……"

我以为是真的，我盼望我能走次桃花运。

海市蜃楼的当天晚上，我写了信给父亲，除了汇报学习工作生活外，特地很兴奋地介绍了海市蜃楼。我很想让我的父母跟我一起分享海市蜃楼出现的那一刻带给我的快乐和愉悦。

而对单相思带来的痛苦我只字未提。我说不出口，不能告诉父亲我爱上了一个姑娘，是卫生所所长，还是军长的女儿。父亲听了一定会被吓到，非得来一趟部队不可。

可就在第二天一大早，我刚刚起床，准备晨练，门外就有人在喊："马琪，有人找！马琪，有人找！"

我打开门，一下子惊呆了，我以为是在做梦，站在我面前的居然是身穿军官服的鄂丽。鄂丽的眼睛似乎更大了，更显妩媚与娇美，恰似春风拂面而来，一直吻到了我的心坎上。只是鄂丽的脸色有点发黄，像没有休息好，又像有万重的心事一样。

"小马，你下午来我办公室，我有事找你。"

说完她转身离去，不等我的回答，仔细听声音有点颤抖，却又似一道命令，不留任何商量的余地。

"马琪，刚刚这女人是谁啊？"

"马琪，我认识，这女人可是卫生所所长啊！"

"马琪，你可真是天大的本事，这样的女人居然也找上门了。"

"我的天啊，马琪，听说这女人有来头！"

"马琪，你好有艳福，这女人真的很漂亮！"

"马琪，你小子中啊……"

看着鄂丽远走的背影，我紧张得一句话也说不出口，使劲拍了拍自己的脸，有点疼，知道这不是在做梦。这一刻我兴奋得心快蹦出了胸膛。

我真的不明白也找不出鄂丽一大早就来找我的理由，要知道我仅是个普通得不能再普通的通信小兵啊，而她却是个女军官。去她办公室？去她办公室干吗？究竟什么样的事情不能当面说还非得到她办公室去说？

战友在七嘴八舌地拿我开着玩笑，我没有一点轻松的感觉，忐忑不安了一个上午。

"咚咚咚，咚咚咚！"

我如期赴约，终于第三次站在了卫生所所长办公室的门前，门依然是虚掩的。跟前两次一样，我举起手，开始礼貌地敲门。这敲门进门不仅仅是出于基本的礼节，更是因为部队有铁的纪律和规矩，见首长须报告，首长叫了须喊"到"，下级必须无条件服从上级，所以我无论如何都不能直接推门而入。况且有了前两次的前车之鉴，我更应该小心翼翼地应付这个女人，这是一个让人摸不透、不能爱却又爱不够的女人。

敲了半天里面依然没有反应，我准备举手再敲第二遍。这鄂丽也太不像话了吧，明明你约了人家过来，你却躲着不开门，拿什么架子，你是军长女儿怎么啦，军长女儿就能捉弄别人吗！

门突然打开了，一股香气扑面而来，像是涂抹了雪花膏的味道，暗香盈袖，沁人心脾。鄂丽满面通红，今天她把头发全梳到了后面，更显得清爽和神气。难见的笑容带着一种羞涩和兴奋。

"哎哟，小马你来啦！"眼前的鄂丽像换了一个人似的，一改往日的严肃。

"报告，所长好！"

"愣着干什么？你倒是进来啊！"

我的心咚咚直跳，一看见她我脑子就蒙了。

我迟疑了几秒才进去。地板依然一尘不染的样子，窗户的玻璃擦得雪亮，阳光已经照了进来，照得我不知所措。六月的气温虽然才开始回升，我却已经满头大汗了。

"小马，你坐。"鄂丽指着早已搬好的凳子说，这凳子正好靠近鄂丽的办公桌。

"别，就让我站着吧！"

"哪能呢！我请你来是有事的。"

"嗯，那好，我坐！"

"有件事想求你，你帮也得帮，不帮也得帮。"

我一听鄂丽找我有事，而且语气还如此强硬，反而立马轻松下来，连脸上的表情也放松了很多，刚刚还胡思乱想了一气：这位大小姐对我有意思了……

我一直红着脸，我希望这是个理由——癞蛤蟆想吃天鹅肉嘛。

"鄂所长，请讲！"

当年对周燕萌发情愫的时候，那是一种青春的躁动，是不成熟幼稚的表现。除了周燕之外的女人，我见谁都没有紧张过。可现在面对眼前的女人，我连嘴唇都在颤抖了。

"我初中毕业上的部队医校，所以高中课程没学过。找你来就是想让你帮我订个计划，从明天开始每天晚上帮我辅导高中课程。"

没想到鄂丽张口说出这样的话。此时她的脸庞像一朵羞答答的玫瑰在盛开着，可爱极了。

"你愿意还是不愿意？不愿意，我就另找他人？"

"我愿意！"

我想都没有想就脱口而出。对于鄂丽提出的任何要求，不要说做得到，就是做不到都要答应下来。更何况辅导高中课程是我的强项，想当初高考复习我是下了功夫的。无论是高中语文、高中数学，还是物理、化学，我都熟悉。听听鄂丽的口气，"不愿意就另找他人"，大小姐的脾气已经开始耍了。

"好，那么就从明天晚上开始吧，这是高中语文书和数学书，我早就准备好了！"

鄂丽从抽屉里拿出了两本书，眼睛里散发着兴奋的光芒，刺得我的心直痒痒。而在我的眼中，鄂丽美得如天使一般。

"我特别羡慕那些上过高中的人，觉得这是我人生的一大遗憾，我做梦都想重返高中课堂。当初我自己闹着要上医校，父亲母亲不同意，我就跟他们抗衡到底……"

鄂丽的话我当真了。

眼前的鄂丽不仅美丽，而且天真无邪，这样的天真无邪是最真实人性的体现，丝毫也无法找到她原先高傲而任性的影子了。

我捧回了鄂丽给的课本，连夜备课。我不清楚鄂丽的语文、数学底子究竟差到了什么程度，也不清楚鄂丽的学习能力究竟有多强，教到什么程度才能让鄂丽满意。

鄂丽的书不时散发着香气，我捧在手上闻了又闻，这香味就是下午鄂丽身上的。我情不自禁地把书放在胸前，闭上了眼睛，仿佛怀中正抱着鄂丽，甚至还感觉到了鄂丽的心跳和呼吸。

这已经是第六个晚上了，鄂丽的所长办公室灯火通明。

"小马，把这块巧克力吃了，奖励你的，你讲得比老师还好。"

"谢谢鄂所长，你听懂了吗？"

鄂丽剥了一块巧克力放进了我的嘴里，让我受宠若惊，这孤男寡女的，我的脸一直涨得通红。

"你辛苦了！你不仅思维敏捷，而且讲解精辟，让我佩服。"

"能让所长听明白了，我才是真的讲得好。"吃着巧克力，我心里甜如蜜。

"送我回宿舍。"这是鄂丽每天课后的要求，我没有半点不情愿。

6月的赤峰，白天的最高气温已经达到 37 摄氏度，可到了夜晚气温却一下子降到 10 度。

月光下，凉风吹动着，有点刺骨的寒凉，沙漠显得尤其宁静和安详。鄂丽在前，我在她的身后紧跟着。

"小马，我害怕！"

"别怕，有我呢！"

"小马，我冷！"

我很想上前拥抱她，可我哪里敢？想了半天，我脱下我的外衣，轻轻搭在鄂丽的肩上。没想到鄂丽猛地转过身一把抱住了我。

我的双手搁浅在空中半天没有放下，心快跳出了胸口。

"对不起，我不该这样……"

鄂丽立马松了手，我却后悔刚刚什么也没干。

三

有人说看过海市蜃楼后会走好运，我相信了。我的运气果然来了。

每当我回忆与鄂丽相处的这段时间，都感觉自己是世界上最幸福的男人。

"马琪，师部名单下来了，你是我们连唯一被长沙工程兵通信学院录取的新生，恭喜你！"

连长兴奋地一大早就来到我的宿舍。战士们都过来了，上次申请军校的不止我一人，这个结果一定让很多人心里不舒服。果然有几个人一声不吭地走开了，我感觉有点对不起他们。

我回过神来想想，这是件天大的喜事，能够上军校不正是当初我参军时父亲最大的愿望嘛！父亲要是知道，一定高兴坏了。可不知怎的，我却无法兴奋起来。

这一晚补习的时候我发现鄂丽在走神，明明昨晚刚教的三角函数公式都会背的，今天又全忘光了。

"马老师，你再教我一遍！"鄂丽似乎撒起娇来了，这让我非常无奈。

"好吧！今天再讲一遍！"

此时，鄂丽的双眼根本没有看我在写什么，却直盯着我的眼睛。我边说边写着，突然瞧了鄂丽一眼，没有想到四目相对了。我的心不禁"咯噔"一下，似乎被电到了。

我躲开了鄂丽火一样的视线，提醒自己要冷静，尽管无法停止想她喜欢她，但我清楚我与她之间是有距离的。另外，马上要上军校的事情我还没有告诉她，我不知道这事该不该告诉她。

"马老师，干吗停下来，讲啊！"鄂丽发现我在逃避她的目光，反而蛮横起来，"哎，不许你这样心不在焉。"

我觉得她才是真正的心不在焉，这几天她总在装不会。如此讲下去，我怕讲三年也教不完高一的课程。

后来的一天下午，负责招生的刘同志来到军营通信连，特地把"长沙工程兵通信学院"的录取通知书交到了我的手中。

"马琪，好样的，当初我没有看走眼，连鄂军长都关心你上军校的事情了，特地强调，要优先安排一些积极向上的青年才子。"

接过录取通知书，我听到"鄂军长"三个字时脸上顿时通红起来，听刘同志的话，似乎有点弦外之音。莫非这一切鄂丽都知道？莫非上军校是鄂军长所安排？我心中不安起来。

"什么？军长吗？"

"是啊，鄂军长。"

不安的同时还带有内疚，让我骄傲不起来了。因为同样高中毕业，工作表现优异的陈兴伟就没有保送上军校。陈兴伟昨天刚刚在我面前发过一阵牢骚，说不想当兵了，没有指望了，他想回去参加今年的高考，争取考上四川美术学院。

天气越来越热，我膝盖的关节炎也一天天好转起来，连长通知我该与其他战士一样轮流完成户外送信任务了。

"鄂所长，明天我得去通辽执行任务，大约三天后回来！"晚上上课时我告诉她。好久不出远差了，从前向来是无牵无挂地出门，而这一次还没有出门便觉有了牵挂。虽然挂念的话我无法说出口，但我还是说了："好好的，等我回来！"

鄂丽的眼睛似乎有点潮湿，盯着我半天，然后突然笑了起来："太好了，我等你回来！"

第二天一大早送我去赤峰火车站的军车停在了师部机关大院里，我正准备上车，却看见鄂丽急匆匆地奔来。

"马老师，这是一封给我母亲的信，麻烦你送到我家里！"

六月的朝阳照映着鄂丽美丽的脸庞，额头上密布的汗珠把她的皮肤更衬得白里透红。

"具体地址都写在信封上了……"

事到如今，连里的很多人都在背后议论我与鄂所长的特殊关系，说的最多的是我高攀了女军官，但似乎没有一个人知道鄂丽是军长的女儿这件事。

完成任务后，我按地址摸到了通辽鄂丽的家门。

"阿姨，我是通信兵马琪，鄂所长让我给您送信！"

开门的是一位中年妇女，穿着军装，官太太的模样，漂亮的眼睛与鄂丽如出一辙，我猜测她一定是鄂丽的母亲。

"你好，快进来，快进来！"这女人似乎一下子反应过来，盯着我看了半天。

"阿姨，这是信。"

"坐。来，陈妈，给小马削个苹果！"

鄂丽母亲一直盯着我，招呼保姆的同时接过我给她的信。

我啃完苹果，她也看完了信。

"阿姨，任务完成了，我该走了！"

我觉得我已经完成了鄂所长交代的任务，回去也好交差了。

"小马，这天已经黑了，黑灯瞎火的，你一个人往哪儿走啊？今天就在我家吃饭睡觉，明天一早再走。"她说得很诚恳，有点让我感动，"听阿姨话，今晚阿姨包饺子给你吃。吃饱喝足睡足了，明天才好赶路啊！孩子！"

恭敬不如从命！既然鄂丽母亲真心留我，我不如就依了她。

"你就睡这个房间吧！早点儿休息！"

"是，谢谢阿姨！"

吃得饱饱的我很快便睡着了……我骑着一匹枣红色的大马，驰骋在辽阔无垠的草原上，天是那么的低，又是那么的蓝，仿佛要与草原合二为一了。鄂丽身着一件颜色鲜艳的蒙古袍，远远地站在蒙古包前，像仙女下凡，又像一朵含苞欲放的玫瑰。

"我等待着，美丽的姑娘哦，你为什么还不到来哦？"我边唱边奔向了鄂丽。

轻轻的，软软的，柔柔的，暖暖的，我托着鄂丽的下巴，仔细地幸福地端详起来，大胆地用双手抚摸起鄂丽的脸庞。鄂丽深情地注视着我，渐渐靠近我。我感觉到了前所未有的舒适，一种像丝绸一样柔滑的触感在我的脸上徘徊。我笑了，一笑便笑出了声，也笑醒了。睁开眼睛时，我惊呆了：一个女人的脸正靠近我的脸，她的双手正捧着我的脸，她在我的脸上来回亲吻着，双眼紧闭着，那样的专注，我感觉到了她急促的呼吸，还有她柔软的身体正贴近我的身体。

"鄂丽！"我终于脱口而出。我惊呆了，梦与现实居然就是一回事。

"马琪，我爱你！"鄂丽并没因为我的惊叫而慌乱，坐在炕边，依然俯身用双手捧着我的脸。

"不，这究竟是怎么回事？"我坐起身，全然没了睡意。

"我不明白，既然你自己回来了，为什么还要我来送信？既然我已经送信了，你为什么还要回来？"我语无伦次，其实这样的问题根本没必要问，鄂丽深情的亲吻就是最好的答案。爱情让一个女人也几乎失去了自我。

"送信是为了让我妈看一看你，我妈留你过宿是因为知道我晚上也要回来，我信上告诉我妈，看不中，就不留宿，我知道我妈一定看得中你。我回来是因为知道今晚你会躺在我家的炕上，还有我想你了……"鄂丽认真地说着，没有丝毫遮掩。

我真的激动得不知所措，我不明白，为什么幸福来得这么快，这么神秘，这么突然，就像刚刚做了一场梦一样。我几乎不能相信眼前的女人就是鄂丽。如梦一般，我张开双臂抱住了鄂丽，紧紧地把鄂丽揽在了胸口，这一刻我的热血在沸腾，我的心跳在加快。当感觉到鄂丽柔软而突起的乳房紧贴我的胸口时，我快疯狂了，我于是狂热地吻起了她的前额、双眼、面颊、嘴唇，仿佛这个世界只剩下我们两个人……

我的双手在鄂丽的全身抚摸，并感受她加速的呼吸和心跳。我们紧紧地拥在了一起。

"马琪，我比你大一岁…"

"我喜欢！"

"从第一次送信，我便喜欢上了你！"

"我从第一次住院，便喜欢上了你。"

"我原本就是高中毕业，找你补习是借口！"

"我知道！你是有意装不懂。"

"你真坏！"

"我不坏，我喜欢你！"

"我也喜欢你……"

就这样，我与鄂丽拥抱了一夜，说了一夜的话，只是彼此都没有解开衣服。

太阳从窗户射进来，当阳光几乎照遍我全身的时候，我睁开了眼睛，定神看了看四周，方才想起这是在通辽鄂军长家客房的炕上。刚刚怀中似乎抱着的是满满的幸福和希望，怎么一下子什么都不见了？不，我不希望那是我的幻觉。

我意识不到这种失落的感觉究竟来自哪里，努力回忆夜间发生的一切，仿佛就在眼前，又似乎在很久之前很遥远的地方，蓝蓝的天空下绿色的草原、一匹枣红色的骏马、鄂丽，还有那丝绸般亲吻的感觉……

"鄂丽呢？鄂丽呢？"

我在心中猛然呼喊起来。对，刚刚怀中拥抱的就是鄂丽，我心中的女神，让我魂牵梦绕如痴如醉的女人。这一切是梦又不是梦，耳边刚刚不是还有与鄂丽的呢喃细语，卿卿我我的表白吗？还有鄂丽急促的呼吸声在回响，有鄂丽的雪花膏香味在飘散，还有刚刚怀里鄂丽酥胸紧贴的感觉……

我立马起身下炕，我想立刻见到鄂丽，哪怕就见一眼，我想搞明白这一切。

可一切是那样的平静和自然，整个院子的每一个角落我都用眼睛和心去找了，没有鄂丽的一丁点儿影子。在梦与现实的交错和变幻中，我迷失了方向。于是我开始烦躁不安起来，怀疑自己是否出现了幻觉。

"有空与鄂丽一起回来玩！"鄂丽的母亲在临别时真诚地对我发出了邀请，似乎昨晚一切都没有发生一样，只字不提鄂丽的归来，这让我更是一团迷惑。我带着困惑和不解踏上了回军营的归途。

火车从通辽开往赤峰，窗外掠过一片片农田和树木，风把纠结难受的我吹得更加心烦意乱。昨晚发生的一切像神秘电影的情节一样扑朔迷离，双眼一闭鄂丽的身影便在我眼前晃动：明亮的大眼睛，宽厚的额头，白皙的皮肤……现在的我也终于知道了陈兴伟思念情人的痛苦了，只是我的痛苦比陈兴伟还多了一些莫名的苦衷，我甚至连鄂丽的来去踪迹都没有搞明白。鄂丽啊，请告诉我，你究竟在哪里？

知道从赤峰去军营的专用卡车得第二天才出发，我心急如焚，盼望着能很快看见鄂丽。

终于打听到有一辆工程兵运送木材的军用车要去营部，驾驶室已坐满，但我还是请求驾驶员带上我。

"同志，求你带我一程！"

"你没看到驾驶室坐满了吗？"

"我看到了，我愿意坐到后面的木头上。"

"你不怕风吹日晒？"

"我不怕。"

"你不怕坐后面难受？"

"我不怕！"

"好，那你上来吧！"

只要能快点见到鄂丽，吃什么苦我都愿意。驾驶室内，除了驾驶员还有另外两名官兵，经不起我的哀求，便依了我。

烈日把我的脸晒得通红，热风吹干了我脸上的汗水。卡车颠簸在凹凸不平的路上，我坐在木头上，屁股颠得生疼，我的手紧紧抓着捆绑木头的麻绳，心里只想着鄂丽。这一刻我没有饥饿和疲倦，满怀的是深情和甜蜜，焦急不安地等着远方渐渐靠近的科尔沁大草原。

天那么的低沉，尤其那些成块的云朵，仿佛唾手可得，可是那些云朵的形状却很奇怪，颜色也很特别，白云中夹杂着黑云，让我有种异样的感觉、不祥的预感。

车行半途中，路边有个士兵叫喊拦车。

"停下，停下！"

是他们同一个部队出来执行任务的勤务兵。

"带上我吧，我等了半天也没等到车！"

"可是不行啊，驾驶室坐不下，车上又全是木头。"驾驶员面有难色。

"你就帮帮忙吧！"

"不要说我们是一个部队的，就不是一个部队的，遇上困难也该帮的。但实在不好坐啊！"

"我就坐到后面，后面不正好还坐着一个人吗？"

拦车的看见我坐在卡车的木头上，坚持非上不可。

"好吧！你一定要注意安全！"驾驶室内当官模样的人发话了。

拦车的人爬了上来，身材没我高，比我瘦，黑皮肤，身上还背着两个包。他爬上来后朝我笑了笑，我也朝他笑了笑，算是相互打了招呼。

我手里依旧紧抓着麻绳。没想到，他爬上来放下背包后，便整个人都趴在木头上。一定是走路走得太累了，爬上车想彻底放松放松吧。这个动作让我看得很羡慕，因为这家伙脸对着木头，连太阳都晒不到，似乎很是享受。想必因为卡车三下两下颠得他很舒服，他很快便睡着了，一动不动。

我心想着过会儿我也做做这个动作，一定非常地惬意。看见他睡着了，我也闭上了眼睛，只是双手仍然牢牢紧抓着麻绳。

突然一个急转弯，只听见"哐当"一声，我睁眼一看，刚刚趴在木头上的那个战士不见了。我顿时吓出一身冷汗，站起来一看，卡车身后十几米的地方正躺着刚刚那名战士，四脚朝天，似乎正在挣扎着。

卡车也停了下来，驾驶室里的三名官兵吓得魂不附体。我跳下了车，看到满地鲜血。刚刚那名战士脸色发青，嘴唇发绀，眼睛直往上翻，口吐着唾沫，我们四个人围着他竟束手无策。我试图按母亲曾经教过我的急救方法进行人工呼吸，试了两下，一点效果也没有。

四个人站在这前不着村后不着店的空旷荒野里，眼睁睁地看着这名战士伸直了腿，头一歪，闭上了眼睛……

这是二十三岁的我第二次近距离经历人的生死瞬间。一个年轻的生命就这样在我的眼皮底下烟飞云散了。当年王小多的死还历历在目，尽管我始终相信生命是坚强的，可千真万确又是脆弱的，一眨眼的工夫便没了。

今天的我显然比上一次悲伤得多，不仅仅因为死去的是战友，更是因为对生命的认识有了提高。人生无常啊，生死也许真是常态，我很想放声哭出来。我不知道这一切为什么会发生，来得太突然了，又是那样的可怕。我很自责，后悔最初没有提醒那名战士这样趴着是危险的，值得庆幸的是我还没有来得及效仿那个动作。

四个人从上午便一直坐在路边等过往的车辆去通风报信。果然有过往的车辆停下来，有人下车搞清楚情况后开车直奔军营。一直等到夜里十点多，才有一队军用吉普车和卡车开过来，车上下来一群人，把我们四人一一盘问了一遍，才把尸体拉回营部妥善处理。

听说这名战士是山东农村的，家境贫寒，家里只有一位老母亲，还是个瞎子。听得个个心酸难受，这一刻我似乎把鄂丽给忘了。我思考着如何帮助这名战士的母亲，只因这名战士离开世界的最后时刻是我老马的战友。

也许，这一切是我的过错，因为我的疏忽，或者是因为这名战士效仿我坐到木头上而丧了命。

我一直睁着眼睛坐在床上，坐了整整一宿，眼睛都不敢闭上，一闭眼就是那名战士趴在木头上的姿势，以及从卡车上被甩出去的那一瞬间。尽管我没有亲眼看到，可是那名战士明明前一刻还趴在我的眼前，转眼间就不见了，很容易想象得出他被甩出去的情景。

生命太脆弱了，脆弱得连一个转弯都无法承受；生命太短暂了，短暂得让我不相信这天地间的一切是否还会继续存在。我更无法弄清楚，既然生死就是一瞬间的事情，为什么人还要继续活着？人活着跟死亡究竟哪个更痛苦？我知道后一个问题比前一个问题更难回答。

与当年霍家庄因掉裤子而自杀的王小多相比，同样是年轻的生命，没有尽到孝道，没有给这个世界留下生命的延续便这么匆匆走了。一个是主动离开，一个是被动离开，两种离开的性质不同，可结果相同。一个是想死，一个是不知道要死；一个是痛苦地选择死去，一个是不明不白地被夺走了生命……

这样的死都毫无意义，除了死法特殊会被人们一时当作闲话来提，今后谁还会记住他们？

我越想越多，子夜的气温开始下降，窗外是寒冷的月光，我不禁打了个寒战。我想到了与陈兴伟在沙漠里与狼群周旋的那一夜。人在死亡面前首先想到的就是生，生的欲望战胜了死亡，而一个人生命的存在和意义就是要活着做点什么。我开始释怀，开始庆幸自己仍活着。是的！活着才是一切的根本，有了生命的存在，才有可能去实现人生的意义和价值。

就这么迎来了黎明，当东方的晨曦伴着天边的云彩共同迎来新一天的曙光时，我才想到了鄂丽。既然人的一生这样短暂和脆弱，既然人人都有追求幸福和自由人生的权利，那么，鄂丽，我心爱的姑娘，我永远不会放弃你，就如同面临死亡我永远不会放弃生存一样，哪怕追你到天涯海角，我也要追到底。

我提前一天回来，又在路上出了这么大的一件事，师部机关一个个都传开了，都说我老马命大福大。两个人搭车，独巧摔死的是那个人，怎能不说是我的运气好呢？

"马琪，有人找！"一到通信连报到就有人喊我。我心里"咯噔"一下，立马想到是鄂丽。

"马琪，马琪，你还活着……"鄂丽气喘吁吁地站在我的面前，看样子是小跑过来的，满脸是汗。她的脸色微白，神情凝重而慌乱，看到我时，顿时释然地一下子抓住了我："你知道我有多着急！"

我看到鄂丽的泪水溢出了眼眶。就在鄂丽伸手抓住我的时刻，也是我想拥抱鄂丽的刹那，鄂丽突然倒下了，那么轻飘飘地软软地倒在了我的怀里。

抱着鄂丽的感觉跟通辽的那天晚上几乎一样，只是今天的鄂丽脸色异常苍白起来，她嘴里喊着："马琪，我头晕！"

我抱着倒下的鄂丽，惊恐万状，失声呼叫："快来人哪，快来人哪！"

许多战士聚集过来，并派人去喊卫生所的医生。

"没什么大碍，太疲劳了，据说她前天赶回通辽的家，昨天一大早又赶来上班！"卫生所来的医生看样子很了解鄂丽。

我虽然静静地站在鄂丽的床边，却把刚刚医生说的每一个字都听得真真切切。

"前天赶回通辽的家"！

我立即像打了鸡血一样精神振奋起来，此刻的我想告诉全世界："前天，鄂丽回通辽了！"原来，这一切都是真的，不是梦，不是梦啊！看着鄂丽的脸色渐渐红润起来，我心里乐开了花。

"鄂所长，好好休息，你是疲劳过度造成的低血糖，很快就会好起来的。"卫生所的医生与鄂丽说着话，我于是放下心来。刚刚鄂丽朝我奔过来的情景始终浮现在我的脑海里，我的内心不断涌动着暖流和甜蜜，我觉得我是世界上最幸福的人。

鄂丽与我的恋情并没有公开，却引起了很多人的猜测。陈兴伟说我走了"狗屎运"。

开学在即，又传来了很多的小惊喜，我的两首诗——《我从科尔沁来到青城》《金色的草原》在《解放军报》上陆续发表了。第二首是专门写给鄂丽的，这让我有了前所未有的欣慰和自信，这一切能否缩短我与鄂丽之间的距离呢，我不愿想太多。

"我大你一岁！"鄂丽终于在我上军校的前一个晚上，在我的怀中，再一次告诉了我。

"我知道，我们一见钟情，我们心心相印，我们是前世的未了情，今世的来生缘。我还知道，你是高中毕业生，找我补课是借口……"

"就想给你一个惊喜！"

我满脸的兴奋，与鄂丽互诉着衷肠，有说不完的话……一起回忆在通辽的那个夜晚，一个神秘而戏剧性的夜晚。

"我上军校，是鄂军长关照的吧！"

"你本来就优秀，我爸爸仅仅是顺水推舟而已。"

"这让我心中不安。"

"即使我们不认识，如果让他推荐，他依然要推荐你。"

"我希望我们原来不认识，我上了军校才认识……"

"我理解你的心情，所以我才喜欢你。"

夜色朦胧中，连蚊虫都不敢打扰我们，我们是一对幸福的恋人。

"一学期会很快结束的！我会写信给你的，我一放假便回来！"

这是今晚我向鄂丽说的最后一句话，鄂丽紧紧地抱住了我，不舍得离开，似有一种生离死别的伤感在心中。也许恋人之间有特殊的感应，只是不知道这究竟意味着什么。

"我会在这里一直等你。"鄂丽的眼睛红了，我知道我们彼此已经离不开了。

从赤峰坐火车到长沙，整整坐了三天三夜。两千多公里的路程，让我觉得已经走了几个世纪，我觉得火车每前进一步就会让我与鄂丽远离一步……

眼睛一闭就是她的影子，那双眼睛明亮而含情脉脉，似一轮弯月一直照在我的心上。我的心留在了赤峰。

我的手里一直攥着一支钢笔，是鄂丽送的。

"这支钢笔是我父亲三年前送我来部队工作时给我的，一支正宗的美国派克钢笔。"

她从包里拿出笔来的时候，我就知道这是个高档的礼物。

"不，你留着自己用！"我拒绝着。这样的笔我父亲也有一支，是别人从国外带回来的。

"你瞧不起我，还是不喜欢这笔？"

"不，我怕辜负了你的这份用心。"

"我不希望你有负担，也不要你有任何负担。"

鄂丽的话让我无法拒绝她，然而我始终觉得我们之间似乎一切还没有开始。

长沙工程兵通信学院位于湖南长沙的南郊区，是中华人民共和国成立后的部队军事院校，已有二十多年的校史。长沙的气候与扬州很相似，早晚与中午的温差不如赤峰明显，各方面的条件比赤峰的部队生活也明显好很多。军校的生活，除了学习比较紧张，其他的我都很快适应了。

来的当天晚上，我便写了三封信，一封给父亲，一封给二姐，还有一封就是给鄂丽。这一天父亲已经等了很久了，我终于没让父亲失望，虽然是学制两年的大专，但好歹让父亲说话硬气了。

别人问父亲："你儿子上的什么学校？"

"上的军校。"

父亲要的就是这个效果，光宗耀祖显然不是一个人的事情，是家族的脸面。

给鄂丽的信我放在了最后。我想在夜深人静的时候放下所有的包袱，让自己的思想和灵魂在这一刻与鄂丽紧紧相拥。我想告诉鄂丽，此时此刻，我正在思念她。给鄂丽的信，我一会儿放在枕边，一会儿放在胸口，恨不能立刻跟信一起飞向赤峰。

因为有与鄂丽的鸿雁传书，日子过得真快，这里的生活虽紧张却充实。课程主要是力学、无线电学、材料学和党史、政治，班上清一色的男生，因为远方有鄂丽，所以我并不感到孤单。

假期就可以回部队了，还剩一个多月，我心潮澎湃，因为不久就可以见到日思夜想的心上人了。然而让我心神不安的是已经快两个月没有鄂丽的来信了，连我寄给鄂丽的信也如石沉大海，我每天如坐针毡。于是我给陈兴伟去了信……

我的内心充满了太多的顾虑和不安。也许她父亲听到此事后坚决不答应，让她改变了初衷，一个当大兵的居然想娶军长的女儿？真是癞蛤蟆想吃天鹅肉。也许鄂丽在这几个月中遇见了比我优秀的人，如果真的是这样，我会祝福她……会不会鄂丽遇到了什么事情啊？又会不会就是生病啦？对，一定是生病了，但是会病得连回信的力气都没有了吗？那怎么可能！

终于等到了陈兴伟的回信，陈兴伟信上写道："就在你刚刚去上学的几天，鄂丽晕倒了一次，前一段时间又晕倒了，而且还昏迷了很长时间，现已转至北京部队医院治疗。"

这是陈兴伟信上的原话，拿到信时我惊呆了，犹如晴天霹雳。鄂丽究竟怎么啦？我突然想到那个早晨鄂丽急匆匆地来找我，然后倒在我怀里的情景，那一定不是一般的低血糖，一定是得了什么病的前兆。如果真的病了，那是什么病呢？

我已经无法按捺内心涌动的不安，在每个难眠的夜里，在每个易醒的早晨，我想着她，抱着她，吻着她。

在那美丽的科尔沁草原的尽头，高高站立着一位美丽的女神，她的温柔和多情像一轮永不坠落的太阳时时刻刻温暖着我的心窝，又像是高原雪山融化的春水不停地滋润着我的心田。我无法相信鄂丽住院这一事实，我希望陈兴伟亲口告诉我这一切都是我做的梦。我一遍又一遍地诵读鄂丽曾经给我的一封封来信，抚摸着信笺，亲吻着墨迹，回想着与鄂丽在一起的分分秒秒……

我怀揣着鄂丽送给我的派克钢笔，用心握着笔在脑子里写下了千万遍鄂丽的名字……我不敢睡去，唯恐醒来再也想不起鄂丽的模样。

我每天寝食难安地度过一分一秒，望眼欲穿地等待邮箱的打开，从盼望到焦急到失望到悲伤，如此的折磨反复地进行着，我几乎快要崩溃，老天爷为何不能成全我俩？

其间父亲来信了，依然老生常谈学习的重要性，要我向二姐学习，马家的香火不能断，马家的书香更不能停。

"争取提干！一能光宗耀祖，二能让马家有头有脸，三能培养、锻炼自己的组织领导能力，四能谈上好姑娘、娶上好媳妇，五能转业到地方上找到与部队级别相当的好工作……"

看着窗外并不热烈的阳光，我的心不知该放在何处。没有了鄂丽，我还光什么宗耀什么祖！没有了鄂丽，我要提干干什么！我甚至想到没有了鄂丽，我的生命还有什么存在的价值！

我突然想到，那个沙漠的夜晚，我与陈兴伟面对狼群的侵袭所做的一切，特别是陈兴伟哭着闹着为着他心爱的姑娘要我救他一命的那一幕。陈兴伟说过这样一句话："我不能死，我死了，她一定也活不下去了，这样一来，就是两条人命了！"

　　当时的我绝对没有如今的我开窍，我一点也不理解那句话的真谛，我甚至想不通陈兴伟为他的女人哭丧着脸的理由。可现如今，我想明白了，这是爱情的最高境界，是用生命去换取另一个人的幸福乃至生命。

　　我一连给陈兴伟写了好几封求助信，请求陈兴伟无论如何得去卫生所打听到鄂丽究竟在何处，是在哪一家医院。已经到了期末，学校规定：二十多天的寒假可以留在学校，也可回部队军营。

　　不出所料，陈兴伟来信说，打听了几圈，一无所获。只知道情况不是很好，这还是从卫生所的医生那儿听来的。

　　我下定决心，确定了方向，也坚信这条寻找鄂丽的路线绝对不会发生差错。对于我来说，从长沙至通辽的三天三夜，火车像蜗牛一样爬行，这三天像过了三年。

　　"阿姨，我是小马！"

　　当我敲开鄂丽家的院门时，开门的是保姆陈妈，她吓了一大跳。"你是上次为小丽送信的小马吗？"

　　我连忙点头说："我就是，我就是！"

　　"为什么瘦得变了形了？"

　　我方才知道自己瘦了。我没法回答陈妈这两个多月我是如何熬过来的，还没等我开口，陈妈的眼泪便夺眶而出。

　　"去看看小丽吧，日子不会太长了！"陈妈转身回客厅拿了一张纸条递给我。

　　"小丽她妈妈知道你一定会找到这儿，写了地址。如果你一定要看小丽，就按这个地址去找她！她现在一定想见到你！"

　　"阿姨，你说的是真的吗？这一切都是真的吗？她究竟得的是什么病？为什么你要这么说？"我语无伦次，急切地想知道究竟发生了什么，泪水在眼眶里直打滚。

"白血病，夫人已经在北京陪小丽好几个月了，军长都哭了好几回了！小马，别太悲伤，一切都是天命，你们俩没这个缘分！"

陈妈似乎知道我们的一切，边说边抹着眼泪，这让我听了更加伤心。我曾经看过一本日本小说，里面提到过白血病，说是血癌，只知道这个病很可怕，必死无疑。我不明白，为什么偏偏鄂丽得的是这种病，为什么老天爷不能成全我俩？

拿着陈妈给我的纸条，我坐上了去北京的火车，焦虑的眼神一直凝望着窗外闪躲的村庄和阳光，好几天无法合眼。

摇晃的列车上，我突然看见无数变了形的妖孽一样的黑色飞虫应和着列车"哐当哐当"的节奏，张大它们长着獠牙的嘴巴向鄂丽飞去。对，是鄂丽，鄂丽正躺在那张病床上，浑身无力，一双充满绝望的眼睛正企盼着，突然间又变得惊恐万状。我立刻拿起手中的枪奋不顾身地扑向飞虫，此刻满腔的冤屈和仇恨，满腹的悲伤和哀愁汇集在一起，发出了一个声音："不、不、不……"满车厢的人都站了起来，看着我闭着眼睛两只手臂在频繁挥舞着……

当一轮残阳照在北京某军区医院的病房大楼时，初冬的寒风更显刺骨。

"鄂丽！"

我大叫起来，拍打着净化室的玻璃。我看到她眼睛里瞬间放出异样的光芒，并挣扎着想起身，可试了几下终究没能爬起来。鄂丽对我露出了欣慰而无奈的笑容，我看到了她的两行泪水……

久别的重逢，只有隔窗相望，我再次拍打着玻璃窗，隔着玻璃呼喊着："鄂丽，鄂丽……"

没喊几下我便泣不成声了。可鄂丽依然朝我微笑着，我的泪流得更多了。

"小马，别再哭了，这让小丽看了心里更难受！"早就站在我身后的鄂丽母亲抹着眼泪，拉我离开。我一步一回头，直到看不到她。

"阿姨，为什么不早点告诉我？"

"从一开始查出来是这个病，小丽就不让告诉你。一怕你替她担心，二怕连累你。她是为你好！"鄂丽的母亲伤心地说，"我可怜的小丽，要是不去沙漠，也许就没有这一切的发生。"

"阿姨，鄂丽的病一定能治好的！"

"不用安慰我，你走吧！你还年轻，好好学习，好好生活，从此不必再牵挂……"

我泣不成声，似乎走投无路，至今我无法想起那一天我是如何离开北京回到长沙的。我只盼望有奇迹发生……

第三章

无常的加冕

一

　　我上完军校的第二年，便从部队复了员回到扬州。之所以复员回家，主要原因是我的双膝无法适应赤峰的气候，更重要的原因是我的父母知道了我与鄂丽的事，担心我一个人扛不住，回扬州是最好的解脱方法。

　　纺工局的一把手张局长是我父亲的朋友，答应把我安排进纺工局机关。这是个相当体面而又稳定的工作，即便是大学本科毕业生也未必能够分配到。

　　一进局里，张局长便安排人事处把我安置到局团委，正好原团委书记调至市团委了，就暂由我主持局团委的全面工作。局里的团委原来有个副书记，也是位年轻的小伙子，我的到来显然让他不快。这时工作关系便显得微妙起来，我处处小心翼翼。我知道这个工作来之不易，不好好表现对不起张局长，也会让人看笑话。

　　我什么活儿都抢着干。父亲常说：年纪轻轻的，就该手勤腿勤脚勤。尽管他自己是个并不好学上进的老机关，可对儿子的要求另当别论。

　　眼看着第二个夏天就快过去了，这个夏天来得迟去得早，我正计划着组织一场纺织工业系统的智力竞赛。组织这些活动是我的强项，一是我天生文笔好又有基础；二是我有这样的经验，特别是在部队期间得到过这样的锻炼。

　　我把竞赛安排了区体育馆内。这一天，我认识了布厂团支部书记李兰英，这名字乍一听很俗气，人长得却很漂亮，白皮肤，大眼睛，特别是身材窈窕，笑容甜美，虽然长了我一岁，可看上去并不大。

　　结束竞赛的第四天，张局长说要帮我介绍个对象。同一天就有人上门来牵线，来者据说是与张局长相熟的，是市总工会的一名女干部，名叫陆小妹，三十多岁，风韵十足——想必这模样一定会迷倒一片年龄相仿的男人。

"你就是马琪吗？果然气度不凡，我都会看上你的！"这个女人胆大自信地说着，一点也不顾及别人的感受。

我很尴尬地点点头，说自己就是马琪。这才知道陆小妹要给我介绍的正是布厂团支部书记李兰英。

"李兰英是我姑妈家的三姑娘。聪明、勤奋，肯吃苦，人又长得漂亮，又是高中毕业生，你瞧了会满意的！"陆小妹似乎盯上了我，随手掏出一张工人文化宫的电影票给了我，"这是明天晚上的电影票，记住了，不见不散！"

看来，这陆小妹是有备而来。

没有容我思考，也没有问我愿意不愿意，她逼着我收下了电影票。其实我早就认识李兰英，只是对她没有坏印象才没有反对。

"嗯。谢谢！"

接过电影票，我陷入了反思中。从部队回来快两年了，鄂丽的影子始终没有从脑海中抹去，已经刻骨铭心，再好的姑娘也无法取代。

期间曾相亲恋爱过一次，是母亲的学生，一个女医生。因为种种原因，与女医生没有谈成，这让我对她怀有深深的歉意。

于是我告诫自己千万不要轻易与女性发生关系，否则会给双方带来伤害。虽然与女医生最终分手的原因是她家里认为我的学历不如她，坚决反对，否则我不可能与她分手。可如今手握局长熟人的电影票，我有点局促不安起来。如果违背了陆小妹的意愿，势必会得罪陆小妹，得罪了陆小妹也就会得罪张局长。

"马琪，张局长打来电话，说市总工会的陆小妹帮你介绍了个姑娘，据说非常不错，你就好好去处处吧！"一进门，父亲就高兴地告诉我。看得出来，父亲更多的是注重张局长的面子，害怕我会不顾及这条而毁了我自己。

"知道了，陆小妹给了我明天的电影票。"

我本想回来跟他们商量要不要拒绝的，这下看来也只能去约会了。

"去吧，马琪，虽然家庭不怎么样，说不定这姑娘还真的不错！"母亲似乎也同意见面，看着我等我表态。

"爸，妈，我真的不想去见面。我想过一段时间再考虑个人问题。我原本想跟你们商量的。"我道出了真心话。

"马琪啊，张局长都打来电话了，你不去见面，跟陆小妹没法交代，张局长这儿便也不好交代，得罪陆小妹便是得罪张局长，得罪了张局长对你以后可不好。你也知道，张局长可是你的大恩人啊！"父亲特地说了一大堆的道理。

"马琪啊，你不如去见见再说，说不定是个好姑娘。妈妈想通了，找个媳妇的最终目的也就是过日子，能把日子过好了，就是好姑娘！"母亲似乎看透了一切，知道我与她的学生没有成的原因，于是把标准一降再降。

其实我根本不需要他们的开导，经历了这么多，感觉再也没有了爱情。我也早不是当初年轻气盛又任性的小马，知道婚姻对我只是个责任而已。于是，人情世故方方面面的重要性比什么都重要。

"放心吧，爸爸妈妈，我去见面！"

我知道此时的我也不是完全听从父母的劝告，而是顺从了自己的感受，这个世界再也没有鄂丽，婚姻也便是责任了。

工人文化宫电影院那天放的电影是《庐山恋》，是部新片子，李兰英静静地坐在我的身旁，看得很认真。

"张瑜的衣服真漂亮！"

"这是她第二十套了！"

听见她一声接着一声地赞美女主角的服装，我瞟了她一眼，她居然也斜看了我一眼，而且试探性地伸出她的右手并放在我的左手上，我没有躲，算没有拒绝吧！

电影快结束的时候，李兰英依偎到了我的怀中，我感觉到了李兰英的不一般。也许是个恋爱老手，也许是情到了深处，也许是在有意试探我的态度。

我用余光仔细打量起眼前这个女人。大眼睛，双眼皮，嘴唇不薄，嘴角微微上扬，小细腰，长发披到了胸前，连衣裙紧包着身子，高耸的胸脯在微微起伏着。她似乎想贴到我的身上，而且也正一步步地贴近……

"送我回家！"在走出电影院大门的时候，李兰英提出这样的要求。

"这个，我今天还有点事，要不……"我道出了自己的意愿。一场电影下来，我没有一点想再继续深入了解她的想法，说不清为什么，也完全顾不得父亲的意愿了。

"不行，我一定要你送！"李兰英没等我说完，边说边拽紧我的衣服，居然一把抱住了我。虽然天黑，路灯也昏暗，可毕竟在大街上。

"请别这样！"我对于李兰英的举动很反感，却又不得不平静下来思考这件事的全部。

"你并不了解我，我的经历很复杂。"我看了看李兰英，说出这句话。

"我早就注意到你，也早就喜欢上你了。你外表英俊，有才华，性格好，脾气好，工作好……我，我是真心喜欢你！"没想到李兰英会说出这么一段话。

"我还会干家务，我也会对你父母好，我更会对你好……"

我推着自行车，专心听着李兰英的表述，这一刻我停止了思想，不想再去考虑更多的问题了，只觉得李兰英的声音很甜美。我在犹豫中。

"那么陆小妹是你找的她？"我想搞清这个疑问。

"是的，是我去求的我表姐陆小妹，我想她一定会帮上我的忙的。"李兰英迟疑了一下还是承认了。显然她是个有心机的人，但能看出她对我是真心的。

"噢，你也别多心，我没有别的意思，我送你回家。"我似乎改变了主意，前方的路究竟怎么样，走了才知道。

李兰英一直盯着我，面对她的热情，我失去了选择的权利和勇气。只是偶尔想起鄂丽时心中有说不出的难受。

这一切都是命，我要是当初听了父亲的话，第二年复读考个本科，就没有这么多的麻烦事了。

"晚上请你们双方父母在富春酒店见个面吃个饭，就这么定了。"有一天，陆小妹突然打电话给我，我先是愣了一下，接着便答应了。我只能答应，别无他法，因为她最后一句说的是："你们张局长也来。"

"姑妈，介绍一下，这是马琪的爸爸马局长，这是马琪的妈妈赵医生。"陆小妹向早已等候的一对中年夫妇介绍着我父母，那是李兰英的父母。张局长正笑眯眯地坐在陆小妹的旁边，手上点着一支烟，看见我父母来了，连忙招呼："哎，马局，好久不见了！"

"张局，辛苦了，让你们操心了！"父亲是个明事理的人，明白这层关系的重要性，遂与张局长寒暄起来。这边我母亲被陆小妹拉过去，见了那对被陆小妹直喊姑妈的中年夫妇。如此，我父亲和母亲也终于与李兰英父母见上了第一面。

我与李兰英两人匆匆忙忙赶到酒店时，看到房间里的六位正谈得津津有味，不用说，这其中陆小妹绝对起了很大的作用。

只有一人在应付着，那便是母亲。母亲显得烦躁不安，显然对李兰英以及她的家庭不满意。看见我进来，脸上掠过一丝丝担忧。

"马琪，你来了，妈有点不舒服，想回家。"

"妈，你怎么啦？"

"没什么，不用担心，你妈她是心病！"父亲悄悄走过来，对母亲说，"张局在这儿，你也要为儿子想想。"

母亲迟疑了一会儿，说："你去忙你的，我不走了。"

母亲真的没走，可自始至终没与李兰英的父母说上几句话。

"你妈是不喜欢我吧！"李兰英悄悄问我。

"不是，可能她是真的不舒服。"我知道我妈的心思，于是对李兰英使了个眼色，说，"你过去，对她态度好一点。"

李兰英很会做人，连忙过去，对我妈嘘寒问暖起来。

父亲也是第一次看见李兰英，只是一边应付张局长，一边又要顾及母亲的心情，似乎左右为难。

倒是李兰英的父母看到我时虽然没有明确说什么，但看得出他们很满意，看我的眼神很热切也很友好。不要说我家的家庭条件这么好，哪怕出身寒门，像我这样的女婿他们也会瞧得起、看得上的。只是他们永远不知道，不是陆小妹与张局长的这层关系，马家岂会看得上李家？

一切虽不尽如人意，但两家的见面却促进了我与李兰英这层恋爱关系的进一步发展。虽然总觉得欠缺了点什么，可是即使说出来也解决不了问题。于是我想明白了，这世上终究没有称心如意的事，也没有十全十美之人，恋爱结婚又是非走不可的路，那还能咋样？

我去上海纺织学院定期函授本科是局里推荐并公示的，显然是张局长的主意，好在没人能够与我竞争。虽然我能感觉到有人在背后议论，但明白只有拿出成绩才是最好的回答。

我才来上海第三天，李兰英便赶来了，她告诉我说："我想你了，一天也不能离开你……"

"我不值得你这样，你会后悔的。"

"我不在乎你的从前。"

"你冷静，再冷静！"

上海外滩边，李兰英一把抱住了我，我推也推不开……外滩的风很大，我于是也抱住了她。

终于与李兰英相拥在一起，她吻我的力气很大。在上海纺织学院的招待所中，我没能控制自己，李兰英脱光了衣服，妩媚动人，我的心中升腾起一团烈火，烧遍全身，仿佛只剩下了心脏在跳。

"你亲我这儿！"李兰英似乎很熟悉男女之事，我的脑子感觉进了水，也停止了思考，顺着她的要求和愿望，满足她，也满足了我。

大自然的存在总有它存在的必然规律，万物苍生的生生不息是众生繁衍的愿望和动力，这才是世界最美的风景。

一切都沉寂下来，仿佛是千万年古老的森林在经受一场暴风雨洗礼后的宁静。我与李兰英似一对刚刚从战场上凯旋的战士，大汗淋漓，气喘吁吁。我们四目相对着，这一刻也许是在相互欣赏。我清楚，刚刚的过程，不像当初与女医生的麻木和被动，我是主动的而且是出于本能的。

闭上眼睛，我突然感到恐惧和不安，这一切是否来得太快了？是否是一种愚蠢和无知的行为，是麻木还是悲哀？我连忙匆匆地看了一眼仍在兴奋中的李兰英，心中不免惆怅起来。

"我们是不是疯了？"我轻轻地推了推闭目的李兰英。

"是疯了，难道不是吗？"此刻的李兰英若有所思着。

"我们不该这样，我们认识才三个月。"我突然紧张起来。

"是我主动的，不怪你，你后悔了是吗？"李兰英突然哭了起来，如受了委屈一般。

"不，没有后悔，只是觉得太快了点。你放心，我会对你负责，会与你结婚的！"

我不知怎的，突然许诺起来，但绝对是说的真心话。也到了谈婚论嫁的年龄了，更何况我觉得刚刚发生的一切是你情我愿，没有谁强迫谁，也没有谁对不起谁。

"别，我愿意的。没有什么对不起！"李兰英到底还是个诚实的女人。

"我不是处女，你难道不介意吗？"李兰英突然问道。

"嗯，算了，我不计较。我也不是第一次！"

我说这话是虚伪的，我其实还是介意的，刚刚的沉默不安中我想起的就是这件事情。可是说不清为什么，我又似乎并不在乎这一点。

我闭上眼睛的时候，感觉我心中早就有一个女人占据我的胸膛，于是便再也不会在乎一般男人在乎的这一切了。

"呜呜……"

李兰英又开始低声抽泣起来。女人嘛，估计在这种状态下总要表现一下心中的委屈和遗憾。虽然说不出来为什么要哭，但她的内心一定清楚。也许在为当初愚蠢的失身造成的伤害而哭，在为我也不是第一次而哭，更为我根本不介意她是不是处女而哭。这一切正说明我根本不在乎她。

"别哭了，我会说到做到的。"我抱住了她的双肩，想告诉她感情的事情本就没有什么对错，谁都会在年少无知时犯下错误的。李兰英也似乎想要告诉我什么，却被我挡住了。

"别说了，那都是在认识我之前发生的，与我无关！"我把她揽在怀中，李兰英哭得更厉害了，可这回是为幸福而哭。

有了这样的第一次，便有了后来的继续。只是我们闭口不谈从前的事了。

她常常跑到我家里，趁母亲不注意，把脏衣服洗了，又是打扫卫生，又是帮忙烧饭。母亲不习惯别人帮她干活儿，但开始渐渐接受她了。

"告诉妈妈，你爱她吗？"有一天，母亲问我。

"妈，我也不知道。"我确实不知道，只能实话实说。

"妈妈看出来了，你跟她有关系了。既然这样，你考虑清楚，觉得好，就结婚吧！"

"我会考虑的。"我说这话是因为我答应了李兰英。

终于有一天，李兰英告诉我她怀孕了，我傻了，有点兴奋，但没有想到这竟成了结婚的唯一理由。

于是，只等两家快快定下日子来。

我就这么结婚了，家里早就从机关大院搬进了多层楼的商品房，地点也还在附近。原先的机关大院砌了一些二层楼的洋房给了四套班子的领导。商品房的面积增加了，房间却少了，因为就一套房子，我也不想离开父母，便选择了与他们同住。李兰英似乎有点不太愿意，大概有很多的顾虑。有一次她对我说："就一个卫生间，多不方便。"

"一家人，有什么不方便的？你家有两个卫生间？"

"我怕我们在一起时弄出什么动静，多难为情。"

"那就不弄。"

我开了个玩笑，李兰英却生了半天的气，认为我对她不是真心，不是真喜欢她，我知道这女人缺少智慧和幽默，可她的想法又不能不说是正确的。我开始担心她与我母亲之间能否和平相处。

女人是敏感的，所以才有很多的奇思怪想，当然她所提出的这些都不是问题。人真实的内心其实是很复杂的，一个工人家庭出身的姑娘嫁进我们家，一定有一些心理上和思想上的压力。

于是我想了很久，对她说："你把我家当你家，把我爸妈当你爸妈，就不会有什么难过的地方了。"

"我把他们当爸妈了，他们并没有把我当他们的姑娘。"李兰英这样一说，我倒是真的有点担心我母亲会为难她。因为我知道，母亲从来就没有喜欢过她，更何况她未婚先孕，更加瞧不起她。

"那你只管一件事，做好你自己。"

李兰英不再吱声了，这大概是大多数女人出嫁时的多虑吧。

父亲和母亲为我结婚拿出了几乎全部的积蓄。两个姐姐当然没有一点儿意见，除了不喜欢李兰英。母亲对刚回家的二姐说："我跟你们说明白，这一碗水是端不平的，你们还就别有想法，我就一个儿子，我是重男轻女的。"

"妈，你偏心不是一天了，我们早就习惯了，嫁出去的姑娘泼出去的水，你就放心地给吧！"

"唉，这要是找个家里殷实的，也能替我们分担一点。"

"算了，只要她对马琪好、对你们好就行了。"

"只能算了，未婚先孕，她给你来个生米煮成熟饭。当然也不能怪她，一个巴掌拍不响，可这并不是什么荣耀的事，她也不难为情。"

"她配不上马琪，就怕她自己不知道这点。"二姐分明是瞧不起李兰英的。

只是李兰英的嫁妆也太简单了，除了两床新棉被，就只有两只热水瓶。李兰英有孕在身，这身价自然也高不起来，可他们家却不这么认为。于是大家心照不宣。

母亲对于李兰英最初就不满意，只是在我经历了一次接一次的恋爱挫折后，才把标准降到了最低，甚至连文凭学历和家庭这看似重要的条件都不计较了。

李兰英嫁进来后像变了一个人似的，再也不去抢着帮我母亲干活儿了，居然仗着怀孕端起了架子。

有时为一件很小的事情，当着我的面与母亲憋气半天，在饭桌上推开碗，说不吃就不吃，转身就进房间。

"你怎么啦？"我紧跟她进了房间。

"我饱了。"她躺在床上侧身背对着我。

"怎么只吃这么一点！"

"我饱了。"还好，她还能回我。

"刚刚好好的，谁给你气受了？"

"你妈！"

"我妈可什么话也没说。"

"你妈说的就是我，我听出来了。"

"她刚刚说的是别人，怎么可能说的是你。"

"她那是含沙射影，把我当傻子。"

"你理解偏了，我妈怎么可能说你。"

我知道她怀孕了不能生气，于是哄她半天。

有一次我从上海回来，母亲一脸的伤心。

"她也太不知道尊重我们了。"

"妈，怎么啦？"

"你前脚去了上海，她后脚就回了娘家。我处处对她小心翼翼，她当福气！"

"妈，别生气，看在我的面上。"

"家教太差，我就知道这样家庭的姑娘不能要。"

"妈，她怀孕了，你就别再计较她了。"

"好好好，算了，你帮她，我就看在孙子的面上不计较。你快去接她回来。"

李兰英的筷子从来不往剩菜里伸，这让母亲更瞧不起了。

我夹在中间很为难，原来以为婚姻只是例行公事，不必去追求完美，其实并不是。

我与李兰英做爱早已没有了当初的热情，可她的兴趣却丝毫未减，我有点担心肚子里的孩子。

我已经说不出对李兰英最初的冲动究竟是来源于本能，还是来源于内心的爱，甚至有点后悔没有追问李兰英的初夜究竟给了谁，这个心结如今成了我内心过不去的坎儿，说不在乎是假的。

她的肚子在一天天大起来，同时她也昂起了高傲的头，可母亲似乎对她有了笑脸。

在我毕业的前三个月李兰英终于生下了一个七斤重的女婴，我为她取名马丽。

不说也知道为什么叫马丽。那是我事先早就想好的名字，世界上再也没有一个字比"丽"字更有意义，更有价值了。

母亲并不十分在乎是女孩，但在知道是女孩时，勉强给了李兰英一个微笑，算给了她一个下马威，这让李兰英心中不快，也更加骄傲不起来了。

"以为是个孙子的……"我知道母亲是故意说给李兰英听的。

"男女都一样，孙女儿也好。"父亲来打圆场，这让李兰英很感激。

马丽的出生却给了我乐趣和力量，给了我希望和使命，我顿时觉得一个新生命带我走进了新的生活。

马丽给我带来了好运。我很快拿到了函授本科学历，有张局长的帮忙，自然被及时任命为局团委书记。这让那位团委副书记很不舒服，大家都知道他是另一位副局长的人，可张局长说了算，我似乎成了众目睽睽之下的一道风景。

我，二十七岁成了科级干部，终于站上了我人生的一个巅峰。就在这时，我接到了支工扶贫的通知。

"小马，机会来了！市委组织部有个支工扶贫计划，这是个难得的机会，你去吧！"张局长喊我进了他办公室。

"张局长，什么叫支工扶贫？"我有点蒙了。

"你傻吧！这是组织部选拔锻炼干部的一种方式，到对口的乡镇企业蹲点，一个局一个名额，我们纺工系统我推的是你，去宝应三阳镇吧！"

张局长的话让我一下子明白过来。"噢，是这样啊，谢谢张局长！"

我从内心感激他的提携，我甚至疑惑我前进的步伐是否跨得太大了，这是好事吗？

"谢什么！陆小妹对你可是很关心的，她一直盯着我，让我关照你。别人问你什么，你在外面也不要过多解释，符合条件的人有好几个，我当然推荐你了。"

"嗯！我明白！"

我当然明白，此时我在外人眼中就是张局长的人。

回家后跟父亲一讲，父亲兴奋得跳了起来。

"儿子，这是挂职蹲点，你知道吗？"

"不知道，只知道是对口支援。"我回答。

"前几天就听说有这事，我没好意思与张局长提。刚刚才提拔了你，又让你去挂职，别人会说闲话的。"

"张局长关照我别多嘴！"

"就这样也已经招来别人的眼红了！儿子，你好好干，沉住气，要低调，别人想说什么让他们说去。"

父亲嘴里竟哼起了小调，似乎在憧憬着未来，看我的眼神也多了疼爱和欢喜，父亲这辈子就希望我能光宗耀祖，他似乎看到了希望。

母亲与李兰英一听我们的话并没有高兴起来，却一下子忘记了彼此的恩恩怨怨，两人在厨房里忙着弄饭。

"妈，这今后晚上谁帮我带孩子？"李兰英不开心地说。马丽已经五个多月了，虽然白天有保姆带着，可一到晚上全是我与她俩人的事。

"兰英，以后这苦可要多吃，我们要支持马琪的工作，我会帮你，只要夜里没有急诊喊我。"

母亲已经五十好几了，虽然早已不上夜班，可因为是内科主任，还得经常夜里去医院帮忙。

"你怎么帮我？"

"你要我怎么帮？我年轻的时候，三个孩子晚上可都是我一人带，又要上班，又要带孩子。谁在年轻时不吃苦？"

"我哪里是不上班专门在家带孩子？"李兰英个性强，一句也不让母亲。

"你放心，你愿意，我晚上睡你们房间，夜里帮你带带孩子。"

李兰英一听不吱声了，大概要的就是这个结果。

晚上一上床，李兰英就开始嘀咕起来。

"你妈真够厉害的，说老实话，我有点怕她。"

"我妈怎么啦！你为什么总想那么多？"

"你什么时候替我想过，她骨子里根本就没有瞧得起我，更瞧不起我家里的人，加上我又生了个姑娘。"

"这是你多心了，你究竟想说什么？"

"我不想说什么，我只是说出事实。"

"要这样，我就向局里提出来，我不去了，明天就提。"

"你有本事就去提，你提了你爸会急疯了，你妈更会瞧不起我，你们全家人的目的就达到了……"

李兰英说完居然哭了起来，不知道她伤的哪门子心。我也无法搞懂她究竟是个什么人了。可一想到孩子还小，她也不容易，我刚想发火，一下子止住了。

"好了，好了，别闹了，我知道你也不容易，白天要上班，晚上又要带孩子。都怪我不好，可这是我的工作需要啊，你总得要支持我啊，不付出不行。"

我伸手去搂她，被她推开了。

"你假惺惺的，你难道不知道你妈的厉害，我哪里不想让你进步？要不是张局长与我表姐的关系，你会升这么快？"

李兰英突然不哭了，说出了这样的话。这话一说出来，她便知道自己说错了，连忙改口："我不是这个意思，夫贵妻荣，谁不懂这个道理？"

说完便向我靠来。

"你说什么话我也不计较，说到底，你要支持我工作。"我并不想接她的话，否则她会更嘚瑟。

"就算我妈厉害，我妈也从来都是为我们着想，再说你有哪天好好叫过她一声'妈'？你要早把她当妈，她不会这样对你。小兰，我这一去也就两年，会很快结束的，我也会经常回来。看在马丽的分儿上，你就委屈一下吧。行了，别掉猫尿了……"

我终于搂着她，可内心却非常不愿意，说不清为什么。

李兰英也搂住了我，用了很大的力，我知道她想干什么了。

"你已经一个月不碰我了，你是不是从此不想要我了。"

"孩子还小，你又喂奶，你不是不知道，多不方便。"

"你总在强调理由，我们厂里的那几个女人，她们出了月子就在一起了，你想把我憋出毛病？"

她开始吻我，我终于有了反应。可这一夜的感觉却是被动的。

市里开了会，四十多个人，市长组织的，对我们这次支工扶贫提出了好多的要求和希望，听得我内心很振奋。那时正处于改革开放的年头，对于谁都是一次机会。

同事们开始陆续为我送行，那个团委副书记也在其中，大概是看出大势已去，便没有表现出什么不满。可我看得出来，没有几个人是真心为我高兴的。有人当我的面说，依这个速度，我两年后便是副局长了，这话里有话。我能理解。说不定还有人暗自窃喜呢，毕竟两年时间，谁知道又会发生什么事情。

这天晚饭，母亲特地烧了好多的菜为我饯行，还买了我喜欢的盐水鹅。

"爸，妈！你们两个要辛苦了。特别是妈妈，以后晚上要吃苦了。"我举起了酒杯。

"唉，你这是什么话？一个是我儿媳妇，一个是我孙女！你怎么能见外呢！"父亲明白我说话的目的，平常就见识过夫人与儿媳妇的针锋相对，只是无奈于如何化解。

"儿子，放心，妈一定会帮着照看好我孙女，还有你媳妇！你放心去工作吧！"母亲一心只想着让我放心。

最后我举起了杯，当着父亲母亲的面向李兰英敬酒，算给她一个面子，同时也说说我的真心话。

"你就别说了，我知道我该干什么。"李兰英说完就举起杯子朝向我父母，"爸妈，你们放心，我会支持他工作的！只要你们把我当女儿看就行了……"

这一家人的对话看似简单，实际上并不简单，李兰英得理不饶人。

第二天就得离家了，虽说这宝应三阳镇离扬州坐汽车也就两个多小时，我心中却有种离别时的忧伤。

忙于整理行装很迟才躺下。除了换洗的几套衣服、洗漱用品和日常用品外，我带了托尔斯泰的《安娜·卡列尼娜》、大仲马的《基督山伯爵》两本书，另外还带上了几本日记本。里面有从部队回来三年里陆陆续续写的一些诗歌。

眼前家里很乱，我心里也很乱。

人一生所做的事情，究竟有多少是遂了自己的意愿？有多少是为了敷衍生活而为之？我突然感觉我不是为自己而活。

马丽早已睡着，我凝视她半天，在她的小脸蛋上亲了两下。

"马琪，你为何不理我？"

李兰英看到我躺下后便一动不动地闭眼睡觉，终于熬不住了，对我喊了起来。喊完这句话便开始低声抽泣。

"好了，好了，别哭，快别哭，千万别弄醒马丽。"

看到李兰英真的在流泪，意识到自己是过分了点儿，那么多事堆积在一起，让我冷淡了她好久，此时也觉得李兰英可怜起来。

想到自己即将去宝应两年，马丽还在襁褓中，李兰英又要哺乳又要上班，也不容易。我应该对她好一点儿，毕竟是我老婆，我这是怎么啦？我不禁自责起来，伸手便过去拉住了李兰英，欲把李兰英揽入怀中。

"你别碰我，你别碰我，你根本就不爱我！"

我没有想到李兰英居然在拒绝我，拉了几下，她动也不肯动，却哭得更厉害了。

"小兰，你这是干什么？别这样！我们的孩子都已经五个月了。你也知道，我不爱你爱谁啊？"

我话刚出口，那边李兰英哭着喊起来："你以为我不知道你心里有个女人吗？你把我当傻瓜吗？你每次在那个时候总在喊她的名字，这么长时间下来，我都在忍着。那是因为我大度，我不跟一个死鬼争高下，我真连一个死人都不如吗……"

李兰英说着说着不再哭了，因为她看见我松了手躺下并闭上眼睛不再说话，她也惊呆了，似乎有些后悔刚刚的出言。

"你说得对。"

"你以为我想说出来吗？你以为我不理解你吗？你以为我是个没有感情的人吗？这么久我跟你计较过吗？"

刚刚的热情之火立马被扑灭了，李兰英的话一下子惊醒了我。是啊，我心里到底爱的是谁呢？刚刚李兰英说我每次都喊了一个女人的名字，那这个女人便是我的心头之爱。

我终于沉默下来，带着一种尴尬和内疚，感觉自己已被李兰英剥得几乎体无完肤了。人生的路还很长，虽然不是有意把这个女人放在心头，可长此以往，对李兰英是一种不公平。

"小兰，我错了，原谅我吧！"

我想好了我该做什么，伸出双手抱住了李兰英，当李兰英再次拒绝时，我翻身爬了过去，把身体压在李兰英的身上……

李兰英这一次没有拒绝……

七月的天气很热，床顶上吊扇的风叶在"嘎吱嘎吱"地旋转着，给我们的狂热送去凉爽，又仿佛在扑灭着心头的燥热。这一次，我没有再喊出那个女人的名字，我把对鄂丽的爱深深地埋藏起来，哪怕是在人性最疯癫的状态也要深藏。

"我刚才不对，不应该提到她，让你伤心了。"

"不，你提醒得好，我们之间应该以诚相待。"

"我不要你对我这么客气，我们是夫妻。"

"我客气了吗？对不起！"

"又来了……"

"对不起！"

这个夜晚对于李兰英和我都很重要，我们彼此在填补着心中的空虚。

在从扬州到宝应的公共汽车上，我睡着了。睁开眼睛的时候，看到公路近处一望无垠的宝应湖，我眼睛一亮，心头一喜，这景色优美如画。那宽阔的湖面铺满了荷叶，荷叶之上粉色、红色、紫色的荷花点缀在其间，在微风的吹拂下，湖面波光粼粼，泛着的涟漪带动那些高出湖面的荷花在风中摇曳着。

　　第一次来宝应县，去三阳镇根本也不知路该怎么走，问了路才知道还要转车，从宝应县城需再转公共汽车才能到三阳镇，大约需要半个小时，沿途颠簸不平尘土飞扬……

二

赶到三阳镇时，姚书记早已坐在镇党委书记办公室里等候我的到来了，这姚书记是三阳镇的一把手。

"马镇长，欢迎你的到来！欢迎你来指导我们的工作。"

我心头一惊，第一次被人喊镇长极不习惯，好像喊的是别人似的，我得慢慢适应。这姚书记四十来岁，满面红光，平顶头，身材矮小，但很结实，穿一件白汗衫，手上摇着一把芭蕉扇，很机灵很会说话的模样。他边说边接过我递给他的信函，那是扬州市委组织部的介绍信以及任命书，看完后满脸堆笑着躬身点头。

"希望姚书记多多关照！"

虽然在机关待的时间不长，冠冕堂皇的客套话我还是会说一些的，与从前相比，我变得乖巧起来，务实起来。眼前的这个姚书记，虽然官职不大，对我却是举足轻重，是会影响到我今后仕途的人。我笑着回应了姚书记，同时觉得姚书记是个圆滑的人。

姚书记很兴奋地向我介绍，三阳镇是宝应县的第二大镇，背靠宝应湖，有良田万亩，淡水养殖面积几万亩，尤其有坚实的工业生产基础，涉及毛纺、针织、机械、羽绒等产业，其中的毛纺、针织和机械都是我的强项，这样看来，似乎分管工业的副镇长职务正适合我！

我暗自窃喜，想到刚刚带来的市委组织部的任命书上清清楚楚地写着：任命马琪同志为挂职副镇长。我清楚，我当不当副镇长可不是他决定的。

姚书记面对我的到来很是热情，一直在笑容满面地跟我说着话。作为镇党委一把手，对大市的下派干部应该不敢马虎，他告诉我近期一定召开党委扩大会议，让我与大家见个面。

这时他突然转了话题："我看这样，有些事情我们慢慢协商。"

我愣住了，不知道他究竟想说什么。"姚书记，没关系，有什么话就直说吧！"我的语气很认真也很严肃。

"镇上抓工业的是张镇长，人很不错的，我想先让你们认识一下。这件事情我们再慢慢商量商量……"姚书记在回答我。

我明白了姚书记的意思，他一定是头疼如何摆放我的位置。

"噢，一切听你的，我初来乍到的，你看着办吧！"我笑着说道。我明白我来的目的，两年后才是关键。

于是在镇党委会议召开之前，姚书记让张镇长带着我走了一遍全镇所有的乡镇企业。毛纺厂、布厂、线厂、乙炔气厂、钢铸厂以及水产养殖场，这六大企业是三阳镇镇办工业的主力军，所幸与我的专业很对口。

张镇长与姚书记差不多年纪，四十多岁，老高中毕业生，中等身材，细眼睛，厚嘴唇。他看到我，一脸的严肃和紧张，听说他丈人是姚书记的前任，这让我立马理解了姚书记的苦衷。

看得出张镇长并不太熟悉各厂的真实情况，每到一处，人们对他也并没有表现出多少的尊重和热情。

参观完了以后，姚书记喊上我道："这样吧，马镇长。很多年了，我们党委会早已分工了，张镇长主管工业。"

他说话的速度很快，我知道他不想说得清楚让我一下子完全明白他的意思。他是宁可让我听不懂再问他。

可我一听便知晓姚的意图，因为早有思想准备，便一点也不惊讶。说实话，对于权贵，至少我目前不在乎。

"不与人争高低，不与人争上下。"这是父亲在临行时赠予我的几个字。我知道父亲身经百战，这些官场内的关节一定都是经验之谈。

"姚书记，你看这样行不行？我想深入基层，先锻炼一年，从最基本的小事做起，也好积累些工作经验。"

我心里已有了打算。

"我想就先蹲点三阳毛纺厂！这里面有纺织学，有机械学，还有管理学。我既能学到东西，也不会让你为难。"我笑着说，这样做一举三得，也顺水推舟送了个人情，让姚好做人。

"马镇长，你岂能说这样的话，你是上头派来的。不过你想得还挺实在，我赞成你的观点！待会儿，你一起来参加党委领导班子碰头会，正好趁这个机会给镇上领导班子成员做个介绍。"

姚书记终于舒了一口气，没想到这个看似复杂的问题一下子被我解决了。而且是我自己提出来的，对上对下都好交代，他的笑容真诚多了。

面对姚书记，我心中多少有点得意，因为刚刚我帮了他一个忙，或者说让他欠了我一个人情。

当天下午在三阳镇党委会议室内，姚书记召开了党委扩大会议。

镇政府让通讯员老王把我安排到了政府大院最后一排的一间平房里面，虽然设施简陋，可宽敞明亮，房梁上悬挂的吊扇正吱吱地转着。

七月的阳光火热，照得马路上的柏油发软发亮。没有风，树上的叶子一动也不动，整个三阳镇政府大院静悄悄的，似乎人人都躲起来了。

快两点半的时候，会议室已坐满了人。原来姚书记通知了镇党委、镇政府领导班子的所有成员，还有各镇办厂企业的主要领导人，一看就知道开的是镇党委镇政府工业扩大会议。

我很安静地坐在第一排，看着坐在主席台上的姚书记。只见他一手翻着几张纸，估计是马上要发言的手稿，一手摇着那把芭蕉扇，神态自若，一副当家做主的家长模样。

张镇长早已来了，坐在我旁边，不停地跟我说着目前镇办工业所遇到的难题和他个人的烦恼。是想让我佩服他，同情他，还是让我知难而退？

姚书记看了看手表，又看了看下面坐的人，开口了："各位，下午好！这么热的天，我召开这个全镇的工业扩大会议，着重说两件事情。第一，扬州市委组织部任命下派蹲点干部马琪同志为我们三阳镇副镇长，带头分管工业，所以我让大家认识他一下，与他见个面。马镇长，请站起来，让大家认识认识！"

姚书记的话还没有说完，我就站了起来，反身向后，欠了欠身子，做出谦恭的样子，算是与大家打过招呼了。

"马镇长是上海纺织学院的大学本科毕业生，是纺织系统的高级顶端人才，我相信，他的到来无疑会给我们三阳镇的工业注入一支强心剂，增强我们领导班子的力量，补充领导班子的新鲜血液。马镇长年轻有为，非常务实，他一来就主动向我提出要蹲点毛纺厂。来，李厂长，你会后与马镇长熟悉一下，也正好把你们厂的主要问题、主要矛盾与马镇长好好研究分析一下，以后你工作上的问题直接向马镇长汇报……"

姚书记有条不紊地讲着话，下面有几个人小声地议论开了。

姚书记的一番话让我重新认识了他，他绝对是一个善于解决矛盾又善于推卸责任的人，更是一个精明能干的人。

此时有一个人很放心地笑了，他就是张镇长。

听完了姚书记的发言，张镇长心里的一块石头终于落了地，他很清楚姚是怎么被提拔的，更清楚自己是怎么爬到这个位置的。三阳镇的乡镇工业近几年刚刚兴起且很有起色，虽然是大形势好，可他确实也花了不少心血，尽管有些厂的厂长根本不买他的账，可有姚撑着，一切似乎也很顺理成章。

听到姚书记迫不及待地向大家介绍我主动要求蹲点时，我反而平静了，塞翁失马焉知非福！也许，这不是坏事。

姚书记接下来谈了今年上半年的全镇工业产值以及发展的多元化经营战略和方向方针政策，对一些企业提出了良好的建议和改革方案，他把适应市场发展需求作为重点强调了一番。听着姚书记的话，撇开对我个人的排挤，我开始有点佩服他了。

散会后，我被姚书记拉过去见了毛纺厂的李厂长，张镇长也在场。

"马镇长，这位就是毛纺厂李厂长，这个厂 1978 年建起来的，交给他已经快五年了，我把你交给他了。"姚书记一手又拉住了李厂长的手，说道，

"李厂长，这儿，快见过马镇长，人家可是正宗的科班出身，什么都懂。"

"马镇长，你好！你来我们厂是我们厂的荣幸，我们正需要像你这样的全面人才作全方位的指导。"

我注意到李的个子也不高，却是精明能干的样子，细眼睛，头发不多却很光亮，上身穿着白色真丝香云纱，有种富贵相。说话的时候，总觉得他的眼珠在不停地转动着，心里在打着算盘。

"哪里，李厂长，我来是要向你们学习的。"这回我说的是真心话。

"唉，李厂长啊，老站着干什么！赶紧带马镇长到你们厂熟悉熟悉环境，好早点儿干起来！"姚书记说完又朝张镇长说，"张镇长，你让他们去忙，你到我这里来一下！"

就这么简单的几句话，我更加感觉到了姚书记的不简单。

此时的姚书记正对着我微笑，我也回之以微笑，告诉他：你的意思我都懂。

我跟着李厂长走在了去毛纺厂的路上，李厂长推着自行车，我步行着。一路上，李厂长向我简单地介绍了毛纺厂的基本情况。

三阳毛纺厂是宝应县境内最大的纺织企业，主要生产绒线等产品。绒线又称毛线，通常指羊毛纺成的线，也指羊毛和人造毛混合纺成的线或人造毛纺成的线。产品多种多样，企业规模较大，有八百多名职工。企业注册资金一百多万元，全年生产总值八百多万元，纯利润可达到一百多万元。听了李厂长的介绍，我大吃一惊，这个厂几乎与扬州毛纺厂不相上下了。

三阳毛纺厂离镇政府大院步行约需半个小时，走过一条小街，穿过一条马路，又走过一条石子路，在一个相对偏僻的路口，从土坡路爬上去，就能看到厂门的挂牌"三阳毛纺厂"了。走进厂门时，我们两个人都汗流浃背了。

还是下午上班时分，天气很闷热，有几个工人在露天里走动，从三幢厂房里传来的机器轰鸣声让我和李厂长无法交流。李厂长示意我跟他走，我于是跟着他走进了厂房旁边的二层小洋房。

这是办公楼，水泥墙涂上了紫红色的涂料。有个三十多岁的女人看见李厂长上楼来，赶紧打来一盆冷水，拿了一条毛巾。李厂长喊她"红霞"，想必是厂里的什么干部，否则不可能与厂长如此近距离接触。

"红霞，来，认识一下，这是新来的马镇长，从现在起便蹲点我们厂了。你马上通知各车间主任、各科科长上来开个碰面会，就说我要开会，有重要的事情宣布。"

李厂长又朝我说道："马镇长，这位叫红霞，是厂办公室主任。来，你洗把脸吧！"

我已跟着李厂长走进了厂长办公室，一张实木办公桌后的墙上贴着中国地图和世界地图，桌子旁边有一个书橱，橱柜里堆满文件和书籍，书籍上已落满了灰尘。办公桌的旁边还有一对木质沙发。屋顶的吊扇在旋转着，还有一台长城牌落地电风扇也在转着，刚刚洗了一把脸，感觉到了凉爽。

"马镇长，待会儿我们开个简单的见面会，你的办公室就安排在隔壁会议室右边的那间屋子，你看怎么样？"

看得出李厂长是用了心的，不管怎么说，这么短的时间内空降了一个头儿多少让他不自在。

见面会在小会议室内进行，总共来了九个车间主任，行政后勤机关来了十个，包括红霞在内差不多二十多个人。有人看到李厂长旁边来了个陌生人，顿时拘谨起来。李厂长让红霞派人到外面找了个卖冰棍的，端来了一箱子的冰棍，个个拿在手上吃了起来。这嘴巴一咂，气氛立刻缓和多了。

我被李厂长安排坐在最前面，与他坐同一个方向。看大家都吃完了，李厂长用极其夸张的语言对我大赞特赞，反复强调我是人才，是精英，更是上面派来的大救星。我知道这是李厂长有意抬举我，从而掩饰他的不快，这让我显得有点不自在。

"同志们，大家好，我叫马琪，来自扬州。虽然这个厂是我临时蹲点的场所，但是我愿意与大家一起努力，共同为三阳毛纺厂的未来做一点贡献。"

我只想说几句真心话。刚说完，所有人都鼓起掌来，李厂长带头，气氛也就更加热烈起来。

有一个人的掌声最为响亮，我注意到是坐在第一排的一个女人，二十多岁，身材匀称，穿红色条纹短袖，齐耳短发，白里透红的皮肤，粗而长的眉毛下面是一双水灵灵的大眼睛，显出一种朝气蓬勃的活力。我猜测，从开会到现在，这双眼睛就一直没有从我身上离开过。我用余光瞟了一下这个女人，也就一秒钟的四目相对，恍惚间，我感觉有一种神奇的力量撞击了我的心房。

见面会结束的时候天已经快黑了，李厂长要请我吃晚饭，我没有同意。他又关照了红霞，明天一定记得到供销社买一辆新的永久牌自行车，钱在厂部办公费里支，今天就让我骑上他的自行车回去。我心里有点感激他。

夜里点了蚊香，有吊扇吹着，便一点不觉得天热，只是一个人躺在床上睡不着觉。虽然早已习惯了一个人在外，可这一次感觉很特别。这几天发生了这么多的事情，比想象的复杂多了。插队当兵那会儿也没遇到过这么复杂的人际关系。如今，几乎连个商量的人都没有，我突然有点想念父亲，要是父亲在身旁，定会给我定神针让我沉住气，更会为我指点迷津……

吊扇叶子在空中盘旋着，发出单调的声响……梦，我喜欢，我看见了"红色条纹"的短发姑娘，从草原上向我策马而来……

梦中的红色条纹依旧还在眼前晃荡，晃得我失魂落魄。那片熟悉的大草原，依旧那样的清晰和美好，辽阔得与天空并行，有阳光的照耀，让人迷醉。我不禁笑了，追寻"红色条纹"的记忆，一下子便捕捉到了昨天下午会场上的那个短发女人，曾经一秒的四目相对竟晃荡到了梦中来。这难道是一种巧合？

我一大早便骑车赶往毛纺厂。太阳还没有升起，风也没有，天已经很热了，路虽不远我却骑得满头大汗。

工人们陆续进厂上班，也有下夜班的，门口已是人来人往了。工人大部分都是农民女工，我推着车站在门口，想着从今天起该与这个厂打交道了，陡然有了一种使命感和亲切感，也感觉到了李厂长的不易。

"马镇长，马镇长，早上好！"

清脆的声音从后面飘了过来，仿佛是阵凉爽的风，掠过我的心头。我回头一看，像触电一样地怔住了，眼前正是昨晚梦中的"红色条纹"，只是今天换上了一条花格连衣裙。

"你好，早上好！"我看着眼前这像风的女人，问道，"你是？"

"我叫乐园园，是二车间主任，昨天碰头会上见过你了。"女人的声音很甜，眼睛笑成了一条缝。

"噢，乐主任好！"

我慌乱中打了招呼，也终于知道了如何称呼这个女人。说不清为什么慌乱，女人我见过不少，但很少在女人面前慌过。只是我心中明白，这个女人昨天下午已用眼神撞击过我的心房，人也跨进我的梦中了。

乐园园似乎与我一见如故，竟毫无顾忌地与我攀谈起来。讲他们二车间并线车间最近遇到的难题，说已经向李厂长和技术科汇报了多次，都没有拿出很好的解决方案，并强调这样下去会影响产品质量的。她知道我在上海纺织学院读的就是纺织机械制造学，在技术方面一定是个专家。乐园园说，原先技术科有个陈工程师，人挺好的，可他老家在南京，上个月刚刚调走了。现在一旦出现问题，都是些外行在捣鼓，虽有时碰巧修好了，可终究得不到保障，如此也不是个办法……听着乐园园的话，我觉得她反映的是个大问题，而且是迫在眉睫的大问题，也同时感觉乐园园是个严谨求实的人。

这姑娘不仅长得美，而且责任心重，看问题很到位，语言表达能力也很强。而我的心竟一直在慌，也生怕被乐园园发觉。

一天的工夫，红霞带我熟悉了全厂的每一个角落。这女人大我很多，长得土气，在农村也许这种长相很讨男人喜欢。她热情大方，我猜这一定是李厂长喜欢她的原因。

我从一幢厂房走到另一幢厂房，从染色车间到并线车间再到湿整车间，每一个车间的功能、作用和具体步骤我都得去学习和了解。虽然在大学学了纺织机械学，可仅仅为了应付考试，实践还很欠缺。此时我有点惭愧起来，感觉自己并不能胜任这样的职位。

我发现并线车间的产品合格率存在重大问题，湿整车间和染色车间也是。这些明显的问题为什么李厂长不解决呢？是根本没有发现，还是发现了解决不了？这让我心中纳闷起来。

车间正上白班的工人们这几天几乎都认识我了，这么热的天我居然能够在车间待上一整天，这是李厂长万万做不到的。

连续三天的下车间，我几乎熟悉了毛纺厂的每一个角落，工人们也喜欢与我交流。我感到乐园园的眼睛一直在看着我，我的眼前也都是她的影子。

离家已经快半个月了，其间写了封信给父亲，告诉了父亲这里错综复杂的人际关系，而选择蹲点毛纺厂是有意避开而为之。父亲回了信，不仅认同我的做法，而且夸奖了我成熟和理智的选择。最后告诉我，女儿马丽一切都好。

我知道，父亲只字未提李兰英，一定是李兰英又惹他们生气了。我其实同时也写信给了李兰英，可李兰英却一直没有回信。我也没有指望李兰英能够回信，她古怪的脾气，让人琢磨不透的个性，一定不会表现出一个平常的妻子在丈夫离家后的牵挂和思念的。

连我自己都不敢相信我竟连续几个星期泡在车间里，只有在别人喊"马镇长"时，我才意识到自己的身份。正好脑子里也不愿再操心其他的事情，我只想着能够做点实事。

我从小就喜欢动手制作游戏道具，对此乐此不疲。连工人们都惊讶，这个新来的马镇长真不可思议，太神奇了，倒更像是个称职的工程师。

短时间内我熟悉了毛纺厂的生产工序、生产过程和生产模式，而且还了解了所有原材料的品质和性能，以及来料加工的所有工艺流程。更主要的是，我还发现了生产过程中的很多工艺弊端和造成产品质量下滑的漏洞，并研究了一些改良方案的构思和设想。

然而我总在不经意间看到她，远远地，她的一举一动似乎也牵动着我的每根神经。而且，我开始为她失眠了。

这个叫乐园园的女人似乎唤起了我的本能，我陷入了恐慌和自责中。

八月的天气说变就变，这天傍晚，突然雷鸣电闪，暴风雨来临之前的闷热让工人们都无法待在车间里。很多工人走了出来，想透透气凉快凉快。顷刻间，狂风夹杂着暴雨袭来。原本以为是短暂的雷阵雨，没想到从傍晚一直下到了天黑。

早已过了下班时间，雨整整下了四个小时才停下来。

我骑着崭新的永久牌自行车走出厂门，这辆新车车架好，非常好骑。风很清凉，雨后的黑夜显得异常的平静。路上几乎看不见人。骑着自行车，我想着几件重要的事情，准备等李厂长回来后汇报商量。

"马镇长，马镇长！"

黑暗中有个声音在呼喊。我心头一喜，这不就是乐园园的声音嘛！微弱的路灯下，我看见一个女子正蹲在地上摆弄着自行车。

"乐主任，你在干吗？"

借着远处街灯的光，我看清了正是乐园园。

"马镇长，我车子的链条掉了，怎么办？我搞了半天也没有搞上去！"

果然是车掉链子了，可乐园园似乎并不着急。

"我来弄！"

我天生就是个会十八般武艺的怪才，这点小事闭上眼睛也能做完。

我从路边找来一根小树枝，三下两下便弄好了车链子。乐园园在黑暗中笑了，笑声并不大，却让我暗自得意起来。昏暗中，两人骑着车走远了……

路灯忽明忽暗，我的心中却如明镜似的透着光亮。虽然看不清乐园园的脸庞，却能感觉到她的美丽。刚刚被暴风雨洗刷过的路面形成了一个又一个水洼，忽高忽低的，因为看不清，两人的车轮不时从水洼上碾过，我听见了压水的声音，同时能感觉到被车轮碾轧的水花的飞溅。

气温明显地下降好多，月亮从云彩里出现，把路面的水迹照映得发亮。行人越来越少，三阳镇狭窄而古老的街道在这样的夜色中显得格外的清凉和幽静，仿佛是一幅刚刚完成的水墨丹青，还笼罩着一层神秘的面纱，透着拙朴的美。街道两旁有刚刚被风吹折的树枝和落叶，两人小心翼翼地骑行在马路的中央，一会儿并肩，一会儿一前一后。

"小乐，你今年多大了？"我一直想知道她的年龄。

"二十三岁，我工作四年了。"

"挺好，高中毕业？"

"是的！"

"为什么不复读？"

"家里有两个弟弟要上学，我爸爸说要重点培养他们两个。"乐园园回答，语气中并没有流露出不高兴。

"你家离镇上有多远？"我想着我快到镇政府了，乐园园不知何时到家，于是问道。

"马镇长，我家在镇政府大院再向南，骑车还要二十分钟。"乐园园笑着说，"平时都是我一人独行惯了。今天要不是因为暴雨，也不会到现在。幸亏碰上了你，否则今天我没法回家了！"

"前面就到镇政府大院了，那南面好像连路灯也没有。你一个人不会害怕吧！"我看着前方，想着乐园园即将要走的路，有点担心地说道。

"怕什么！哪会有坏人！哈哈哈……"乐园园笑了起来，笑声比说话声更动听更迷人，"如果马镇长想送我的话，我也不会拒绝噢！"

"好，说好了，我送你回家！"我其实正等着乐园园的同意，直觉告诉我乐园园不会拒绝。

"纺织女工一定很苦很累吧！什么时候当的车间主任？"我很想知道她怎么回答这个问题。

"不累，还好，我还年轻，趁年轻多吃点苦，正好可以帮助我爸爸妈妈分忧，我每月可以交二十元给他们，我那两个弟弟要上学，他们实在不容易。"

乐园园停顿了片刻，因为谈的话题触及了她的生活。这是她与我的初次私聊，刚刚我的第二问让她有了些突兀的感觉。

"我是两年前提的车间主任，在一次技能比赛中我战胜了所有的对手，比赛前就已经公开宣布，谁得第一名，谁才有资格去竞选车间主任，我赢了，似乎很容易。"

"你当之无愧！你不仅聪明而且能干，有文化有智慧。在这里你是大材小用了。"我夸她道。

"哪里，那都是我运气好，加上别人抬举我，倒是我一直想出去好好学一学纺织方面的专业知识，我想上学！"乐园园说到这里，突然停了下来。

"哎，这倒真正是个好的想法，你这个想法真的是提醒了我。我来帮你联系，看看你能不能参加上海纺织学院函授大专课程。"我一下子想到了我的母校。

"太好了，谢谢你，马镇长！我还有个想法，你适当的时候，可以抽空为车间的工人们上上课，给大家普及一下常规知识。"乐园园说着说着便下了车，"马镇长，我快到了，前面就是我家。"

我这才发现不知不觉俩人已经走到了刚刚那条马路的尽头，前方似乎已经没有了大路，只有一望无际的稻田。我顺着乐园园手指的方向使劲地看，朦胧的月色中似乎能看见一排排黑压压的房屋以及从房屋中透出来的微弱的灯光。

"还有好远，我再送送。"我坚持继续前进。

"马镇长，真的不用了。你不知道，刚刚走过的是石子路，再往前走就是烂泥路了。才下过雨，地上一定又烂又滑，会弄脏你的车子、鞋子和裤子，走不惯的人说不定还会跌个大跟头。"乐园园拒绝了我，说得也在理上。

"好，既然这样，你就早点到家，早点儿休息，明天还得上班！"我关照得这么仔细，连自己也惊讶了。

"好，马镇长你慢点儿！"乐园园挥手示意告别。见我还站在原地一动不动，便又回头说道："你回吧，快回吧！"

我掉转了方向骑往镇政府，月色突然模糊起来，也把我的心照得迷失了方向。恍惚间，我反复问自己：我这是怎么了？

这个夜晚我心神不宁，又失眠了。

乐园园清脆悦耳的笑声一直在我的心头荡漾，一闭上眼睛就能看到她的笑脸。

"我马琪是结过婚的男人，岂能有非分之想？我不能！"这样的自问自答反复了不知多少次我才睡着。

这是爱情吗？混沌而又纯洁，我无法判断。

三

　　这一天，李厂长从内蒙古回来了，他没想到一回来，我便拿着销售部一大沓退货单找他汇报。这样的退货单之前也有过，可从来没有像最近这么的频繁。退货理由简单而多样，毛线粗细不均致使弹性韧性不够，易断，还有就是色彩染色不匀。这样的退货理由足以说明整个毛纺厂的生产环节出现了严重的问题。我催促李厂长赶紧想办法解决这个问题。他说他在忙采购和销售，这些问题下一步该怎么解决由我做主。我说，首先要紧急召开全厂职工广播大会，从思想上要求全厂职工对这些问题高度重视起来。然后再组织全厂技术骨干认真分析次品的性质，从生产源头上找原因，从生产环节和细节上找出解决问题的方案。

　　"马镇长，你说得很好，之前不是没有发现这些问题，只是没有意识到问题的严重性，于是才拖了下来。你就全权负责这件事吧，我听你的。"面对年轻的我，李厂长低下头，又说，"你是对的，产品的质量是整个企业的生命，没有质量就没有一切。"

　　"好，接下来我来召集一些车间主任和技术骨干，成立一个产品质量监督小组，把原因彻底搞清楚再找方法来解决。"

　　有了李厂长的授权，我觉得前期的付出并没有白费。

　　自从上次雨夜送过乐园园后，我便常常想到她，这是男人无法控制但又不得不控制的冲动。可是，我知道爱一个人的方式有很多，我没有资格去爱，有时默默地走开也许对大家都有好处。

经过十多天的样品分析和调查，从生产过程中的各个细节去探索分析研究，终于找出了次品的真正根源。但是，想要从根本上解决这些问题，还必须从设备的技术性能上着手改进，这牵涉到机器的革新；其次，要从操作的环节以及配方上改良，这里面有个要点就是必须有专家的指导和帮助。

在征得李厂长的同意后，我向上海纺织学院我的老师发出"求救信号"。同时，让老师打听一下参加上海纺织学院函授大专的具体时间和条件。这第二条纯粹是为了乐园园。

忙了很多天，终于理顺了厂里的一切，李厂长也由衷地佩服起我来。不知不觉已经到了九月底，天气渐渐凉爽下来，来三阳已两个多月，还有几天就是中秋节了，我想该回趟扬州了。

这天接到去镇政府开会的通知，是汇报各企业年度最后一个季度生产目标任务的落实情况。虽然我目前的身份是毛纺厂的蹲点副镇长，可毕竟镇里其他事情从来不让我过问，这让在镇政府大院里遇见的姚书记竟有点歉疚和不安。

平常因为早出晚归，几乎很少碰见姚书记，即使碰见了，也是匆匆点个头打个招呼而已。我明白姚书记的心情，理解并原谅了他。

今天，姚书记一见面就立刻向我打听在毛纺厂的蹲点情况，并一再重申，一年后来镇政府负责工业全面工作。我谦恭地笑笑，不想问他张镇长该怎么摆放。我也无法想象一年后姚能否兑现承诺。

我向姚书记谈了我的看法。我说，各样工作均有利弊，每个岗位也都能学到东西，现在这样的状况挺好。姚书记知道我说的是真心话，而我知道姚书记说的未必是假话。这个世界也许正是因为有了这些真真假假，才如此真实和残酷。

天凉了下来，太阳也已经升得老高，门外一阵敲门声把我惊醒，睁开眼才知道自己睡过了。突然感觉头重脚轻，全身酸痛，挣扎了一会儿才勉强起床，开了门一看是通讯员老王。

"马镇长，一大早看不见你起来，我才来敲门。你脸色这么差，一定生病了。"老王一见我，便喊了起来，伸手就摸我的额头，"不好，滚烫的，快起来去镇卫生院看医生。"

"不用看，睡睡便会好的！"说着我又爬上了床。

"老王，你打个电话给毛纺厂办公室，告诉厂里我今天去不了了。"说着我又睡了过去。

这一睡便是一整天。上午姚书记带了一个男医生来看了我一下，测体温三十九度多。这个男医生我听见他们都喊他韩院长，韩院长说我是重感冒，让我服了一些药，叮嘱我躺下好好休息。我听从了医嘱，知道这些乡镇卫生院的医生看个伤风头疼的应该没有问题，于是服了药，喝了好多开水，倒下便又睡着了。迷迷糊糊中，似乎感觉到老王在不停地给我用毛巾冷敷降温，内心很过意不去。

我终于彻底醒来，天色已晚，刚刚我感觉一双温柔的手正抚摸着我的脸颊，那感觉很温存，温存得让我感觉下身硬了起来。虽然这样的勃起经常会有，可毕竟我才发过高烧。

我睁开眼睛，惊讶地发现了乐园园。

乐园园正双手托着我的脸仔细端详，看见我醒了也吃了一惊，手指轻轻从我的脸上掠过。

我一下子情不自禁地抓住了乐园园的手，这一刻我不愿松开，这个似梦幻一样的场景很多年之前曾经发生过。而最终那个姑娘凄然地离开了我，带走了我这一辈子的爱恨情愁，让我终身孤独。

不，我怎能抓住乐园园的手呢！这让人看见了，会说闲话的，会说是生活作风有问题。我一个堂堂的镇长，岂能如此不注意形象？再说，她是个未婚的女人，我这不存心给自己找麻烦吗？没有想到的是，在我松开她的手的瞬间，乐园园却一把抱住了我……

被女人抱住，而且是躺在床上被喜欢的女人抱着该是一件快活的事，乐园园的举动让我一下子兴奋起来。可是我嘴里却在说："快松手，小乐，让别人看见多不好！"

我几乎用力推开了乐园园。高烧并没有烧坏我的脑子，我是清醒的。

"我不，你就让我抱着你吧！我要你赶紧好起来！"乐园园把脸贴在我的手心上，我顺手摸起了她的脸……

"下午才知道你生病了，我快急疯了。"

我终于不再推却，并不是因为没有力气，而是内心涌动着一种情怀，似乎让我失去了拒绝的力量。

外面漆黑一片，屋内也没开灯，一对年轻的男女正沉醉在这沉寂的世界里，一切似乎都定格在这样的画面上。没有言语，却有心的碰撞声；没有灯光，彼此的心却照得通明。我们拥抱在一起，抚摸着对方……

人性的复杂就在于它的真实与虚幻永远处在矛盾中，在道德的天平上，谁都不会知道自己是对还是错。

"小乐，你回家吧，天已经很黑了！你再不走，我会控制不住的。"

"我不走，我不想离开你。"

"我有老婆有孩子，我不可以。"

"可我愿意！"

我始终让她走。如此的相互抚摸，我撑不了多久，毕竟我是个男人。

"我给你熬了稀饭，已经带来了，等你吃完稀饭我就走。"

乐园园抬起了头，可手并没有松开我。

"快别这样，我是有家庭有妻室的人，你还年轻，我会害了你的。"

我突然有了一种犯罪感，这样的感觉让我心生恐惧，同时伴着忧伤和无奈。

"我从来没有过这样的感觉，我天天在想你，想得我快要疯了……"乐园园伏在我的身上，开始抽泣起来。

"小乐，我知道，我知道你的心，谢谢你！"

我没有想到乐园园为一个男人竟如此痴情，几乎到了疯狂的地步，而这个男人就是我。

"马镇长，你放心，我绝对不会连累你！"乐园园突然停止抽泣，站起身，顺手打开了电灯。

"你马上起来把稀饭趁热喝了，水瓶的开水我已经灌好了，你保重，我走了……"说完她便头也不回地冲出门外，消失在黑夜中。

"小乐，小乐……"我连忙朝着门外喊了两声。我知道，就是再喊十声也不一定能唤回乐园园。女人需要时你不能拒绝她，会伤了她，可究竟哪一种才是真的伤了她呢？

我开始搞不清自己喊"小乐，小乐"究竟是什么目的。是想向她解释我马琪不是不愿意，我并不是不喜欢她，而是我们这种关系不现实；还是想留下乐园园，告诉她："我真的需要你，你别走！"看着门外的一片黑暗，我的心沉到了海底。

这一觉醒来，浑身是汗，我发现自己退烧了，人也精神了许多，爬起来才发现桌上保温盒里，乐园园熬好的不仅仅有一碗稀饭，还有一盆鲫鱼汤……

这一夜，我睡得特别的香，回想着乐园园细腻的情怀和不折不扣的爱情，如果能把这一切称之为爱情的话，我应该是个幸福的男人。我何德何能，让如此多情而纯洁的女人深情地为我守候？

感冒刚好了两天便迎来了中秋和国庆。不知不觉来三阳已经快三个月了，一直没有回过扬州。期间一直在与父亲通着信，也打了几次电话，但三个月不回家，我知道自己的内心其实在有意逃避什么，不禁有些内疚起来。

马丽生下来已经快八个月了，一定长大了许多，李兰英似乎一直不愿理我，写了信给她，一封也没有回。父亲母亲也不知与李兰英相处得如何。这些都让我牵挂。

进门的时候，天已经黑了。我看见母亲手上正抱着一个孩子，虎头虎脑的，一双大大的眼睛正朝着进门的我在笑。这孩子的神色跟我小时候很像，一定就是小马丽了。我立刻兴奋起来，孩子真是见长啊，已与记忆中三个月前的样子完全不同了，整整大了一圈。

"妈妈，我回来了！"

"马琪啊，你可回来了。"

"这是马丽吗？哈哈，长这么大了。"

"是，你抱抱吧！"

母亲一见我回来了，便连忙把孩子交到了我手中，我这才发现母亲瘦了好多。

"妈，李兰英呢？"

这话一问出，母亲便开始抽泣起来。我陡然心疼起来，长这么大还是第一次看见母亲这般哭泣，从前即使与父亲吵架受了委屈，即使遇到天大的难题也未曾见她掉过一滴眼泪，这究竟为何？

"妈，你怎么啦？妈，你怎么啦？"我手中抱着小丽，看着母亲惊慌失措起来。

"妈，是不是李兰英给你气受了？快别伤心，妈！"

母亲哭了一会儿停下来。

"李兰英她已经回娘家快十天了，因为一件事，我说了她几句，她便抛下了孩子，说走就走。你说说这是多么伤人的行为，小马丽是她生的孩子，孩子还在嗷嗷待哺中，她怎忍心丢下孩子不管呢？"

"啊，竟有这事？"

"我与你爸一同抱上孩子，上亲家门上请李兰英回家，谁知道李兰英死活不肯回家，还振振有词地要我赔礼道歉，说只要说一声'对不起，我错了'就行了。你爸一听，气得立马拉上我，抱上孩子，扭头便走。小马丽从此便只好断奶了。"

仔细听完母亲的哭诉，我早已气上心头。我早就想到了李兰英与母亲之间的关系难处，但没有想到会闹到这种程度。

"到底为了什么事？"

"儿子，爸爸并不想挑拨你们夫妻关系。前一段时间有人提醒我，说李兰英跟他们厂长早就走得太近。无风不起浪啊，一定是有人看到什么了，否则不会空穴来风。我便让你妈提醒她。"父亲不知什么时候回来了，迫不及待地拉住我并告诉我。显然，父亲对儿媳妇的行为大为反感。

"老马，你怎么能告诉儿子这些？"

"你错了，我们不告诉他，这世上还有谁会告诉马琪这样的事情？"

"儿子，你听了也不要太多心，道听途说的东西不要太相信，我们只是提醒她，她便给我们来了这么大的动静。"

我知道母亲是个说话做事很注意分寸和技巧的人，说的那事一定有影子，我一下子蒙了，心里乱极了。怎么也没有想到，离家短短三个月不到的时间，家里便发生了这么多的事情。一阵无名的烦恼和不安缠绕上了我的心头。

李兰英，自始至终，我都没有搞明白过她，觉得她的心里开了好几个房门，只有一扇门是向我敞开的，而这扇门却也仅是半掩着，其他的门都紧锁着。而我根本就不想去敲开其他的门。当初要不是那个陆小妹撮合，张局长出面，我父母是不会这么快就同意这桩婚事的。

父母的话让我心里难受极了，这是一种无奈，想着与李兰英所走过的每一步竟那么模糊，甚至带着苦涩。第一次与她发生关系后，我的内心矛盾了好久，有说不出的苦衷，这一定是男人的本性，虚伪而又自私地掩饰着不快。我从来没有对任何人提过一个字，这是一种耻辱，无奈而又丢失颜面的耻辱，我却无条件地承受了下来。结婚的时候，我曾对自己说，算了，这些也许并不重要，好好过日子才重要。

"我早就说过，门当户对，门当户对！"母亲叹着气说道。

"李兰英没有受过高等教育，又是小市民出身，当初要不是那个陆小妹，我怎会答应？"

"别说了，还不是指望张局长可以照应儿子。再说，也不是所有小市民出身的都这样，你也别光怪我一个人。"父亲看着母亲忧伤地说。

"都别说了，我有责任。"我抱着马丽，自言自语着。

离婚！这两个字刚刚在脑中浮现，便被我否定了。小马丽才一周岁不到，既不会说话，又不会走路，她的路还很长很长，她的未来岂能没有爸爸和妈妈的共同搀扶和陪伴？当初很草率地决定结婚完全是因为有了她，已经犯下了一个错误，现如今如果草率地离婚便会毁了小马丽的一生，那将是个更大的错误。

想到这儿，我心里豁然开朗。既然不离婚，那就得让李兰英从娘家回来，小马丽需要她，这个家也需要她。什么话也别说了，去娘家接她。

"爸，妈，我想好了，她的过去我就从来没有计较过，现在就更不计较，否则这个家就完了。"

这是我想了半天的话，虽然我无法忍受李兰英的行为，但我更不能接受马丽所要面对的一切。

"呆头鹅！你当真不在乎戴绿帽子？"父亲愣愣地问。

"老马，你别再火上浇油了，既然儿子想通了，我们就更要想通。马琪啊，你明天跟妈妈一起去李兰英的娘家。马丽不能没有妈妈，她李兰英再狠心，不会连自己的孩子都不要的。"

"是啊，给她一个台阶下，她再笨也会回来的。再说，她爸爸妈妈也不希望姑娘过不好，老在娘家吧！"父亲接着母亲的话说道。

"妈妈，你就别去了，我一个人去吧！"

"不，我要去，就算是为了你和马丽，我也愿意低一次头。"母亲话还没说完，泪便掉了下来。

第二天一大早，我喊了一辆三轮车便与母亲抱上小马丽一起去往李兰英的娘家。秋风已经吹起，树叶开始飘零，三轮车正穿过扬州最繁华的国庆路。

正值国庆期间，路上行人熙熙攘攘，母亲抱着马丽若有所思，不说一句话，脸上一点表情也没有。看见她额头上爬满了皱纹，我更心疼起来。

李兰英一见我们，上前一把抱过孩子，痛哭流涕起来，似乎在忏悔和自责。

"别人的劝说要听，光嘴上硬没用。"看见我们，我丈母娘责怪起了李兰英，丝毫没有做给人看的意思，似乎面有愧色。

"对不起了亲家母，又让你们跑一趟。我这些天一直在骂她，她已知道自己错了。"

李兰英抬头瞪了我丈母娘一眼，想说什么又止住了，想必她对她妈妈刚刚说的话不能接受。"她已知道自己错了"这句话有点模棱两可，究竟是哪里错了，她妈妈所说的错与我们所认为的错是否一致？

只是谁也不提谁错，更不提错在哪里。不再追究，大家彼此心照不宣，大概绕过这一节对谁都没有坏处。

虽然快三个月没有见面了，但看见她时，我的心却似一潭死水一般。

吃晚饭的时候，李兰英一直抱着孩子，头低着，也不理人。

母亲开口道："李兰英啊，你多吃点菜，别光顾扒米饭。"

"嗯，知道！"李兰英稍微抬了抬头。

"好好过日子吧，孩子还小，马琪这几年如果有机会能够提拔了，对谁都没有坏处。你要懂得这个道理。"

"嗯！"

她再次抬了抬头，看一眼我母亲，目光中有感激的成分。这是她没有想到的，马家人居然不与她计较前面的事情了。

她吃完饭便抢着洗碗，这是从来没有的事，可在我眼里，她的行为却是在弥补她的心虚。

李兰英早早地就哄孩子上床了，她的呼吸声不均匀，我知道她假装睡着了。

这一夜静悄悄的，该发生的、不该发生的都没有发生。

第二天一大早醒来，便听到李兰英与马丽正在床上逗乐。想到明天又得去宝应三阳了，我的心里不免惆怅起来。这一去也不知道什么时候才能回来，这一大家子老的老小的小，被李兰英把关系搅得这么乱。如果不理她，按照她的脾气，她会继续把气全撒给我的父亲和母亲的。

想到这儿，我便推了一下李兰英。

"哎，你们醒了。"

我多少想缓解一下气氛，没有想到李兰英根本不理我，还回我一句："你永远别碰我！"

我知道李兰英的脾气，她得寸进尺了。

"说个理由。"

"你们家的人欺人太甚！"

"哦，怎么个欺你了？"

"你就别再问了，就你，你心里就从来没有过我，你自己问问自己，我在你心中究竟有没有位置？"

"有些话我们就别挑明，挑明了对谁也没有好处。我不想说这些没有意义的话题。"

我这样一说，李兰英反而不敢再说话了，因为她心里没底，她并不知道我究竟知道些什么。

我也不想对李兰英再说什么话了，似乎李兰英哑口了，没有半句反抗。

连续两个晚上的冷战，我心灰意冷了。第三天一大早，我便带上了冬天的衣服，又坐上去宝应的公共汽车。

李兰英与父母之间的矛盾，让我感觉我与李兰英之间的裂痕越来越大了。

从扬州回来的当天夜里我遗精了。我似乎又做梦了，却无法回忆起梦中的场景，更不清楚梦中的女人究竟是谁。

遗精虽然是个正常现象，可似乎对于一个结了婚的成年男人来说是不可思议的，也是残酷的，更何况刚刚探亲回来。梦中的快感还在，伴随的却是失落和遗憾，这样的春梦似乎让我陷入了深深的伤感之中。

给上海纺织学院那边老师的求救信终于有了答复，我的老师向我推荐了上海毛纺厂，所有技术管理上的事情，均可以直接与他们联系。

这个突如其来的好消息终于让我郁闷的心情轻松开朗起来。与上海毛纺厂很快取得了联系，最后决定分批让车间主任以及各工段段长去进行短期观摩学习，同时让设备技术科的同事去进行机械维修方面的培训。另外一条重要的消息便是乐园园的大专函授学习也有了眉目，明年开春后可以参加函授招生考试了。我想了想，把这一条消息放在心里，想着该如何给乐园园一个惊喜。

这一忙，产值和销量指标居然都在回升，李厂长终于对我刮目相看了。

开了个会，参会的是工段长以上的员工，听了我的规划后个个意气风发，摩拳擦掌。我注意到乐园园的眼睛一直在看别处，脸瘦了很多，这让我心疼了起来。

自从那天夜里她离开我的房间冲进黑夜之后，我与乐园园便再也没有单独说过一句话，厂里见了面也只是简单地点头打招呼。我内心有说不出来的难受，她难道不再爱我了吗？我难道爱上乐园园了吗？一定是爱上了，做梦梦见她就有两次。如果是爱情，这种只能在黑暗和痛苦中生存的爱情有意义吗？

开完工段长会议，我鼓足了勇气："乐主任，你……你留下来，有件事情与你说一下。"

其实，这一刻连我自己都听到了我的声音在颤抖，我无法控制，那是紧张和兴奋的交融，是爱的惊慌。是的，就是爱的惊慌。

"马镇长，找我什么事？"乐园园似乎并不惊讶我的喊声。这么多天的沉寂都挺过来了，乐园园的心理一定调节好了。

"上海纺织学院函授的事情有眉目了，你好好复习准备一下吧，明年春天去参加他们的入学考试！"我一口气说了出来，生怕紧张的情绪会影响自己的思维。

"真的吗？没骗我吧？谢谢马镇长，谢谢马镇长！"

乐园园看着我先是一愣，接着便笑了，而且是笑着走出会议室大门的。我想留住她，还没来得及说出口，乐园园却早就没了人影。

"乐……"我看着乐园园的背影，虽只喊了一个字，却有千言万语要倾诉。

厂里安排了三批工段长及车间主任去上海毛纺厂，我知道乐园园是第一批时，一种失落感顿时涌上心头。

这天晚上刚回到宿舍，就有人敲门，我正盯着上次乐园园送稀饭的饭盒发呆。

"马镇长，我来了！"

开门后看见是乐园园，我惊呆了。

"我是来拿饭盒的。"

还没等我回过神来，乐园园鬼使神差地从包里拿出了一件紫色羊毛背心，在我毫无戒备的情况下套在了我头上，并帮我穿了起来。

"别……"我刚说了一个字便停住了，眼前的一切像做梦一样，让我幸福得几乎快晕了。近距离听着乐园园微微的喘息声，闻着乐园园身上特殊的清香，我一把将乐园园揽在了怀中。

我几乎是忘情地拥抱着乐园园，甚至忘记了自己的身份，一个蹲点干部，一个有家室的男人。"满目山河空念远，落花风雨更伤春，不如怜取眼前人……"此刻我陶醉了。人终究不是钢铁坚不可摧，置于那景那情中，谁也做不到坐怀不乱，眼前乐园园的身体里正散发着一种诱惑，这样的诱惑正似熊熊火焰燃烧我的胸膛。

我终于俯下身吻住了乐园园激动而颤抖的嘴唇。我是男人，一个结过婚的男人，我迫切想进行下一步。

我看到乐园园深情地注视着我，面若桃花，含羞带笑陶醉其间。理智一定是一个成功人士必备的品质，它能阻止一切邪念和罪恶的形成，而此刻我丧失了理智，我抱住了她的身体，只想着把乐园园融进我的身体里去。我快要失控了，我颤抖着，亲吻并抚摸着乐园园的身体，从上到下，从下到上……

"园，我想……"我感觉我膨胀的身体在这一刻想在温柔缠绵里释放。

乐园园看着我没有说话，我看见她羞涩地闭上了眼睛，我放纵着本性恣意妄为。

"马镇长，马镇长！"门外突然有人在喊我，一听就知道是通讯员老王，紧跟着便是咚咚的敲门声。

我俩都大吃一惊，随即迅速分开了。

我示意她躲在门后。

"哎，老王，我在啊！"我理了理头发，故作镇定地开了大门。

"马镇长，马镇长，姚书记让我来喊你，说有重要的事情要与你商量。就是，就是……"

老王惊慌失措的神态让我一下子意识到一定发生了什么大事。

"姚书记吗？在他的办公室？什么事让你这样紧张？"我看着语无伦次的老王急忙问道。

"在党委会议室，你去了便知。唉！我先走了！"老王满脸的凝重，一副惊魂未定的模样。

老王刚走，我便关上了大门，乐园园上前再次抱紧了我，把脸贴在了我的胸口上。

"我明天便去上海了，回来的时候我要看到你穿着我织的背心。"乐园园娇羞得满脸红晕。

"谢谢你，我会一直穿着它不离身，看见它就像看见你。"我边说边分开乐园园紧抱的双手，"园园，姚书记找我，我得马上就去，看样子一定有急事！"说完我再一次把乐园园揽在了怀中。

黑暗中我奔向了镇政府，我让乐园园跟在我身后，但拉开了一段距离。

镇政府大院的门口人头攒动，昏暗的路灯让这样的场面显得更加的烦乱，人们在议论纷纷。

"发生什么事了？"

"马镇长，你来了，快过来，你帮着出出主意！"姚书记一见我，放下手中的烟头，连忙起身。

"究竟发生了什么事情？为什么这么多人？"我问道。

话还没说完，一位七十岁左右的老太太被人架进了会议室，这回整个会议室只听见她一个人的哭声……

"这个畜生啊，杀千刀的，狗日的，还我的姑娘啊！呜呜呜……"

老太太一跨进会议室的大门，便冲姚书记奔来，我还没来得及反应，便看见她一下子跪伏在姚书记的面前，死死抱住了姚书记的双腿，哭的声音更大了。

"姚书记，你一定要救我的姑娘，你一定要帮我拿主意啊！"

"大妈，大妈，你起来，有话好好说。你看这么多人，这又不是件光彩的事情，你究竟想把事情闹多大？"

姚书记连忙弯下腰去搀扶老太太，似乎对她颇为熟悉。

"我就这么个姑娘，她要有个三长两短我可怎么过？"

她这一喊，搀她的两个女人哭得更凶了。

"别闹了，张镇长已经被派出所拘留了，你女儿已经送往扬州市人民医院抢救，该做的事情我们都做了，你这样闹下去对谁也没有好处！"姚书记声音似乎小了些。

"这件事情不是张镇长一个人的错，李主任也有错，要追究起来，两个人都要严肃处理！"

姚书记的话一说出口，老太太和另外两个女人渐渐停止了哭泣，老太太一脸愁容，情绪变得不安。

"我与马镇长马上连夜赶往扬州医院看一下李主任，政府办公室的车子马上就到。"

姚书记对站在门外的几个镇干部喊："你们进来，把李主任妈妈安排妥当，这件事情暂时到此为止，千万别再声张。"

我看着眼前的一切，大概明白了是有关张镇长与李主任之间发生的事情，而且不是光彩的事情，李主任是受害者而且伤得不轻。

他们所说的李主任是镇政府妇女主任，我见过好几回，是一位四十岁不到的女人。早就有人说她与张镇长有一腿了，镇上男男女女的事情很多，连她丈夫都不追究，谁还会去打探！人在做天在看，事情迟早是会暴露的，只是没有想到会闹出如此场面。这不，似乎出人命了。

我想到这儿不禁打了个寒战，想到刚刚与乐园园发生的事，心里一阵阵的惊悚。

"马镇长，马上与我一起去扬州人民医院，李主任正在抢救呢！"姚书记这才有工夫与我说话。

"究竟怎么回事？"我又一次问姚书记。

"唉，上车告诉你！"姚书记摇摇头，叹气道，"早就提醒他这方面一定要注意，这下完蛋了，怕坐一辈子的牢也解决不了问题。"

我知道，姚书记口中的"他"指的就是张镇长。

"姚书记，政府办的车来了，就停在门外。"老王急匆匆地进来了。

我跟着姚书记和另外两名镇政府办公室人员一同上了面包车。

"这个老张，真的是脑子进了屎了。今天下午，他与李主任两人躲到洲上的芦苇荡里，在地上就搞了起来。没有想到，地上正好有被人砍过的芦苇桩杆，尖尖的桩杆正好戳进了李主任的腰椎。"姚书记严肃起来。

"后来呢？太可怕了！"

我仿佛亲眼看到了那个场景。

"这个张在这件事上，既胆小怕事，又龌龊自私，实在可恶至极，居然吓得跑掉了。李大喊救命，被人发现时，地上一大摊的血，光着腿，浑身是血，两个人用力拔才把李拔出那根芦苇桩，场面惨不忍睹。听说被人抬至三阳卫生院，卫生院立马说要送扬州人民医院。"姚书记一口气说完，接着又补充了一句，"这件事情听得人瘆得慌。你看看，一个是副镇长，一个是妇女主任，这要传出去，丢尽了我们整个三阳人的脸。"

"张镇长怎么能见死不救呢？张镇长怎么能临阵脱逃呢？"我听完这样的事，很惊讶也很难受。

"是啊，谁知道他当时是怎么想的，一定是吓坏了，另外也许可能想推卸责任吧！这让李心里很不好受，当场让家里人报了案，宁可毁了一生的名誉也要出这口气！"姚书记叹了口气，"像做梦一样，又像说书一样，这样的事情居然发生在我们身边。唉……"

最终，李主任瘫痪了，张镇长则等待判刑。

姚书记先前已经催了我好几次，要约我谈事，我一直拖着，因为我知道他要与我谈什么事。我心里总觉得不是滋味，有点乘人之危，又有点被利用的感觉。

乐园园去了上海，因为张镇长的事情，我心里虽然复杂，但还是努力让自己冷静下来。这天在并线车间，试验终于成功，我给试验产品取名叫"落纱开关"。就是在每根线上安置一个很简单的小配件，预计可以把断纱的概率降低百分之八十，从而大幅度减少次品的产生，进而提高生产效率，节约成本。全厂的工人都很高兴，喊我"发明家"。

下午我跨进了姚书记的办公室，姚书记连忙笑脸相迎。

"你终于来了，快坐下，我们要好好谈谈！"

"好吧姚书记，我听着！"

此刻我很喜欢听姚说话，更想知道接下来说的内容是否是我想象的。

"你看看，张的事情弄成这个样子很尴尬，县委李书记已经发了火。出了这么大的豁子，估计张要被判刑坐牢了。去年年初的时候，李主任老公就找过我一次，我便找过一次张，他跟我答应得好好的，上个月还说断了呢。唉！这回我们三阳镇丢人算是丢大了，可怜他丈人还在为他跑公检法，估计刑一定是要判的，就看怎么个判法了。唉！"姚书记摇摇头叹息道，"这件事搞得风言风语的，全三阳的老老少少都当成笑话在谈，我这一把手，面子丢尽了，真他妈的运拙！"

"谁能料到会出这样的事情。不是你的错！"

我看着姚的脸色，知道这些天他肩上的压力确实不小。虽然表面上与他无关，可谁都知道，张是他的人，不说别的，要当真追究起来，说他不识人、用错了人也是个不小的责任。

"不谈这些了，我们来谈谈你的事情。当初让你蹲点纺织厂，也是出于无奈，你应该理解我的苦衷。你来了也有些日子了，兄弟，看在我的面子上，你就回镇里，帮老哥一把吧！"姚说完，点燃了一支烟狠狠地抽着。

我其实并不愿丢开毛纺厂，不仅因为厂里正处于技术革新和整顿阶段，还有其他的原因。

"姚书记，能不能再过一个月，等那边厂里事情结束了，我便回镇上。"我的回答是经过了深思熟虑的。

"好吧，你既然这么坚决，就依你，我在这边等你回来。"姚书记同意了我的想法。

乐园园回来了。见到我时，我正在车间，她一定看到了我正穿着那件紫色的背心。只是我不愿与她对视，我的余光看见她远远地盯了我半天，感觉到她的眼神中有一丝失望。

这天晚上，乐园园敲开了我的房门。

"马，你为什么不理我？"乐园园在我打开门的同时便抱住了猝不及防的我。

"别，快别这样！"我边说边去解开乐园园的双手。

乐园园很不情愿地松开了双手："你为什么变得这样快，变得让我不认识你了。"

乐园园快哭起来了。

"不是，我必须对你负责，我们如此下去，张镇长就是前车之鉴。"我不敢再看她的眼睛，"所以，我们认个兄妹吧！这样对谁都有好处！"

乐园园站在原地看着我，脸上写满了失望和无奈。

对于毛线的着色不一问题，从染色、固色、定色到柔软一整套的技术我都进行了分析。同时，为了最困难的固色这个步骤，我专程去了趟上海，从上海毛纺厂请来高级师傅，对所有的关键步骤都做了指导和说明。这让染色车间的所有工人茅塞顿开，对我更多了份尊敬。

最后的这个月中，我把想要完成的事情都一一落实，从生产到管理，从原料的进货渠道到成品的销售出路，都已了如指掌，我觉得这是我来三阳毛纺厂蹲点的最大收获，甚至都有些佩服我自己了。

有些日子没有再见到乐园园了，自从上次拒绝她后，她总在有意躲避我。那件紫色的毛线背心，我从来不离身。

前天听车间有人说乐园园从上海回来后忙着相了好几次亲，我心中隐隐地失落，好几个晚上睡不着觉。

秋风扫尽了落叶，把寒气逼进了我的心里。

"马镇长，马镇长！"老远就听见有人在喊，一听便知是乐园园，哭喊的声音急促而惊恐。

她快步奔进了我的办公室。

"什么事，别急，有话慢慢说。"眼前的乐园园瘦了很多，一副惊慌失措的样子，脸上还布满了泪痕，说话语无伦次。

乐园园终于大声痛哭起来。

"刚刚我们大队部有人打电话来，说我爸爸在树林里锯树的时候锯断了自己的腿，人已经不行了。马镇长，你一定帮我想想办法！"

"什么，锯断了腿？快，快，我们一起去，救人要紧！"我抓起外套，一手拉起乐园园直向门外奔去。

天已经很黑了，救护车呼啸着奔向扬州，担架上躺着乐园园的父亲，乐园园一直抓着父亲的手抽泣。

手术一直进行到近天亮，乐园园与我也一直坐在手术室的门外，根本没有注意到两个人的全身上下都是血迹。乐园园的父亲从手术室推出来的时候，乐园园才醒来，发现自己躺在我的怀中，我就这样抱了她一夜。

来扬州两天了，留下服侍父亲的乐园园，我决定回家一趟。

第四章

沉浮的伤痛

一

想想又是三个月没有回来了，一进门发现家里多了个带孩子的保姆。

"马琪啊，你回来了。"

"妈，我回来了。"

"回来正好，一直没告诉你，怕你工作分心。"

"什么事？"

"李兰英住院了。"

"啊？得的什么病，为什么不告诉我？"

"急性肾炎！"

"妈，她怎么会得这个病？"

"这不是一般的疾病，治不好并发症很可怕。"

"她现在人在哪？"

"在医院，明天出院。"

"谁在照顾她？"

"她妈妈。"

听了这些话，我的心情沉重而复杂起来。

赶到医院时，看到李兰英的脸色很难看，我心生怜悯。

"你回来了？"

"是的，真不知道你生病了。"

"快好了，我明天就出院。"

"你就放心养病，马丽由我妈找了个保姆照顾。"

"我知道……"

这对话似乎很礼貌，也很和谐。

李兰英出院后住回了我家。

"李兰英，你这个病需要静养和营养，也不能劳累。今后家里的事情你别插手，孩子也不要带，等完全恢复了，再干也不迟。"

"谢谢妈妈。"

李兰英没有想到，生了一场病，马家人开始改变对她的态度。她也突然意识到马家人的好来，并有点感动了。

"今后夫妻房事要尽量节制，否则会加重病情。"

出院时，主治医生当着我俩面所说的话，虽然让我很震惊，可我并没有意识到这究竟意味着什么。

冬天很快便过去了，转眼又到了春天。我与乐园园早已心心相印，可因为种种原因，我们的关系一直很微妙，彼此心知肚明。一是张镇长的事情给了我一个警告，我不敢对乐园园轻举妄动；二是我是个有家室的人，而乐园园是个未婚的姑娘，这事情搞成哪样都无法收场。

马丽早已经会走路了，特别是天气转暖，脱掉厚衣服，手脚变得更加灵活。重要的是会讲很多的话，虽然我两个月才回家一次，马丽却与我特别亲热，"爸爸，爸爸"地喊个不停，这大概就是天性吧，想必父女之间一定有特殊的缘分。

李兰英又住了一次院，已由急性肾炎转化为慢性肾炎，不懂的人可能根本不知道这种病的厉害，而母亲却是个专家，绝对清楚这种病的可怕程度。

有一次，当着李兰英的面母亲告诫我说："你们夫妻生活要少过，否则病情反复会更严重。"

李兰英听了表情没一点变化，如果不是因为母亲是医生，如果不是她病了这么久，母亲改变了对她的态度，依她的脾气早就生气了。

"嗯！"我答应了一声，这才想起差不多一年两人没有同过房了。李兰英的病情在不断加重，我的心情变得烦躁不安起来。

然而就在此时，又发生了另一件事。

"马琪啊，告诉你一件大事，张局长出事了。"有一天父亲打电话给我，说话的声音都有点颤抖。

我的心一阵抽搐起来。

"啊？爸爸，张局长吗？出什么事了？"

"说是被写人民来信了。"

"真的，是人民来信？然后呢？"

"有关贪污受贿，还有男女生活作风问题，据说还不止陆小妹一个女人。"

"是吗，你听谁说的？现在怎么样了？"

"千真万确，已经被隔离审查了。"

"啊！这可怎么得了！"

"唉！是啊，天有不测风云，谁会料到有这事？"

"以后可怎么是好？"

"是啊！马琪啊，我们静观其变，局里一定有重大的人事变动，对你一定也不利，你目前不必去过问此事，别人问你你就说不知道。你尽管蹲好你的点，做好你该做的，沉住气。"

"知道了，爸爸！"

这件事显然对我来说非同小可，毕竟我这一路一直是张在提携和帮助，而且我未来的前途，潜意识中还在指望着他。然而，曾经的幻想就在这一刻突然被扑灭了，我变得六神无主起来。不仅仅是为自己的前程，还有些说不清的感觉，总觉得还会有别的事情发生。

果然，一天中午，我突然接到父亲的电话："马琪啊，你快回来，李兰英晕倒了，刚送进医院。"

"什么？怎么会晕倒了？"

"你妈说有可能肾衰了。"

"肾衰？有这么可怕吗？我现在就回来。"

放下电话，我搭了个便车，马不停蹄地赶往扬州。

到扬州人民医院的时候，我已是满身大汗，三月的风吹得我心里冰凉冰凉的。母亲站在病房外，看到我来了，便使了个眼色，一把拉住了我。

"儿子，妈妈告诉你，你可别害怕，李兰英患上了尿毒症！"

"尿毒症？"

"嗯，肾功能衰竭了。现在唯一能解决问题的根本办法恐怕只有换肾了，透析是坚持不了多久的。"

"换肾？"

"是的，换肾。"

"怎么换肾？换谁的肾？"

"这恐怕要去南京军区总院，这不是件容易的事情。"

这个消息似晴天霹雳，我急得慌了神了，呆愣了半天，头上一直冒着冷汗。

"别太害怕，我来找找我大学同学，让他们帮我找到军区总院的医生。"

"妈，这一定要花很多的钱吧？"

"是的，当然要花很多的钱，这不仅仅是花钱的事情，还有可能花了钱也白花，这个我们以后再谈，你快进去看看她吧！"

母亲神色黯然，似乎早已适应了眼下发生的一切。

"你回来了！"李兰英看到我走进病房，连忙勉强支撑起来，朝我望了望。我看她脸色蜡黄，瘦了好多，神色却比从前平和得多。

"我对不起你，生了这种病。"

"这是什么话？我们是夫妻，哪有什么对不起的。"

"我都不想活了！"

"胡说八道，你可千万别瞎想，更不可做傻事。"

"这病难治好，你知道吗？"李兰英似乎带着试探的口吻，同时又是绝望而沮丧的。

"我都知道，我妈都告诉我了。她正在想办法联系军区总院，一切都会好的！"

"我会拖累你，拖累你全家。"李兰英话没说完，眼泪便夺眶而出。

"这是什么话，一家人岂能说两家话？"

"呜……你不知道，这要花很多的钱。"

"花再多的钱也要花，我妈刚才说了。"

"我对不起你！"

这样的事情发生在任何一个家庭都是灾难。看着躺在床上的李兰英，我想到了很多。想想与这个女人是因为种种原因才走到一起，心头不免增添了些无名的伤感。再想到张局长和陆小妹，我内心竟瞧不起自己了。当初如此草率地恋爱结婚，虽然迫于无奈和一些压力，但也是带着功利和目的的，怨不得任何人。所以眼下，我得为自己的错误买单，谁都可以逃避，唯独我不能。我是她的丈夫，是她女儿的父亲。

"有件事你知道吗？"

"什么事？"

"张局长出事了。可能我表姐也要接受调查，唉……"

"噢，张的事我早就知道了，我们不必去纠结此事。"

李兰英似乎一脸的惭愧不安，不仅仅为自己生病，还有其他的原因，只是比生病更难以启齿。可这终归不是她的错。

我眼泪流了一脸，带着伤心和委屈，更多的是无奈。虽然是为李兰英而哭，哭的却是自己的悲哀。

母亲始终为李兰英的尿毒症愁眉不展，也许只有她心里明白这样的绝症意味着什么。

母亲本身就不满意这个儿媳妇，讨厌李兰英的脾气和性格，门不当户不对的，她始终认为娶了一个没有教养和文化家庭背景的儿媳妇是儿子这辈子最大的不幸，与儿媳妇也很不投缘。这一切还都是小事，让母亲发愁的是，李兰英的疾病会拖垮我们全家。

"马琪，我对不起你，我连累了你！"

李兰英流着泪说出了这句话。这一刻她对我和马家已经没有任何怨言了，有的只是感激之情，抑或是她突然觉得自己对不起马家所有的人。

"别这么说！生病是没办法的事情。"听了李兰英的话，我一下子可怜起她来了。

"我过去错怪你父母了，是我不对。"

李兰英很虔诚地忏悔着，一定是想到从前对我父母耍的那些小把戏，知道自己错了，也知道如今在我们马家人面前已没有了任何任性的资本了。

"我早就说过了，是你自己多心。我们是一家人，再也不说两家话！"

李兰英不再嘴硬，声音开始变得柔弱起来了，她没有想到会有这么一天。

"我即将成为马家的累赘了。我们离婚吧！"

"胡说八道什么啊，就是天塌下来，我们都会跟你一起顶着！"

我知道，她说的离婚不是真心话，而我说的句句都是真心话，我感觉这是一种责任和义务。

这次的对话是我与李兰英这一年来最长时间的沟通，连我自己都感到惊讶，虽然句句凄凉，却也是夫妻之间的真情流露。

母亲的同学终于帮我们联系到了南京军区总院的专家，这所从二十世纪七十年代就开始做肾移植的省内最有名气的医院立刻收下了李兰英，并且开始了漫长的配型等待期和手术准备期。

准备期不仅包括术前思想和精神上的准备，更重要的是钱的准备。光肾源的配型便需要三万元，手术和住院的费用大约也需三万元，其他的七七八八加起来大约需三万元，这十万元对于我们家来说是大数字，是个大负担。

"儿子，这是家里的全部存款，你拿去吧。"

"妈妈，我以后会还你的。"

"以后花钱的地方更多，你还不起！我可怜的儿子，马家这是上辈子欠了李兰英的债了。"

"对不起，妈妈。"

"你有什么对不起的？她是来讨债的，我们尽力了。妈妈有一点可要告诉你，你千万别去配型。"

"我知道，可她家里的亲戚都去了，我不去说不过去。"我知道我去仅仅是做做样子的。

"你是我唯一的儿子，我可不让你去。"母亲上下打量我，伤心地抹起了眼泪。

"我可告诉你，用钱换她的命已经是我马家仁至义尽了，生死天命，与你无关。想拿我儿子的命换她的命，想都不要想！"

我能理解她的心情，我是家里的独子，不能有一丝一毫的闪失。

可是没过多久，南京军区总院打来了电话，说的就是肾脏配型的事，一个是我，还有一个是李兰英的表妹可以进入下一轮的配型阶段。

我一听这消息傻了，因为我根本没有想到我能配上。这事情可不是闹着玩的，虽然李兰英是我的妻子，可想到要把我的肾移植给她时，我有了说不出来的恐惧和惊慌。

"呵呵，这也太巧了吧！妈妈！"

"儿子，我早就想到了，李兰英的表妹是不会去配型的，就是亲妹妹也未必肯去。我再次告诉你，我是不会让你去的。"

"妈妈，说实话，我从来没有想过我会配上。可如果真的配上了，怎么办？"

"别怕，儿子，谁敢割我儿子的腰子，我跟他拼了！"

"可是妈妈，我们也不能看着李兰英等死啊……"

"认命，她命该绝也不是你的错。"

"妈妈，话这么说就绝情了……"

"我绝对不同意拿我儿子的命去换她的命。"

母亲说完便号啕大哭起来，我看见她的嘴唇颤抖着，双手也颤抖着。我知道，拿我的肾等于剐了她的肉。

"妈妈，你别伤心，一定没那么可怕。南京医生不是说了吗？拿掉一个肾，不会影响生命，更不会影响生活质量。"我上前抱住母亲，轻轻拍打她的双肩，心里难受极了。

"听他们放屁，拿他们儿子的肾看看，看他们是不是也这么说。"母亲抬起头气愤地说，"答应我，儿子，你是妈妈生的，我有权阻止你去做这件事。"

我陷入了困惑不安中，李兰英并不知道配型的消息。

这天我走进病房时，看见我丈人和丈母娘都在，脸色凝重，与李兰英正窃窃私语。看到我进来了，三人神情突然紧张起来。

"马琪啊，你来了。"

"爸妈，你们都在啊！"

我没有想到的一幕出现了，李兰英的妈妈也就是我的丈母娘，突然"扑通"一声朝我双膝跪地，跟着丈人也"扑通"跪在了我的面前。

"爸爸，妈妈，你们这是干什么？"

我看见他们泪眼汪汪地看着我，心里就多少知道了缘故。而李兰英倚在床头抽泣着。

"马琪啊，看在你与兰英夫妻一场的情分上，你就救救她吧！来世让她给你当牛做马吧！"

"爸爸妈妈，你们赶紧起来。哪有长辈给晚辈下跪的道理？"

"你不知道，她表妹原先是同意的，如今来真的了，全家都在反对，这种事情我们又岂能强迫别人去做。"

李兰英的母亲哭丧着脸在诉说，我想到我母亲说的，即使亲妹妹也未必同意割肾，更何况是表妹。如今所有的责任和担当就落在了我一个人的身上，我顿时头皮发麻，看着眼前的一切，竟不知所措。

"爸爸妈妈，你们起来，这事咱们再商量商量。"

"你答应我们，我们便起来。"丈人求情道。我突然看到李兰英停止了抽泣，惊慌失措地看看我们又看看门外。

"哎哟！亲家母亲家公你们这是在干什么？跪在我儿子面前，是想折我儿子的寿吗？"母亲突然破门而入，带着气愤和怨恨，那种居高临下的气势一下子惊呆了所有的人。

我的丈人和丈母娘像做了小偷一样惊慌，俩人连忙站了起来，擦拭着泪水。

"亲家母，对不起，我们也是实在没办法了。"

"我告诉你们，我今天当了你们大家的面把话挑明，你们千万别打我儿子的主意。谁要是敢再提一个字，我跟谁没完，我掘他祖宗十八代……"母亲语无伦次地谩骂着，像一个泼妇。这是我有生以来第一次见她如此撒野，根本不像我的母亲。她这么一发狠，把所有人的嘴都堵上了。

母亲说完转身离去，我看到她满脸的泪痕。

"亲家母亲家母，你听我说……"丈母娘跟着母亲追了好远，一脸的尴尬。

接下来，没有任何人在我面前再提换肾的事情了。可是，这对于李兰英来说就是坐着等死。

母亲变得焦躁不安起来，父亲沉默寡言，全家似乎都没人想说话，可内心却有着各自的想法。

李兰英出院回了家，一周去医院透析两次。只是人又黑又瘦，根本没有力气抱动马丽，我心挂在扬州，每周从宝应回来一次。

马丽突然有一天笑着奔向李兰英，嘴里喊着："妈妈，妈妈，我要妈妈抱，我不要妈妈生病。"

李兰英伸出双手抱住马丽，突然失声痛哭起来。马丽一看这场面惊呆了，收敛了笑容，吓得哇哇大哭。李兰英把马丽搂得更紧了，不停地帮马丽拭眼泪："马丽不哭，以后妈妈不在了，你要听爸爸的话，听爷爷奶奶的话……"

李兰英泣不成声，马丽似懂非懂，依然在哭着。

母亲默默地走向前伸手抱过了马丽，朝着李兰英说："别说这么不吉利的话，一定会有办法。你也别怪我，换了哪个妈妈也不愿意，你难道就舍得让马琪割腰子救你？"

"妈妈，我不怪你，只怪我自己命苦。我不会让马琪为我挨刀的，你放心。"

马丽突然从母亲手里挣脱出去，奔向了李兰英："我要妈妈，我要我妈妈。"

母亲看着马丽的这一举动，迟疑了一下，若有所思起来。

终于有一天，我决定坐下来与父亲母亲好好聊一聊。

"爸爸，妈妈，我想好了，我决定手术。这个手术是安全的。"

"儿子啊，你说什么胡话？"

"妈妈，真的，我愿意给她一颗肾脏，为了我家马丽的幸福和未来。"

"老赵，这些天我也在想，如果手术是安全的，对马琪没有什么伤害和危险，能救了李兰英一命，不如就成全他们吧！"

"妈妈，救了李兰英等于救了我们全家，马丽离不开她，我不能让马丽从小失去母爱，这对她不公平。再说，李兰英是我老婆，这个世界上我不救她谁救她？"

"她的死活与你有何相干？"

"妈，现在不是说气话的时候，她死了，马丽会伤心的！她会永远恨我见死不救！"

"好，好！既然这样我无话可说。你这是上辈子欠了她的债了，就当还她债吧！我只是舍不得我的儿子……"母亲抽泣起来，父亲上前抱着她。

这一刻，我突然轻松起来。作为丈夫，作为父亲，我想我做对了。

接到配型成功通知的这一天，我异常平静，也许这是我前世对李兰英的承诺，一个男人对女人的承诺。

"我欠你的，我下辈子还！"李兰英说这话时我笑了，人哪有什么前世来世，今世就足矣了。

在我名副其实挂职担任三阳镇工业副镇厂的第十个月，李兰英的手术也有了眉目。

在确定了手术日期的这一天，刚刚做过透析的李兰英坐在病床上，一直不说一句话。有阳光照在她的脸上，灰黑而黯淡的脸早已失去了她这个年龄的女人应有的光泽。忧郁的眼神凝视着远方，看见我进来，她似乎收敛了刚刚所有散发的思绪，满目的愧疚和歉意。

"马琪，我想好了，这个手术我不做了。我不能要你的肾，否则我会毁掉你的身体，毁掉你的一切。"

李兰英上前突然抓住我的双手，力气并不大，指甲却抠破了我的手，她一遍又一遍地说着："你听见没有，我不要你这样为我！我不要你这样为我！"

我知道这个女人情绪有点失控了，她并不是不想活，她其实内心在担心着一些东西。

　　"兰英，快别这样，我决定好了的事情，谁也改变不了。快别哭了，好的情绪才有利于手术的成功。"

　　看着李兰英，我想到了乐园园，内心复杂起来。我并不爱眼前的这个女人，可是她是我的妻子。而乐园园虽然才认识一年，却早已走进了我的心里，我爱她，甚至离不开她。我不知道这是不是一种犯罪，良心道德的出轨，我很希望能用我的肾去弥补我内心的歉疚。

　　"我一个人该受什么罪是我的报应，我怎能把你也牵扯进来。你还要抚养马丽，万一有什么闪失，我便是罪人，那我宁可去死。"

　　李兰英流着泪，并开始抽泣。我第一次感觉这个女人的真诚，并感受到她内心的空虚和无奈。她就这么一把鼻涕一把眼泪地说着话，是想博得我的理解、同情，还是在做着术前的最后表白？

　　"一定不会有什么闪失的，我们的手术一定会取得成功的。"

　　我内心竟变得越来越冷静起来，强大起来，起码在她的面前我必须是个勇士。

　　"到那个时候，马丽就会永远有个完整的家，像其他孩子一样健康地长大。"

　　我感觉我的眼里早就噙着泪花了，也知道这颗肾意味着什么。

　　寒冬已经来临，春天便不会远。世间万物都在朝着该去的方向前行，想挡也挡不住。

　　手术最终成功了，而且出奇的成功，我的取肾手术很简单，可李兰英的换肾手术却持续了六个小时！那时候军区总院的肾移植手术技术已经很成熟了。

　　我开始有点兴奋了。

　　为了马丽，当然也为李兰英，或者说为了这个家，我做了我该做的事情，我把我的一颗肾永远留在了李兰英的身体里。

　　那些日子我都怕去想，那是一种挣扎，手术的过程并不痛苦，可决定手术的过程却异常痛苦。我必须顶着父母的压力，还要承受更多，因为即使手术失败也属正常现象，可李兰英却会失去生命，连同我给她的那颗肾一起消失……

现实却是无情的，李兰英肾移植手术成功后必须严格遵守医嘱，是有关我们俩的，即术后严格控制性生活。这是因为李兰英术前体质就差，只有这样才能长久地保护好我的那颗肾能在李兰英身上正常行使功能。虽然在此之前我们也早就不在一起了，但这对她对我都是一个残酷的现实。

可李兰英终究还是我的妻子，我得让我的女儿马丽永远有妈妈，让女儿有个完整的家。

手术欠了一些债倒是好还，可术后的长期服药和定期保养需要很大的开销。在我们这样的家庭，依然也有不小的压力。由于大势所迫，更因为来自家庭各方面的压力，我脑子里突然冒出了一个念头。

意料之中，张局长被停职审查了。新任局长是原来的副局长，那个原来的团委副书记顶替了我的位置，局人事处打电话告诉我，说因为我目前工作性质比较特殊，等蹲点结束再做安排。听到这个消息的时候，我异常冷静，一点也不意外。一朝君子一朝臣，我得重新思考一些问题，我想到了很多的东西，甚至觉得这是上天赐给我的一次机会，否则我无法下决心去做一个惊天动地的决定，那就是辞职下海。

手术后一个月我又回到了三阳镇，心里千头万绪，我有我的打算。

我第一个找的人便是李厂长，告诉了他我的想法。

"马镇长，因为你的功劳，毛纺厂在这一年发生了翻天覆地的变化，你用智慧和人品征服了我。"

我知道李指的是什么，我的一套技术革新和管理方案有成效了。

"哎，快别这么说，李厂长，这是大家努力的结果。我只是尽了本分。"我其实在为我的付出努力而自豪。

"这样带来了良性循环，预计这一年的产值将是往年的翻番还不止。"

"那实在太棒了！"

李厂长的眼睛似乎有点潮湿，这绝对不是装出来的，我看出这是他发自内心的感叹。

"你让我服了你了，马镇长，你知道吗？去年年终给你的奖金，那是你应得的。镇领导班子里，除了你，没有一个人不收，你却原封不动地退回。更何况你对我们三阳毛纺厂做了这么大的贡献。马镇长，不知为什么，我对你有种相见恨晚的感觉，我当初小看了你，以小人之心度君子之腹了，有不对的，你别放在心上啊！"

李厂长娓娓道来，却是真情实感。因为抓了全镇工业，去年年终所有的镇办厂都给了我一份红包，我一个也没拿。并不是我不喜欢钱，是父亲让我这么做的。父亲说：目光要长远，不要因小失大。我知道父亲是另有打算，也算歪打正着了吧！

"你的事我们都听说了，这不是任何男人都能做到的事情。你受罪受大了，真的难以想象！你决定单干，我李某人支持你，无条件支持！你放心，即使上刀山入火海我都会帮你！"李厂长是噙着泪花说这句话的，听得我眼睛也湿了。他的话坚定了我的信心，我似乎对未来充满了希望。

傍晚时分，全镇工业领导小组碰头会结束的时候，我在镇政府机关大院遇到了姚书记。姚书记一见我便说："马镇长，你快来一下我的办公室，我有事情找你商量。"

姚的办公室在镇政府大楼的三楼。他不是个过分讲究的人，从穿着打扮上便可以看出他原有的农民本色。办公室家具简陋，比不上任何一个乡办企业厂长的办公室，但姚似乎并不在乎这些。

"马镇长，我想跟你说说心里话。"我一进办公室，姚便开口了。

"感谢你这一年多给予我们三阳乡镇企业的指导和帮助。要不是你救急，这工业方面的一大摊子事还真不知道怎么来收拾。"姚对我一年多的工作首先给予了充分的肯定和高度的赞扬。

"姚书记，你可千万不要这么说，工作又不是我一个人做的，三阳镇的这套班子完全得益于你的教导和指引。我只是做了些顺水推舟的事情罢了。"

我其实很清楚，姚是个聪明智慧的人，思路清晰又明事理。

"马镇长，今天我找你来，就想跟你商量个事情，我知道是没有希望的，可我还是要开口，哪怕只有万分之一的可能。"姚今天的话尤其吞吞吐吐，倒让我有点不太自在了。

"你说吧，姚书记！跟我说话，就得开门见山。"我很想知道姚找我究竟想干什么。

"马镇长，我就开门见山了！你来三阳镇也快两年了，你的聪明才智，你的为人品行、工作能力和工作作风让我感动，也让我们三阳镇的干部和群众都很佩服。你家里发生的事情我也知道了，这让我更加坚信你的为人，所以我已经向上边打了报告，请求把你留下。你就留下来陪我再干两年，保证两年后让你能够再升半级回到扬州。"

我被姚书记的一席话感动了，当一个人的价值得到别人认可的时候，那他的生命才有真正的价值，我激动的心情无法形容。

"姚书记，感谢你的提携，千万不要让我留下。从我个人对三阳镇的感情来说，我是不愿离开这里的一草一木。可是，你知道吗？我家里的每一个人都需要我，离不开我。我的父母年事已高，我的妻子身患尿毒症，而且刚换了一个肾，我的女儿才两岁多，这一家老弱病残的，没有一个人离得开我。"

姚明白我不会轻而易举地听从他的安排，我是个有头脑的人，更何况我还有个更大的心愿。他想留下我的愿望，只是一厢情愿而已。

我的思绪刚刚很乱，晚风一吹，才清晰了一点。我为我的将来做了无数种设想，每一种设想都令我热血沸腾。接下来，我需要得到父亲的认可和支持，父亲的支持很重要，毕竟为李兰英治病，我几乎没有一分钱的节余了。

镇机关大院这会儿很宁静，我正要开门，旁边的一个黑影把我吓了一跳。

"谁？"我很紧张地问道。继而一眼便认出这个黑影是谁，我看见了熟悉的身影，齐耳的短发，还有让我难以忘却的气息。

"我！"黑影立马站到我的身后，并从背后一把抱住了我。

黑暗中，我站在门口，停了下来，任凭着黑影温柔的缠绵和温暖的体温传送。

很长时间了，自从她父亲的腿受伤后，因为忙着李兰英的事，也因为其他种种原因，我一直与乐园园保持着距离。乐园园一直默默地远离着我，即使偶尔看见我去他们毛纺厂，她也总是远远绕开，但她一定不是不想见我。

这会儿，在黑暗中乐园园紧紧地抱住了我。

"马，如果再见不到你，我便会死去！"

我感到我全身热血沸腾起来，同时感觉到体内有东西在蠢蠢欲动，且一下子消除了我很长时间的顾虑，我一直担心一只肾的我再也做不了男人。此刻的我竟一下子找回了自信。

我终于在黑暗中打开了大门，乐园园的手却始终没有松开。

我打开大门并关上大门的一瞬间，两个人立刻疯狂吻抱在了一起。黑暗中，我忘记了我的身份，忘记过去因为这个世界的伦理道德和法律法规带给我的条条框框，忘记了曾经拒绝乐园园的理由，让它们见鬼去吧！我们滚拥在地上，黑暗中，天地是一片光明，心里也一片光亮，我们紧贴在一起……

这大地便是见证两人爱的温床，黑暗却成了最美的风景。乐园园低诉的呻吟声，声声在向我表达着无尽的忧愁和相思的煎熬，我已无法再控制自己，更无法欺骗自己，我要证明一个独肾的男人依然是男人。

乐园园发出了幸福而痛苦的叫声……

我抱她抱得更紧，这一刻以及此刻后的永远，我都不愿再让她离开我。

我惊喜于刚刚的梦幻般的神秘黑暗，感觉到了一股温热的黏稠液体流淌在地上，当打开电灯的刹那间，两人都惊呆了，那是鲜红的血液，染红了刚刚两人翻滚过的地面……

"你，是处女？是第一次？"

"嗯！"

"傻丫头，为什么不早告诉我。"

"让我告诉你什么？"

"告诉我，你从没有过……"

"我没有过如何告诉你？"

"这让我如何对得起你？"

"我是自愿的，从第一次见到你，我就愿意。"

"可你终究是要嫁人的，以后怎么办？"

"我不嫁人，我就只跟你！"

"你……"

"你是好人！我愿意。"

我不知道自己错了还是对了。

我的第一个女人是那位女医生，母亲的学生。第一次的时候，有一种被迫甚至是被强奸的感觉，那时候的我太不成熟，没经得住女医生的诱惑，就那么轻而易举地把自己的第一次给了她。

与李兰英的关系，一半是因为李兰英的过于主动，一半是来自家庭的压力。这一次，虽然是自愿的，可不是幸福快乐的。因为李兰英始终没有对我敞开心扉，也最终没有走进我的内心。

可是，眼前怀中的这个女人却是我心中真正牵挂的女人，我们之间早已心心相印，彼此灵魂相通了，似乎在很久之前就已经合二为一了。可是，一直缠绕我心头的问题是，我从今往后该怎样对待这个全心全意为我付出一切的女人呢？

"园儿，我的园儿！"我深情地吻着怀中的乐园园，一遍遍地呼唤着。

"马哥，我爱你！"乐园园再次抱紧了我，唯恐一松手便失去我一般。

"你这是第一次，园儿，这让我如何对得起你？我的傻丫头！"我抚摸着乐园园的脸，心疼地问道，"究竟疼不疼？园儿！"

乐园园先是点了点头，又摇了摇头："是我愿意的，我愿意的……"

乐园园，一个为我疯了的痴心女人。

然而当一切静下来后，我的心情变得异常复杂和不安，眼看着蹲点即将结束，前方的路途又是扑朔迷离，我的思维短路了。偏偏在这样的日子里，乐园园成了我的女人，与乐园园的下一步成了我的困惑。在爱情抉择的十字路口，我问了自己千百遍是否是真爱，回答总是肯定的。可家庭的责任、义务和使命该如何摆正呢？我不知道，真的不知道！我想不明白，这个世界对我是公平还是不公平的。

"我很快就会离开三阳，没有我的日子，你将怎么过？"我心里想着的终于说出了口。

"你放心走吧，你该干什么就干什么，别为我操心牵挂。我会过好我自己的生活，绝不给你添一点点麻烦。"乐园园眼中噙着泪花，双手抱紧了我。

也许幸福和痛苦才是这个世界真正同时存在的合理的矛盾体，当幸福越多的时候，痛苦的成分也在添加，所谓的痛并快乐着正是我们此刻的感受。

我接下来准备回家与父亲商量下海的事。

两岁多的马丽看见我进了家门，竟高兴得回房间拉起了李兰英的手，把李兰英边往外拉边高兴地跳着喊："妈妈，妈妈，爸爸回来了！爸爸回来了！"

是的，我真的回来了，回来了以后便不再走了。看着眼前活泼可爱的女儿，我心中有说不出的欢欣。再看看李兰英，气色已经恢复正常，只是略带虚胖。

李兰英换上我的肾后，像换了个人似的，有时恍恍惚惚，有时忧愁哀伤。可只要见到我，总以最好的面貌笑脸相迎，在这个世界上，她没有任何理由再像从前那样对待我及我的家人，她把我看成了她的救命恩人。

"马琪，你回来了，快喝口水吧！"

李兰英和马丽的亲近让我一下子觉得回家的感觉真好，我陡然觉得，为了马丽的成长，为了马丽有阳光般的生活，这个家必须要完完整整地维持下去。

昨晚一闪而过的离婚念头，让我的心微微颤抖，可刚刚的念头又让我的心微微作痛，我的心乱作了一团。

"我想办厂，父亲！"我终于开始了与父亲的交谈。

"给个理由，办什么厂？"

父亲一听说我要办厂，心中亦惊亦喜。父亲虽然是位老机关干部，但他精明有思想，很能接受新鲜的东西。更何况他的周围一定也有很多人下了海，这对我来说是一种机遇，更是一种挑战。而且，目前经济形势正处于上升阶段，下海也许真能成就我。

"第一，我目前非常了解纺织行业方面的市场供需情形，需远远大于供，只要经营管理得当，一定不会亏本。"我的这一条，完全得益于三阳镇的蹲点。

"第二，我早已熟悉了一系列的生产和运行模式。"我看着父亲的表情说着第二条。父亲抽了支烟，吸了一口，点了点头。

"第三，我们家目前的状况，如果我不办企业挣钱，李兰英每个月的排异自费负担我们就无法承受。"其实这第三条才是我想要办厂的真正理由。

"第四，我在三阳抓工业抓了快两年了，我觉得我完全有能力办好我的企业，无论从哪个方面，都没有理由做不好。"我的眼中一定释放着自信的光芒，我看见了父亲的微笑。

"还有没有其他办厂的理由？"父亲听得仔细，一定是觉得有必要让我彻底下了这个决心。

"有啊，父亲。张不当局长了，我的团委书记的位置也早已经被人顶替掉了，回来后一定不会有什么安排，与其这样，不如自己干！"我很轻松地说着这一条，也同时让父亲放心了，他的儿子已经成熟了，也早不在乎所谓的官位了。

"爸爸我支持你！你好好预算一下所有的投资金额，我马上与你妈妈好好商量商量，明天给你答复。"

父亲如此开明完全在我的预料之中，只是让我有点担心的是，李兰英做换肾手术时已花光了家中几乎所有的积蓄。如此，父亲还会有办法吗？

晚上母亲特地去东关街剁了半只老鹅，烧了红烧肉，又烧了一条鱼，搞得像过节一样。一是我终于可以回家了，作为母亲总想好好犒劳犒劳儿子；二是因为今天是个特殊的日子，也许今晚的决定会改变整个马家所有人的命运。她又顺便打了电话，叫回了马瑶全家，这么个重大的决定必须也要让大姑娘知道。

我虽然没有详细告诉李兰英我下一步的打算，可是从一家人的谈话中她一定明白今晚马家将要宣布一个重大决定。对于我的辞职下海，李兰英的第一个反应便认为是为了她，脸上似乎一直带着愧疚。

"来，今天是个好日子，全家人难得一聚。我们先举杯吧，干了！"

父亲举起酒杯一饮而尽，我和大姐夫跟着也一饮而尽。父亲是个好酒之士，性情中人，谁要在他面前喝酒时扭扭捏捏，他会不高兴的，所以我们都会配合他。

"马琪，我与你母亲商量好了，我俩举双手赞成而且支持你。"父亲异常认真严肃的表情让我一下子看到了希望。

"父亲，我知道我们家目前的困难。我实在不愿意让你们为难！"我欲言又止。

"马琪，实话告诉你吧，我今天与你妈妈去了古籍书店，把我们家的"二十四史"请他们代售。下午刚送过去，到傍晚时就有人要了。有个台湾收藏家决定购买，爸爸出价九万，他居然答应了！哈哈哈！"

父亲的笑声虽然是爽朗和兴奋的，可是我却听到了其中淡淡的忧思和惋惜。

父亲是个文化人，熟读四书五经，贯通古今。父亲的曾祖父是扬州最后一名举人，书香世家留下了不少的古书文籍。我从小就听父亲骄傲而神秘地告诉我，我们家的古装书"价值连城"。价值连城我觉得并不重要，但是这样的诗书传家在扬州城倒是不多见的。无形之中这成了我们马家人内心骄傲的资本。

父亲是个嗜书如命的文化人。记得父亲与母亲逛书店时，父亲坚持要买《古文观止》，母亲坚决不同意。一套《古文观止》价格六百元，更何况家中已经有清刻版了，且当时父亲的工资每月也就是 57 元。可是父亲坚决要买，母亲只好提要求说："老马啊，我随便翻开一页，如果你都能够接着往下背，我便同意买。"没有想到，父亲居然真的点哪儿背哪儿，母亲只好认输，同意买下。所以，我家藏有两套《古文观止》。

然而家中唯一的清刻本"二十四史"才是父亲的"命根子"，父亲竟变卖了传家宝，可见父亲是下了多大的决心，寄予了多大的希望。

"父亲，这怎么可以？这些都是你的宝贝！"

我心里实在过意不去。其实我知道，此时的父亲是个受伤的文人，出卖他的书籍，就如同一个男人出卖了灵魂，可父亲的面容却是异常平静。

"马琪，你不懂，爸爸我心里虽然有点难受，却满怀喜悦和盼望。如果这些传家宝能够为我马家的子孙建功立业、排忧解难，那也是值了它的价了。唉，我老马上对得起祖宗八代，下对得起子子孙孙。再说了，万一哪一天，我儿子有出息了，我们再把它给买回来。儿子，爸爸就只能做到这里了，剩下的只能靠你自己想办法了。来，我们一起干了吧！"

父亲第二杯又一饮而尽。

"弟弟，你还差多少？"大姐马瑶突然问我。

"是啊，差多少？我们手上还有点钱，我们支持你！"大姐夫也开口了。

"姐，姐夫，你们平常日子过得也紧，算了吧！不给你们添麻烦，我另想办法。"

我早已感动于姐姐姐夫的真诚。谁家过日子容易？谁家的钱不是省吃俭用存起来的？

"弟弟，我多的也不可能有，我只有一万元，我给你。也请你无论如何要收下。"马瑶作为家中的老大，工作比较早，也吃了不少的苦，能够这样地支持我，让我真的很感动。

"儿子，我下午给马璐也打了电话，她举双手赞同，说她出三万元。这样一来，儿子，你看看该差不多了吧？"母亲激动地插话道。

"父亲，母亲，姐姐，姐夫，我谢谢你们！"我也激动了起来。我没有想到，父亲与两位姐姐的支持已经与我所预计的资金不相上下了。

"等有朝一日，我的企业能够赢利了，我马上还你们的钱。"

李兰英虽然一句话没说，可刚刚马家人说的每个字她都记在了心上。

那天晚上，我和李兰英进行了一次彻底的心与心的交流。带着真诚和忏悔，李兰英流下了感恩的泪。李兰英说，她想要大声告诉我，我是她生命中的恩人、贵人。

大概我辞职下海的决心让李兰英看到了我的雄才大略和非凡才智。"下海"，一个新鲜而神秘的名词，那是勇者和智者的象征。她一下子在我面前变得温顺得多。

"马琪，你瘦了！"入夜，李兰英躺在床上无法入眠。

"兰英，睡吧！"

我早已习惯了在床上与李兰英远距离的对话。因为长期口服激素的缘故，她的身体散发着一种异味，我却从未说出口过。

而此时此刻，我的心中放不下的是远在宝应三阳的乐园园。昨晚是我与乐园园的初夜，那燃烧的余火还在我的心口不熄，闭上眼睛便能看见火焰下乐园园一双明亮的双眸在闪动着撩人的光芒……此刻我的园儿在何方？你可知道我有多想你？

我这样想着，希望李兰英早点儿睡去，好让我一个人静一静，好把我的整个世界都交给远方的乐园园。

"马琪，冒这样大的风险，我好担心。如果失败了，我将是马家世世代代的罪人！"李兰英这会儿产生了恐惧感，因为她认为我的辞职完全是为了她。

"没有多大风险，放心吧！也不完全是为了你，为的是我马家的老老少少。"我立即回答了李兰英。

"如今的形势和中央的政策都很好，下海人很多，谁下得早，谁便会早捞到第一桶黄金。"

"我当然希望成功，可那要付出多少艰辛和劳苦，需要承受多少压力和磨难？"

我发现今天的李兰英变得善解人意起来，她一转身把马丽紧紧地抱在怀中。

"我年纪轻轻，怎能因害怕困难就退缩？不去试一试，反而会后悔，又怎么会知道前方的路途究竟如何？"

我的双眼看着天花板，这样的问题想了千百遍，都是同样的回答，那就是：排除万难，争取胜利。

"我不能给你幸福，更不能给你快乐，我给你的只有无尽的负担和烦恼，无尽的责任和担当，叫我如何过意得去？马琪，我对不起你！我现在便给你一个底吧，你的企业一旦成功了，我们便离婚！你应该有你该有的幸福生活，重新找个女人吧！"这是李兰英发自肺腑的真实感言，她的声音哽咽着。

"快别说这样的话，我们有共同的家，共同的女儿，还有当初对婚姻的承诺，这些都注定了我们不能分开。好好享受生命吧，千万别想得太多。"我这样说着，内心却充满了矛盾和纠结，怪自己成了一个口是心非的人。

在如此的婚姻家庭中，我究竟应该扮演什么样的角色？二十九岁的我该做怎样的决定才对得起所有的人。还有我那可怜的乐园园，叫我如何放得下她？我现在就想见到她，我的园儿。

此刻的我，在矛盾中挣扎煎熬着，这是一个男人在坚守爱情和背叛家庭的旋涡中徘徊，在忠贞于爱情和维护着家庭的稳定中做着痛苦的斗争。

"马琪，你一定要成功！你一定会成功的！"

李兰英转眼又换了一种口吻，她觉得今晚有必要转换一下角色。也许目前鼓励和安慰我才是最根本的，儿女情长的事情该放到以后再说。

"我会的，放心吧！"我回应了李兰英，并投去了坚定的目光，虽然李兰英没有朝我看一眼，我也能感受到她此刻真诚的情感。我第一次感觉到这个女人的可怜。明明她是我的妻子，却只能用第三者的口吻与我说话。可换个角度看，这个女人又是幸运的，因为她遇到了我善良的家人！

二

　　天不亮我便起身，没有打扰身边的李兰英，看了一下熟睡的马丽，与母亲打声招呼便坐上了去宝应三阳的公交车。我知道蹲点宝应三阳没几天了，一路上心情异常的复杂。

　　可一想到又要见到乐园园了，内心自然兴奋起来，仿佛闭上眼睛也能看见天上飘过的白云，清新悠扬。

　　猛然间，我心疼了一下，意识到我对乐园园犯下了错误。我想到了地上的那一摊红，知道那意味着什么。乐园园是个处女身，我必须承担一定的责任。一个男人，该承担的就得承担，否则我就没有资格接受一个女人的爱情。可是，接下来我将如何去面对乐园园呢？她的家人以及周围的人将会如何看待我们呢？我又将以怎样的形式和方式来回报乐园园呢？我陷入了矛盾纠结中。

　　曾经脑海中一闪而过的"离婚"二字渐渐远离了我的意识范畴，李兰英那张浮肿虚胖的脸，忧郁而又充满期待的目光，自卑而又无限失落的神情，又让我陷入了无限的自责和深深的同情之中。

　　在人性的本能与伦理道德之间，在现实和愿望之间，我失去了选择的权利，我是个可怜的人。在感受命运的残酷无情时，又感受到这个世界唯有冷漠和悲凉，只有孤独和寂寞才是真正属于我的东西。

　　到了晚上，我忙了一天回到宿舍时，发现乐园园早就在我的宿舍门口等我了。

相拥进了门，一关上门，两人便迫不及待地拥抱在一起，像正负极的磁铁一样牢牢地吸附起来。

　　我从未有过这样的快乐，乐园园在我的怀中尽情地享受着，那是两天的分离而互相积蓄相思的神秘和甜蜜，是一种如痴如醉的梦境，我似乎入了迷。再次的欢快让乐园园几乎面若桃花……

　　"园园，再过几天我便要走了。离开三阳镇，回扬州了！"

　　我真的不想说出这样的话，特别是说给乐园园听。可是让我没有想到的是，乐园园听到这样的话竟丝毫没有异常表现。

　　"我知道，我早就知道了。"乐园园笑着说，"迟早会有这一天的！"

　　"我怎忍心丢下你不管？"我吻着她的额头，这一刻真想把这个女人揉碎了融入我的身体里，永不分离。

　　"那就把我带走吧！"乐园园随口说的这句话，倒让我凝神屏气了半天。我突然兴奋地说道："园园，只要你家里人没有意见，你跟我上扬州，保证有你施展才华的舞台，你一定要相信我。"

　　我的话乐园园并没有当真，可我是当真的。

　　天气越发热了，我正紧锣密鼓地为自己的下一步做着准备。上午父亲来了电话，说《二十四史》买家的九万元现金已经到账，璐和瑶的四万也已经到账，让我抓紧时间预算。从设备的购置到首批原材料的购买，到厂房的租赁，还有更多的细节问题需要去考虑，而这一切的预算，都必须把总价压缩在可行的现有资金上。看来父亲心思比我缜密多了。

　　厂房是重中之重，应该没有多大困难。一个月前，我便已经打电话找过小六子了，他是我儿时最好的铁杆粉丝，如今是扬州郊区的副区长。这么年轻就当上副区长是有原因的，当然我很尊重他父亲，我并没有受我父亲的影响而另眼看待他的父亲。我父亲虽然有文化，但并不代表有水平，更何况与他父亲不对胃口。他打了包票保证完成任务。想想从小便跟我形影不离的小六子，向来把我的话当话，从不怠慢，这件事一定会很快便有眉目的。

　　小六子虽然是个电大生，却是个办实事而又讲信用的人。我那天当场就跟他提了要求。一是最好有废弃的旧厂房，位置就在郊区；二是在租赁时间上要尽量长一点；三是租金既要便宜又可以缓交。我想到如果把资金先砸到房屋上，怕购买机器及其他重要设备材料的资金就会短缺，这样一来，资金压力会更大。

今天也许是个好日子，一大早小六子就答复了，说在郊区百杨村有个废弃的旧厂房，原先人家也是做服装的乡镇企业，后因管理不善而关门。小六子一定动了不少脑筋让人家同意了我的全部要求，我一听心里乐开了花，觉得简直就是天助我也。

不过电话里我还是不放心，反复问了又问：一切是不是都在政策允许范围之内，千万千万别为了马哥的这点小事而毁了他的前程。

小六子在电话里拍胸脯保证：马哥，这个你放心，一切都在规矩中，都在政策允许范围内，马哥你尽管放心大胆地朝前走。并让我定个时间来转转看看，满意了再定。这个电话让我精神抖擞起来，想想这几年家里发生这么多的事情，用霉运来形容太准确不过了，现如今是否开始转运？好运要来了吗？

好运确实来了，除了毛纺厂还有纺织厂，两位厂长都愿意帮我。

接下来，我便与乐园园摊牌了。

"园园，告诉你一件事。"

"什么事？"

"我决定辞职下海了。"

"下海？"

"是。"

"准备办什么厂？"

"服装厂，主要产品是全棉 T 恤衫以及全羊毛 T 恤衫。"

"这个想法好，都是熟路子。开始准备了吗？"

"嗯，准备工作已经就绪，就差一个办公室主任。你愿意干吗？"

"真的吗？这一切是真的吗？"乐园园听了我的话，兴奋得跳了起来。

"只要你愿意，一切都是真的！"

"我愿意！我愿意！"

想到乐园园的聪明能干，又是一个多年的车间主任，工作性质与我要办的服装厂有很多相似的地方，我便偷着乐起来。可让我担心的是，乐园园的家人能同意吗？

第二天，我在镇政府办公室接待了一个人。此人几乎让我胆战心惊，他便是乐园园的父亲，一个曾经被我救过一命的人。

他瘦瘦的，单薄的身子，瘸着一条腿。一眼认出他后，我竟紧张得不知所措。

"马镇长，你就是去年救我性命的马镇长吗？"乐园园的父亲显然认出了我。

"乐叔叔，是我！您老现在走路可好？"看着眼前的老人我脱口而出。

"谢谢你，要不是你，别说腿，我连命都没了！"乐园园的父亲一提腿就激动了起来。

"我至今还没有好好谢谢你呢。"

听完他的话，我心头起了疙瘩，我在琢磨乐园园的父亲究竟为何事而来。

"我家园园回来告诉我，她准备去扬州工作了，并且是在你的工厂里。园园当初进毛纺厂，我可是费了不小的劲呢，找人花钱不谈，好话也说尽了。你知道的，我们农村人办件事有多难。"

"是的，乐叔，我明白！"

"可如今她说走就走，我这心里哪里放得下！去扬州就一定比在家好吗？"乐园园的父亲边说边看着我，我知道他在等我的话。

"乐叔，我让乐园园当副厂长，她工作能力强又会办事，是个难得的人才。我准备给她的工资是现在的十倍，甚至不止，我会对她负责到底。你就放一百个心吧！"我鼓足勇气大胆地说出了心里话，唯恐她父亲会阻拦。

"我知道你对我家园园一定会非常好的，你救过我的命，我怎会不相信你？冲你这样的人品，我放一百个心！"

乐园园父亲话一说出口，我虽松了一口气，但觉脸红得抬不起头来。

"谢谢你对我的信任，我说到做到！"

我一激动不知说什么才好，主要是心虚，如果让他知道他女儿已经是我的人了，他非打断我的腿不可。

眼前乐园园的父亲似乎还有话要说，我恭谦而小心翼翼地听着。

乐园园的父亲看着眼前这位曾经的救命恩人，欲言又止，似乎有苦难言。我知道，他虽是个地地道道的农民，但一定不会没有想法。

"马镇长，我就只有这么一个女儿，你也知道，如果不是她要求高，挑三拣四的，在我们农村早就嫁人了。今年也26岁了，这么大的姑娘，老不嫁人也不是个事。"

他的话让我听在耳里百般难受，这句句说的都似乎与我有关。此刻我的脸一定涨得更红了。

"所以，我与她妈都很着急。听她说要去扬州，我与她妈起先都不同意，你说这大姑娘一人，人生地不熟地到扬州上班，叫谁能放心！"

"您喝茶，您老别着急！"

我端着茶杯给他，不知所措得像一个犯了错的孩子一样，内心五味杂陈，我小心翼翼地面对着眼前的老人。

"我与她妈妈想来想去，也好，去扬州说不定就是个机会，将来还可以在扬州找个对象，安居乐业。所以，我今天特地来找你，拜托你，想请你无论如何到扬州后帮她物色一个对象。扬州地方大，我不相信，这么大的扬州城，就找不到园园称心如意的对象。"乐园园的父亲喝了一口水，接着又说，"其实我们同意她去扬州，主要原因就是她跟对了人。那就是你，马镇长！"

我的脸上红一阵白一阵，不知道如何去搭他的腔。这是怎样的一种心情，我觉得自己成了一个卑鄙的小人……

"乐叔，你所担心的都是多余的。到了扬州，我一定会把园园照顾得好好的，我会尽力的，你放心……"我欲言又止的样子，连我自己都感觉到了自己的虚伪。

乐园园的父亲似乎很满意也很放心地走了，带着对我的无限崇敬。看着他一瘸一拐的背影，我心中像堵住了什么，透不过气来。

与乐园园父亲见面后的第三天，我便带上乐园园去了扬州。

与小六子约好了去百杨村看厂房，小六子准时到了相约的地点。

久别重逢的弟兄居然差点认不出来了。我的眼中，小六子完全变了一个人，当年的那股子傻劲儿居然脸上一点也看不出来，有的只是成熟和稳健。

"这位是我未来的副厂长！"我终于在外人面前介绍了乐园园。话还没说完，小六子便朝我会心一笑。

"马哥，你这么紧张干吗？光介绍是副厂长，别的什么也不说？姓啥名啥？"

"区长，这位是乐园园，三阳镇毛纺厂车间主任，我未来服装厂的副厂长！"我怕小六子会再说出什么话让乐园园难堪，于是郑重其事地介绍了乐园园。

"区长好！"乐园园是何等精明的女人，抢先一步叫了小六子。

"你好，乐厂长，我马哥的眼力果然不错。刚刚跟马哥开了个玩笑，你也别生气，我与马哥情同手足，几乎是无话不谈。小时候，打树上的麻雀子我就从来没有赢过他，哈哈哈……"小六子诙谐地说笑。

"区长会开玩笑！"乐园园轻松地调侃开来。

"别理他，园园，他没有好话说。"

我接下来又对小六子喊道："你小子说话别说半句，人家乐厂长可是个实在人！"

"对不起了，乐厂长，我的意思就是我马哥眼力好，所以树上的麻雀子打得比我多。"

小六子这回说话开始正经起来了，转身便对我说道："那个百杨村的服装厂，地点又好，厂房又新，我悄悄去看过两三次了，觉得不错。"

"谢谢你啊，小六子！"我"小六子"脱口而出，自觉有些唐突，可喊已经喊了，依我们俩从前的交情，想他小六子也绝不会反感。

"谢先别谢，看中了再谈下一步！马哥的事情就是我的事情！"小六子说这话时也有点小激动。

"小时候，我犯了不知道多少错误，都是马哥帮我扛着帮我顶着，受尽了委屈却从来不喊一句！"

小六子的话勾起了好多的回忆，正如我意料之中，小六子果然是个知恩图报的人。

三人边说边坐上了车直奔郊区百杨村。六月里的天已经开始热了，我们在马路边买了汽水，一人一瓶喝了起来。

百杨村位于城北郊区，离市中心大约五公里的路，周围的邻村看上去都很富裕。

百杨村村支书早就在村口等着我们了。这村支书四十多岁，中等身材，看上去肥头大耳笑容可掬的样子，满脸的红光，一看便知刚刚酒肉过了。见了小六子，他便直拍马屁。

短短几分钟的寒暄，便让我另眼相看小六子了，不仅佩服小六子的办事效率，而且还佩服小六子的眼力。

乐园园向我点头示意，厂房不仅大小合适，而且具备了一切做服装的设备和条件，我心算了一下，就这些台板桌子凳子将节省开支约上万元。我乐在心中。

接下来该是小六子的主戏了。我把小六子拉到边上，悄悄地耳语道："小六子，你跟他谈租金比我谈有用，每三年一交，租金不超过每年一万元。"

小六子是个明白人，直点头道："哥哥你放心，我懂。你的事就是我的事。"

小六子的耳语让我立刻心安了许多。

"支书，你也知道，他是我马哥，跟我亲哥似的，比我亲哥还亲。我们明人不说暗话，我马哥创业也不容易，手头资金近来确实紧张，你看着该咋办便咋办，我也绝不为难你！"小六子还真会说话。

"区长不必客气和担心，你说个价，你说咋样就咋样！"村支书是个聪明人，居然把主动权让给了小六子。

"这样吧，一年租金八千元，每三年一租，这第一年资金欠缺，第二年的时候租金交两年的。你看如何？"

小六子的话一说出口，我和乐园园惊呆了。从小六子的嘴里每年起码节省了两千多元，这将近两千平方米的厂房，租金一万不到，有点让人太惊喜了。

没有想到，村支书立刻同意了，说厂房闲着也是闲着，不如把它先做得活起来，等赚了钱再交房租也不迟。看来这支书是个识时务的人。

厂房的事定下来后，我立刻请支书和小六子到东关街的富春吃了顿晚饭。乐园园提醒我，要签份合同，这样双方都可以相互制约。

签完合同，我乐了，乐园园也乐了。小六子也乐了，好歹在他马哥面前长了一次脸面。只有支书，他也不是不乐，他是乐在心里，他那儿还有几十亩的地等着土地局和规划局批呢！这小六子能不帮忙吗？分管土地的副区长哦！

深夜而归的我，带着喜悦与父亲几乎谈了一夜。

谈设备的添置和安装，原材料的采购渠道，产品的设计和规划，产品销售的途径和方法，我一一都向父亲作了介绍和说明，包括每个细节，某个中间环节可能出现的障碍。这些问题都已在脑子里转了上百回了，所以，对于父亲的提问，我总能做出让父亲满意的应答。

说真的，这必须得感谢两年的蹲点，让我熟悉并掌握了工厂运转的程序和规律，我坚信，我的服装厂一定会办得红红火火。

父亲看着我，笑了。

在我眼里，父亲并不是个迂腐的学究，而是个开明豁达的人，智慧中也不乏激情和勇气。在如此的大气候的浪潮感染下，老机关的父亲完全与我统一了战线。

"那你的管理人员从哪里招？要懂行的！"我没想到父亲提出了这个问题。

"爸爸，我从三阳毛纺厂准备挖一个综合素质比较好的人才，既懂企业管理，又懂生产技术，让她当副厂长！"

"找到没有？"

"找到了，而且基本上谈妥，只等我的服装厂上马了。"

父亲看着我的神态，疑惑地问道："是男的还是女的？不会是个女的吧？"

我朝父亲会心一笑，没说一句话，便进了房门。

父亲愣在那儿半天没回过神来，嘴里在嘀咕着什么，我一句也没有听清。

在三阳镇度过的最后日子里，我请纺织厂的王厂长与我一起去了趟上海机械设备厂，谈妥了机器设备的购置——六套大圆机。另外向纺织厂借了10吨的棉纱，向毛纺厂借了20吨的32支和64支的羊毛毛线……都分别打了欠条。我知道这样的欠条是违规的操作，可从另一方面却是两位厂长对我人格的一种信任和肯定。这一切让我从内心感激涕零，人在逆境中受到的恩惠一定是终生难忘的。

这样看来，似乎万事俱备，只欠东风了。

离开三阳镇的前一天，姚书记以及三阳镇的领导班子，还有几个镇办厂的厂长，为我举行了一场特殊的欢送仪式。会上姚书记说了这样一句话："马镇长是迄今为止我见到过的知识最全面、综合素质最高的人才，既有知识有文化，又有处理问题的综合能力；既有创新意识和创新思路，又有大胆开拓尝试的勇气和精神，对三阳的工业做出了不可估量的贡献。"他的话让我感动了很久，我觉得我并没有做到那么好，脸一直很红。

还有更让我脸红的一件事，甚至是有点难堪了。临走时，通讯员老王紧抱住我，在我的耳边咬了一句话："马镇长，对那个姑娘可要好好负责到底哦！"

我倒吸了一口冷气，立刻像被人打了一巴掌，僵在那儿，惊讶了好久，直到老王拍我肩膀，才回过神来。

啊！原来这一切老王全都知道啊。我不禁感激起他来，说不清为什么，我有些自责和不安了。

正式回到了扬州，我便到纺工局交了辞职申请，新局长知道了有点尴尬和不安，虽然下海的人多，可机关辞职的人还没见过，他似乎有点内疚，感觉我的辞职与他有关，说了一句："我本来是想等你回来另作安排的，你不会恨我吧？"

没有想到他说出这话，挪我位置的时候可没有跟我商量一句。

"怎么可能呢！大家都是为了工作。谢谢你，我已经决定好辞职了。"我不得不说出违心的话。

"有什么困难，尽管来找我！"

他的语气很诚恳，是我意料之外的，听他这么一说，我眼泪差点儿掉了下来。此刻我没有一句怨言。

我马不停蹄地请百杨村村民打扫好了厂房，请油漆匠刷了白，厂房立马显现出焕然一新的感觉。乐园园负责设备的安装，我负责招兵买马，主要招收的是纺织工和缝织工。一切似乎顺风顺水，我感到非常满意。因为每时每刻，乐园园都在我的身旁。

父亲让我的新厂叫百杨服装厂，说越简单越好，我应允了他。他出了那么多的钱，这一点应该由他做主。

开业的这天，我内心极其复杂，因为乐园园要亮相了。

当年轻漂亮、充满朝气的乐园园朝所有人微笑时，人们都惊呆了，谁也不会相信乐园园是个农村姑娘。父亲和母亲的心情尤为复杂，从我的眼神中，他们读出了满足和幸福。这姑娘看上去确实不错，可今后该怎么办呢？

现在问题复杂了，也是让我最担心的，还有一个关键人物也会看到乐园园，她就是李兰英。

在李兰英的眼里，这个女人似乎是从天而降的外来客，但对她来说却是一种威胁。她一下子惊呆了，因为我从来没有提及过这个女人。

我看到李兰英的视线一直没有离开过乐园园，她坐立不安，神色恍惚。

而此刻的乐园园，虽然在忙着应酬来往的一些客人，眼睛却早已看到我的父亲和母亲，也一眼认出一脸浮肿病态的李兰英和李兰英手牵着小马丽。

"爸爸，妈妈，兰英，你们来了，我来介绍一下！"我不知从哪里来的勇气，让我们全家一起站在了乐园园的面前。

"爸爸，妈妈，这位是乐园园，我聘请的副厂长，原来是宝应毛纺厂的车间主任。"

我清楚地知道，这个场子是必须要走的，这是对乐园园的一种交代，同时也是一种尊重，更是一种认可。

"乐厂长，这两位是我父亲和母亲。"

"叔叔，阿姨，你们好，我叫乐园园。"乐园园不自在地朝前欠了欠身体，算是行了个大礼，转身便去端来了两杯茶水。

"哦，你就是乐厂长，辛苦你了！"母亲连忙打了招呼，并开始仔细地端详起乐园园来。

"你好！"父亲也向前欠了欠身子，算是跟乐园园回了礼，并同时给了我一个会意的眼神。

"乐厂长，这位是我的爱人！"

"兰英，这是我招进来的乐厂长！"

"嫂子好，我叫乐园园！"

这一刻只有我听出了乐园园的紧张和慌乱，连声音也小了下来。

"你好，乐厂长！"李兰英终于出声回应，看得出她内心的不平静，胸中似乎有一股无名的火在燃烧。

好些天李兰英总是沉着脸，一看就知道她不开心，我知道她内心在想什么，她甚至有意在摔东西。我并不理会她，虽然内心觉得有愧于她。

我经常推说加班加点而不回家，名义上厂里有个宿舍，就在乐园园宿舍的旁边，其实这是人人都知道的事实。李兰英有意去过厂里宿舍好多次，她其实是看我床上的被子有没有动过，看过之后想对我发火，可终究没有。

我也有回家的时候，通常是深更半夜。即便如此，李兰英也从未问过我，这让我倒觉得有点对不起李兰英了。可名存实亡的夫妻，这样维持下去究竟有没有意义？出现了这么严重的问题，两人反而没有发生过正面冲突。

我并不知道李兰英单独约会了乐园园，而乐园园也只字未提，直到有一天夜里，李兰英突然爬到了我的怀里。

"马琪，我们也快三年没在一起了，你就可怜可怜我吧！"

我很惊讶，李兰英怎么突然讲出这样的话，她的眼光中露出一种性的饥渴和盼望。她紧紧地抱住了我。

"兰英，别这样。这一切岂能怨我？一是你的病不允许，二是自从你病了之后便没有了这样的要求。"

我顺手推开李兰英，她的双手早就在抚摸我大腿的内侧……

"别这样，我累了！"

"不，你是我的，我这一刻就想让你要了我，我求求你了……"

"我们已经没有这样的必要了……"

"告诉我，你跟她好了多久了？"

"……"

"我知道，她比我温柔，比我美丽，可是，我也能做到！"

李兰英哭泣的哀求并没有让我动心，也没有让我心生怜悯和同情，我甚至感到了厌恶。

那边欲火在燃烧，这边是冰点。李兰英近乎歇斯底里，用脚踢着我，用手掐起了我的全身。我睁开眼睛，一动不动，任凭李兰英发泄着。

从拥有了乐园园的那一天起我便再没有了与李兰英做爱的想法，我要忠诚于这份爱情，乐园园便是我唯一要的女人，这是一种肉体与灵魂的完全统一，我不愿其他的因素来亵渎这份纯美。

然而此时，说不清为什么我却经不起李兰英的"诱骗"，转身面对了李兰英。没有想到的是，我竟马失前蹄了，在李兰英的面前久久未能勃起。

李兰英为我的不举而轻声抽泣，她突然停止了哭泣，骑跨在了我的身上。

"告诉我，你不再爱我了吗？"

"你下来！"

"你不告诉我，我就永远不下来。"

"我不想说任何话。"

"你跟她在一起的时候难道也是这样吗？"

"不是你想象的那样！"

"还能是什么样？她一定让你兴奋，让你快乐了……而我却成了一个无用的人！"

面对趴在我身上的李兰英，我突然恶心起来，因为我闻到了一股淡淡的怪味，那是长期口服激素的人身体里释放出来的特殊气味。

"不早了，该休息了！"我用力推开了李兰英，压低着嗓门发出叫喊，同时也坐了起来。

李兰英翻身下来，背对我开始沉默起来。

"好了，兰英，对不起，给我一段时间，我来调整。"说完我便躺下睡去了。

夜，静悄悄的，月光照着千家万户，却无法知晓世人的无奈。

第二天醒来的时候，李兰英早已起床，似乎已经全然忘却了昨晚发生的一切，她帮母亲烧好了早餐。父亲也等着与我共进早餐，自从我办了企业，就很少有机会跟我说话，只有在一起吃饭的时候。

我与父亲边吃早饭边谈着厂里的事情，开工快一年了，形势一片大好，订货单已经收了很多，第一批、第二批的高支棉 T 恤短袖衫已经分别发货至无锡服装厂和苏州服装厂。这两个厂长都是我在上海纺织大学的同班同学，签订的协议合同上写明，我负责生产，货到付款。第一批货款的一百万已经到账，第二批货已经发出，只等对方验收。另外通过父亲几个商业局朋友的帮助，我们已经打通各大商场的进货渠道，并争取能够进入上海市场。

父亲脸上一直洋溢着幸福，看得出，对于我的成绩他非常满意。

我告诉父亲，目前有大圆机 6 套，都是能够提花的 48 滚筒，也就是 48 路纱织机，这其中还有袖口机、下摆机、身子机、包缝机、幌边机和熨烫机，工人还是最初招收的三十多个，基本是扬州本地熟练的操作工。当父亲问管理上有没有什么困难时，我显得尤其兴奋。我向父亲介绍了乐园园的机智、聪明和能干，无论在抓生产还是抓管理上，她都是当之无愧的纺织行家。父亲听在心里，却始终高兴不起来，不是为工厂运行的事情，而是为我弄来的这个女人。

李兰英若无其事地干着活儿，一脸平静，只在听我说到乐园园时，脸上的肌肉才微微颤抖。

三

　　"妈妈，妈妈……"马丽醒了，我听到女儿的喊声，便跟着李兰英走进了房间。

　　"小丽，小丽，爸爸抱！"

　　我一把抱起了马丽，可就在这个时候，李兰英上前一把抢过马丽并撂下了一句话，这句话让我大吃了一惊！

　　"马琪，我们离婚吧！"

　　声音很低，语气听起来也很轻松，可抱着孩子的李兰英边说边拭起眼泪，显然是伤心的，也不是由衷的。

　　似乎是满腹委屈，恐怕连她自己都不知道，说出这样的话绝对不是真心的。她也一定开始后悔了，我看到她的面部表情相当的痛苦和无奈。她不停地在擦着眼泪，眼睛却在偷偷地看我的反应。

　　看着眼前的李兰英，我有点茫然，一句话也没有回答她，就当作什么也没有听到的样子。这已经是李兰英第二次主动提出离婚的要求了，我何尝没有想过这个问题。每次与乐园园在一起的时候，便想到"回家离婚"四个字。我甚至觉得这个世界上，乐园园才是我老马最对不起的女人。她成全我老马做了真正的男人，她是我老马唯一想要的女人。可是，当我走进家门，面对妻儿老小时，我又觉得愧对他们。我摇晃在两边，不能做我自己，我成了一个卑鄙的小人。

　　面对哭泣的李兰英，我也流下了眼泪，却不愿被她看到。

"妈妈不哭，妈妈不哭！爸爸不哭，爸爸不哭！"被抱在李兰英手上的马丽猛然转过身，从李兰英的手上挣脱向我奔来。

只听得"哐当"一声响，马丽一下子跌倒在地上，额头碰到了椅子锐利的边角，两秒钟不到，便传来了马丽的惨叫声："妈妈，妈妈……"

我与李兰英这才停下哭泣，回头看到了马丽的眉心中央一块肉已经掀起，鲜红的血正汩汩地往外直流。

我立即抱起马丽，嘴里直喊道："妈，妈，快过来，快过来！"我冲向客厅。李兰英更是吓呆了，跟着走出房间。

父亲直问怎么会这样；母亲立即拿了块纱布，覆盖住了创口，并嘱我压紧，说着："快上医院，快上医院！"

此时此刻，马丽变得异常乖巧，被我抱着，竟伸出两只手，一手揽着我的脖子，一手尽量去揽李兰英的脖子，嘴里在说着："爸爸妈妈和好，爸爸妈妈和好！"

我的视线模糊了，脸上有我的泪，也有马丽的鲜血。

一家人从医院回来的时候，马丽的眉心多了一道缝合的伤口。我心里难受极了，觉得一切都是我的错，这才刚提离婚，马丽就遭受了意外，或者说是伤害。她不能没有我们，不能没有这个家。

日子便这样一天天在过，我发现我非常害怕看到李兰英，更害怕回家睡觉。李兰英再也没有提离婚的事情，彼此心知肚明。同时，李兰英再也没有向我提出性的要求，我也从上次的不举中更加畏惧或者是在躲避李兰英可能的骚扰。在我的性意识中，这个女人即使是我的合法妻子，我也早已经没有了任何兴趣去行使丈夫的义务，我把每个疯狂的夜晚和早晨都给了乐园园，一个我深爱的女人。

我是不是一个不道德的人？我经常这样问自己。

从夏天走向秋天，从秋天又走向了冬天，当第三个夏天来临的时候，也即是我的工厂开工快满两年的时候。我核算了一下，全厂全年，除了厂房房租、人员工资以及原材料的成本，净得二十五万元。这个数字是个实实在在的数目，一个私人加工服装厂，仅靠三十个工人，能够取得如此辉煌的成绩，不得不说这就是成功，或者说是我与乐园园共同创造的奇迹。

可是，这个给我带来好运的女人，却让我内疚着、纠结和痛苦着。我不知道这样的关系维持到何时才是合情合理合法的。

手上有钱了，我觉得该跟父亲商量一些事情："爸爸，我决定还了璐的三万和瑶的一万，以及你的九万。"

父亲说："不要。儿子，你这才刚刚起步，今后的路还很长很长，在生产规模的扩大、机器的更新和改良、资金的重新调配等等好多方面都还要再投入。只能说明这个起步是成功的，未来的路还很艰难，要做好扩大规模的准备。"

于是，我胆子大了起来，听取父亲的意见，在机器设备上又投入了一笔资金。

有一天，父亲突然邀我谈心，说在家里不方便，到别处坐坐。我能猜到父亲的心事，欣然应邀前往，只是内心忐忑不安起来。

已是深秋，我与父亲坐在护城河堤岸边的怡园茶楼。那护城河边的杨柳，依依垂落在水中，倒影婆娑，细风清清，似乎在荡漾着我不平静的情怀。

"爸，您有话要说？"我不等父亲开口便发话了。

"儿子，我来问你，乐园园是不是今年已经二十八岁了？"

"是二十八岁。"

我就知道他要跟我谈乐园园的事情。

"你可知道，你闯祸了。"

"我闯什么祸了？"

"这么大的姑娘再不嫁出去，你将来便是罪人。"

"爸，我……"

"你不可能离婚吧！你不可能娶她吧！你当初就不该搭上这样的女人，你不该用情太专，更不该把她带到扬州来……早先我就该告诉你这些道理……"

父亲点了支香烟抽起来。我知道父亲年轻时候的一些风流事，他这样劝告我，一定是有他的道理，完全是为了我好！

"你可知道，李兰英这是不跟你计较，不是因为她没这个能力，而是她顾全大局。可你做事也该考虑后果，光图一时快活。你想过这个姑娘的未来吗？除非你娶她！"

父亲一说我便哑口无言了。

"爸，那我该怎么办？"我猜想即使是父亲恐怕也没什么万全之策。

"我看你有两条路可走：一，两人立即分手，让她回老家。二，赶紧让她找个好人家，把自己嫁出去。"父亲看来是认真的。

听着这样的话，我沉默了。这两条对乐园园似乎都不公平，哪一条我都是于心不忍。一想到让她回老家，我立即感到心里空荡荡的，她跟随我而来，我岂能轻易让她回家？一想到让乐园园找个人嫁了，我又心如刀割，她可是我的女人，我的女人啊……

也许父亲是对的，可我却离不开她。

新的一个季度才开始，工厂便接到了一笔又一笔的订单，新的机器设备已经进入生产运行，工人们在拼命地加班加点，分成二班三班地倒着。

我虽然记住了父亲的忠告，却无法去执行父亲的指示。跟乐园园在一起的时候，我便疯狂得全然不顾一切，总想着让她快乐，让她永远记住我，无法忘记我，我同样也不能没有她。

我无法预知未来，也害怕从此失去这个女人，怕过了今天就没有了明天。可她从来就没有给我增加过一丝的压力，哪怕一点点也好让我觉得欠她的东西少一些。

有一天，乐园园对我说："马，有件事，我想告诉你。"说这句话时，乐园园的脸正贴着我的脸。

"什么事？"我一下子翻身吻住了乐园园，而且紧紧地相拥着不愿分开，我知道我口中含着的这个女人是上帝送给我的宝贝，而且会给我带来好运，我也知道这个女人在为我默默地做着牺牲。恍惚间我又突然害怕这个女人离开我，因为我无法对她做出任何承诺……

"告诉我，你是否想离开我？"我紧张地问道。

"胡说，你哪里来的这种想法？除非是你不要我了。"乐园园反而更加紧紧地抱住我。

"我永远也舍不得丢下你。海枯石烂我的心都不会改变。"我看着乐园园说道，"告诉我什么事？厂里的事情让你操碎了心，说真的，没有你便没有我马琪的今天。"

"快别这么说，算了，我不想说了。"乐园园似乎一下子改变主意了，不愿再多说一句话。

"园园，告诉我发生什么事了？一定要告诉我。"我紧追着，我不想看见乐园园一脸忧心忡忡的样子。

"我好害怕啊，马！"乐园园突然哭了起来，眼泪止不住地直流。然而，就一刹那工夫，她又突然笑了起来。

"马琪，你要么让我敬重，要么让我鄙视。"乐园园冒出的这句话让我有点害怕起来。

"说吧！我会让你敬重的！我正洗耳恭听着。"我赶紧说道。

"我怀孕了，我怀孕了！听见没有？我去了医院，医生说已经快80天了！"虽然乐园园的声音很低，却字字掷地有声。

我先是一愣，后是一惊，激动得叫了起来。

"什么？你怀孕了？"

此时的我是惊又是喜，更是愁。这个消息来得太突然了，我没有任何的思想准备。

"什么时候的事？你不是一直在避孕吗？为什么不早点儿告诉我？"

"上个月，例假便没有来，我吓得没敢告诉你！"

乐园园看着我的表情，坚定地说："我想把孩子生下来，我想要个自己的孩子。"

"园儿，听我的话，千万别生下来。他来得不是时候，我们还有很多的事情要做，他只会给我们增添麻烦。更重要的是，这一切对于他来说也是不公平的。"我想都没想便脱口而出，唯一的念头便是劝乐园园放弃这个可怕的想法。

"园儿，你好好想想，他一出生便没有一个正常的家。他会憎恨这个世界，他会埋怨把他带到这个世界上来的我们。"

"可是，我是多么喜欢我们自己的孩子啊，马琪。我早就知道你一定不会同意的。我不在乎名，更不在乎利，你就让我把他生下来吧！"

我知道乐园园心里是怎么想的。

"你不在乎名也不在乎利，可他是我的孩子，我却在乎他的名和利，我给不了他最好的，却不能给他最差的！"我在努力开导着乐园园。

"谁也改变不了我，你走吧，让我一个人好好静一静，想好后再做决定！"也许乐园园早有思想准备，今晚显得异常冷静。

我无奈地走出了她的宿舍，又不放心，回头趴在窗口，我看见她在流泪……一定是我做错了，我不该剥夺一个女人做母亲的权利。可是，我却没有任何理由和勇气见到这个孩子。

这些天厂里的订单特多，工人在三班倒地加班加点干活儿，机器二十四小时在转动着。近来纯羊毛T恤衫的生产流程也上线了，很显然工人的人手明显不够，上海、无锡那边又催得很紧，我决定让乐园园去宝应三阳招几个熟练工人，应一下急，待遇从优。可是，一想到乐园园怀孕的事情，便又像丢了魂似的。

考虑了三天的乐园园终于给了我这样的回复："我要把孩子生下来。"

这个决定没有丝毫商量的余地，我无法接受并承受这样的事实。

到了傍晚的时候，乐园园从宝应带回来四个熟练女工，虽然不多但多少能解燃眉之急。天黑下来，突然下起雨夹雪，我面对四个女工，答应了她们所提的全部要求。

晚上天冷，雪渐渐下大了，安排好几个女工后，我想赖在乐园园这里不走了。乐园园因为心里很乱，一定也害怕我会碰她而动了胎气，便抬手把我往门外赶。没想到门外地上有雨水也有积雪，她推我没推成，自己却一个趔趄重重地跌倒在地上。我一看，连忙心疼地来扶她。乐园园不愿理我，也不愿让我碰她一下，我知道她一定因为怀孕的事还在生我气。可是，我看到她的脸色突然变得苍白起来。

"园儿，园儿，怎么啦？怎么啦？"我上前抱起了她，看着乐园园的样子，大声喊叫起来。

来到医院时，乐园园的裤腿已被鲜血浸湿了，我慌了手脚。母亲也闻讯赶来。医生诊断为先兆流产，问我是保还是不保。我迟迟疑疑，不知如何回答是好。

"要保，一定要保。"母亲突然开口说话了，并紧紧地拉住了乐园园的手，两人互相对望着。母亲说："小乐，孩子生下来，我带！"

我知道母亲说的是假话，但乐园园却当了真。

窗外的雪越下越大，正如母亲所预料的，孩子没了。

"你，你是个懦夫，注定我这辈子当不成母亲了。"乐园园躺在床上，静静地看着我，头歪向了另一侧。

"别，我不想让你成为一位单身妈妈，也不想让我的儿子成为私生子……"

"我便只能永远做你的情人了……"

我情不自禁地上前抱住乐园园，觉得对不起她。我错了，从第一步便错了。爱情虽没有错，可这是冠名婚外情的爱情，我无法让它合法化。

"我愿意永远做你的情人，也愿意永远做单身妈妈……"

"可是，我不愿意！……"

这终将是一场迷失方向的婚外情，可我老马却把它描述成了令人同情的爱情故事。

我真的对不起乐园园，乐园园是这辈子跟着我的女人中唯一把初身给了我的人，我欠她的实在太多太多了……我是个极度自私和虚伪的男人，我既放弃不了家庭，怕伤害我的老婆和孩子，又想同时拥有她……

我的事业却蒸蒸日上，从第二年二百万元的产值到第三年也就是1989年近七百万元的产值。我用三年的时间赚到了一百多万元，这在当年被扬州商界视为一段传奇。这样的结果在我的预料之中，我感觉自己已经完全融入了经济大潮中了。

我花十万元买了两套房子，其中小的一套送给了乐园园。

此时的李兰英已经看淡了眼前的一切，我的不忠不归已让她没有了任何的指望，即便是同床异梦，她也无法从内心仇恨我，仇恨我的女人乐园园。她似乎能够理解我与乐园园这样的情缘。

灾难来临之前并没有预兆，甚至还会出现迷人的疯狂。

有一天，我接到了一个电话。

"马哥，我是小六子。"

"什么事想到我？"

"当然是好事！今天我们区政府来了两位做服装生意的老板，一个是满洲里人，一个是苏联人。他们提到要生产加工羊毛T恤衫之类的，我立马想到了你们。"

"谢谢小六子，这么体贴你马哥！"

"我可是一直把我马哥放在心中的！我想他们这会儿已经在去你们厂的路上了。"

小六子的话让我立刻兴奋起来。

电话一放下，我便告诉了乐园园："要做大生意了！园园。有苏联人要来了！"

我凭着第六感觉，知道要有好事了。

快傍晚的时候，厂子里来了两个人，他俩一进村口便引起了人们的关注。可想而知，一定是那位高个子、高鼻子、有着凹陷的蓝色眼睛的老外引起了人们的好奇。当两人站在我面前时，我也惊愕了，这两人太不寻常了，长相、穿着和气质就是一道风景，让人眼睛一亮。

"你就是马厂长吗？是区长让我们来找你的，我叫刘煜。"

他说的那个区长就是小六子。刘煜是个身材中等、微胖、身着黑色皮风衣的中年男子。从他粗黑的脸庞、粗壮的身躯，便可以猜到他是来自内蒙古草原的人。

这个叫刘煜的人给我的感觉很舒服，除了猎装式的皮风衣，脚上还蹬着高筒皮靴，这种来自异域他乡的感觉让我想起了科尔沁大草原。更让我吓一跳的是他身旁那位高大的蓝眼睛老外，在刘煜与我打招呼时，老外朝我欠了欠身子。

"你好！我叫约翰·克罗夫斯基，是苏联人，我会讲一点点中国话。"同样是一件黑色猎装长风衣，一双高筒皮靴，看得出这个老外比刘煜更有绅士风度，与刘煜的关系显然也不一般。

我与刘煜一见如故，似乎有说不完的话。可以说，从最初的"内蒙古"这三个字开始，我的心中便荡漾起脉脉的深情。这也难怪，我一直把在内蒙古的五年当作我人生最美好也是最难忘的经历，在我的心中内蒙古是神圣的。

"刘老板专做服装生意？"看他的外表我有些诧异。

"除了军火，什么都做。"他正儿八经地说。

"啊？"

"哈哈哈……开玩笑的，我就是做服装生意，与苏联的边贸服装生意。"

"哈哈哈，刘老板幽默！请问刘老板生意做了多少年了？"

"十多年了。"

听刘煜说话，感觉他就是一个大老板。刘煜的眼睛很大，目光中有很多的东西，我一时也说不上来，可我坚信其中有一点，那就是诚信。

既然有了这样的感觉，我的心情就格外的轻松和愉快。刘煜的皮肤很黑，脸上似乎冒着油脂，头发黑亮，有一缕紧紧地贴在额头上，内蒙古人特有的气质分明就刻在他的脸上和身上。

"满洲里虽然是我们内蒙古的一个县级市，却是中国最大的陆运口岸城市，靠着呼伦贝尔大草原、大兴安岭、呼伦湖，西边就是蒙古国，北面就是苏联。"

刘煜的介绍让我对满洲里的地理位置有了一个概念，也看出刘煜是个热心人。

刘煜又说道："满洲里是个已有百年历史的口岸城市，虽然不及扬州的文化底蕴，但风格不一样。它融合了中、苏、蒙三国的风景，很美很美，欢迎马老板去我们满洲里游览。"

"我相信，以后会有机会的。我在内蒙古赤峰当兵五年，喜欢内蒙古人直率而坦诚的性情，希望我们以后能够多多地合作。"

我说的是真心话。下海才三年，我想做大生意，我知道想做大生意的前提便是好的人缘。

苏联人一直在旁边坐着听着我与刘煜的交谈，微微露出笑脸，不时点点头，手上拿着一个茶杯，乐园园不时给他加水。他突然站了起来，似乎对什么产生了兴趣，在我的办公室里来回踱了几步，并仔细地观察着墙上挂着的几幅画，那都是我在十多岁时的"佳作"，这些画曾经让我赢得不少的赞美。

"马老板，这是你画的？"约翰·克罗夫斯基突然用生硬的中国话问道。

"是的，是我画的，克罗夫斯基先生！这是几幅中国画。"我谦恭地说道。

"我太喜欢了，画得实在太美，这在我们苏联应该能卖上好价钱。"

提到钱，让人一下子以为约翰·克罗夫斯基一定也是个商人。

"马老板，你太可爱了！马老板，我喜欢你这样的人！"

我知道，墙上的画仅仅是自己的拙作，虽然当年被很多人看好，觉得我是个画画的好苗子，终因多种因素而半途而废，现如今又被一个老外拍手叫好，我心里美滋滋的。

"谢谢你，克罗夫斯基先生，等我有时间有机会，就画一幅国画送给你。"我说这句话是认真的。

"马老板，约翰可是个中国通啊，被他叫好的人可不多。另外，马老板你可知道，约翰·克罗夫斯基先生可是个军人，是苏联陆军上尉，跟我是多年的老朋友了。"刘煜说。

"克罗夫斯基先生，你真的是军人吗？怪不得从你一进门开始我便有一种亲切的感觉，我也当过五年的兵，我与军人真的有缘。"我对约翰·克罗夫斯基说道。

"是的，我就是一个军人，我给你留一个电话号码，有什么事可以找我，我会尽全力帮助你。"约翰·克罗夫斯基边说边拿起我办公桌上的纸和笔，随手写下一大串阿拉伯数字，并签上了自己的大名。当然是俄语，我看了一眼，只看懂了阿拉伯数字。

看着他写的字条有点想笑，苏联军人居然第一次见面就留给我电话号码，我猴年马月会打电话给他？

看得出眼前的苏联军人是个老实憨厚的人，如此举动让我感动了，可也许这是天意，是上天安排好的一个重要情节，这张小小的纸条竟成了日后我的一根救命稻草。这当然是后话了。

"刘，马老板这人不错，东西一定也不错，这个生意可以做！"我没有想到，约翰·克罗夫斯基居然能说这样的话。

"我也正是这样的感觉。马老板，拿些货给我们看看，我要长袖的 T 恤，高支棉和纯羊毛的。"刘煜转身便对我说道。

此时，我不相信自己的眼睛，也不相信自己的耳朵，总觉得这一切来得太突然了，幸福就像是从天而降一样，梦的感觉。

天黑的时候，我与刘煜谈成了一笔大单，这让我喜出望外。

刘煜的第二张单子完成后，我已经快成百万富翁了，除了彻底还清了璐和瑶的几万元，同时又去了古籍文物书店，托人花了十二万元买回了那套"二十四史"。早在当初父亲变卖"二十四史"时，我的心中就埋下了这个念头，那就是有朝一日，赎回传家宝，了却父亲的心愿。当父亲手捧失而复得的"二十四史"时，老泪纵横，他做梦也不会想到"二十四史"能够回来。

在父亲的眼里，我终于成了一个光宗耀祖的人，成全了他一生没有实现的愿望。

在他看来，只有一桩事情难以启齿，那便是他的儿子有一个公开的情人。

二十九岁的乐园园，早已经住进了新房。她父亲也许听到了什么风言风语，来扬州已经好多次了，一住就是十天，似乎想要亲眼看见什么。

父亲毕竟是父亲，即便默认了眼前的一切，也终不忍女儿就此下去。他终于找到我。

"马镇长，我还是叫你马镇长，你大人有大量。我不想多说。"

"乐叔叔，你喝酒。"

"你每次都用酒来迷惑我，我不上你的当。"

"是，我错了。"

"你放过我的园儿吧，让她嫁人。"

"是，我放。"

"你是我的救命恩人，更是我全家的救命恩人，可我的女儿终究是要嫁人的。"

"是，我对不起你们。喝！"

"要不，你娶了她。"

"好，我听你的。"

……

这是两个男人的对话，一个男人是父亲，一个男人是情人。一个给了她生命，一个给了她爱却给不了她幸福……

我这两天心事重重，这乐园园的事情够让我心烦意乱了，又来了别的事，而且还是大事。

刘煜的第三张单子刚刚完成了，与第二张单子差不多，赚了近二十万元。可第四张签单后，刘煜说手头资金有点紧，等货到再付款。可这笔单子量大，三百万元的货，成本就得一百多万元。这一百多万可都是用来购买原材料的，打的欠条啊。我第一次感觉到了前所未有的恐慌。

有一天乐园园突然接到父亲从宝应三阳打来的电话，说母亲高烧不退，几天几夜不吃不喝了，乐园园急得直哭，告诉我要回家看母亲。我想都没想，拉起乐园园，开上我的新宝马车就驶向了宝应三阳。

又是初冬时节了，寒风瑟瑟，树叶飘零，阳光也显得有了点寒气，宝应湖面上荷花早已凋谢，枯萎的荷叶让人顿觉凄凉。

乐园园伸出左手，搭在我的右手上，并轻轻地抚摸着我的手背。

"马琪，谢谢你！"

"谢什么，傻瓜！"

"相信我，我是爱你的。"

"我当然相信。我有一个想法，说服你的父亲和母亲来扬州吧！"

"谢谢你。你真好，我也是这么想的。"

跟着乐园园走进乐家时，我们俩人都愣住了……

乐家似乎高朋满座，喜气洋洋，那站着忙乎的分明是乐园园的母亲，精神得很哩！

乐园园一看这满屋子的人便明白是怎么回事了，因为其中有一位身着军装的是她高中的同学，曾经追她好多年的部队军官高明华。高明华从上高中起便对乐园园萌生爱恋，高中毕业后参了军，后又上了军校，现如今已是副营级了。

"高明华，你来干什么？"乐园园一见高明华，大声喊了起来。

"我……"高明华看着手上拎着水果进门的我，愣在那儿，说不出话来。

"妈，妈！"乐园园一见她妈又叫了起来，"你病好了，这么快就好了？"

"啊？马镇长怎么也来了？"乐园园的父亲一见我，脸便沉了下来。

这一刻，我看明白了，即使是开着宝马车来，我也无法在高明华的面前高他一筹。

"爸，妈，马厂长一听说妈病了，赶紧放下手中所有的事情送我回来了。"乐园园一听她父亲在问我，连忙解释道。

"大伯大妈，既然大妈身体无大碍我也就放心了，你们家今天有事，我也就不打扰了，还得赶到镇政府去谈事情。"

我话一出口简直都佩服自己的机智了。走为上策，既可以避免尴尬，又不让乐园园为难，还能让乐园园的父母心安。

"乐厂长，你今天就别走了，好好陪陪家里人吧！"

"马厂长，你在镇政府等我，晚上我与你一起回扬州！"乐园园一看我要走，急了，直弄得乐园园父亲和母亲在一旁尴尬。

"不，你好好陪陪他们，我放你假！"我头也不回地走出了大门。

我在众人目送下开着宝马沿着乡间的土路开向了三阳镇镇政府大院，冷风吹拂着我的脸，有点疼。

还清楚地记得那个夏天，雷暴雨过后的那个夜晚，我与我的园园一同骑着自行车走在这条路上。如今孤单一人的我，虽然开的是宝马，却仿佛失了魂一样的难受。我的姑娘，不，我的女人也许将永远离开我了。

她终究有选择她归宿的权利和自由，我老马不能给她一辈子的幸福，我给不了她，给不了啊……马琪啊，马琪，既然这样，你该放下，放下一切不属于你的东西。得之我幸，失之我命！

天色已晚，刚刚去拜访了一下姚书记。也是，离开三阳镇已经三年多了，其间逢年过节通过几次电话，那也是寒暄问候而已。想想蹲点的两年，姚书记虽没有把我当知己，但自从张镇长出事后，也还算是器重我。最起码，姚书记让我有了更多的锻炼机会。

刚刚与姚书记见面，姚也谈了他的苦衷。他当乡镇书记一把手也快七八年了，一直没有挪位置。说实话，已不指望提拔了。再说年龄也逐渐增大了，有时精力和体力已经跟不上了。姚自然说了一些羡慕我的话。

与姚分手后便开着宝马车去了三阳毛纺厂，这两天为刘煜的第四张单子正愁着，人家刘煜与我做生意也不是一天两天一次两次了，是个值得信任的人。三次的单子事先都付了全款，这第四张单子，不能因为资金周转不足而不签。我老马是个讲义气的人，可是，这第四张单子的成本也太高了，高得让我根本拿不出钱来进原材料了。即使这样，这张单子也必须拿下，因为这已经远远超过了生意本身的意义，是朋友之间的信任和承诺。

李厂长又惊又喜，我们快两年没有见面了，虽然他一直给我供着货，也知道我的情况。三阳毛纺厂能有今天的成绩与我四年前为毛纺厂所做的工作是分不开的，李厂长也一直在寻找着报答的机会，前三次给我的毛线都是近乎成本价，这在三阳毛纺厂是史无前例的。可这一次的量是前三次的总和，而且款项还要等一段时间才能到，如果换了别人，这个危险买卖是绝对不能做的，对于我要另当别论。李一直钦佩我的品行和为人，拍着我的肩膀说："钱不是问题，就认马镇长你这个人了。"

没有想到今天来三阳镇居然还有了意想不到的收获，解了这两天的心头之忧。想到这儿，我竟轻松愉快起来，差点忘却了下午在乐园园家发生的不愉快。

眼看着天色已晚，我想起了乐园园最后与我说的那句话，莫非乐园园她早就来了镇政府大院在等我？

果然远远地看到乐园园站在镇政府大院门前的马路边上，正朝着三阳毛纺厂的方向张望。不知为何，我心头一酸心就揪起来，眼眶也开始潮湿。

"马琪，我知道你一定会等我的。"上了车的乐园园兴奋地说，"我还知道你一定去了三阳毛纺厂。"

乐园园一上车，左手便一把抓住了我的右手，十指交握着，俩人四目相对。

"我也知道，你一定也在等我。"

我看着乐园园，纵使心中柔情万般，有些话我却必须要说。

第五章

死亡的探险

一

　　"园园，想跟你说件事。"

　　"我不想听。"

　　"听你爸爸妈妈的话，我看到那位军人了，很不错。"

　　"你嫌弃我了吗？"

　　"不，我怎会嫌弃你？我是在为你着想。"

　　"除非你不再爱我，我就随便嫁人。"

　　"园园，我想过了，我会毁了你的前程，我会成为一个罪人。"

　　"不，请你别说这样的话，我不要什么前程，我只要你。"

　　"我对不起你，我也无法向你父母交代……"

　　"不要你对不起，也不要你交代，我刚刚告诉了他们所有的人，我不想嫁人，我的事情我做主。"

　　我陷入了深深的矛盾中。我知道我给不了乐园园真正的幸福，也给不了乐园园真正的未来。可是，我却无法割舍这样的情怀，我不能没有她，甚至一天也无法离开她。我开始讨厌自己的虚伪和自私了……

　　有一天我做了个奇怪的梦，梦并不十分可怕，可怕的是此后连续几天做了相同的梦。

　　我紧张起来，立刻预感到在很短的时间内我要与一个女人了结一段情缘。梦境是这样的：云雾缭绕的群山之间，有一条望不到头的山道，与我一起行走的女人突然一眨眼的工夫不见了，我惊慌失措地满山寻找："园儿，园儿！"

我把自己都喊醒了，久久无法入睡。我在确定那个女人的真实身份，是乐园园！如果是，这样的梦又意味着什么呢？

我努力回忆梦中的一个又一个场景和细节，让我害怕的是每次的梦都是相同的。我并不迷信，也并不认为这是迷信，那种云雾缭绕正预示着我与乐园园的关系是一种不阳光的不明朗的关系。崎岖的山道，说明我们走的道路是曲折的。望不到头说的就是根本没有结果，而乐园园的消失恰恰说明我们彼此的缘分已尽。

如此一分析后，我毛骨悚然起来。也就是在第一次做梦的那天下午，我把价值四百多万元的货全都发出去了，之后便再也无法联系上刘煜了。

我把梦回忆了一遍又一遍，谁也不敢告诉，只是反复问自己：这个梦意味着什么？梦与现实不是相反的吗？会不会突然消失的人是我自己而非乐园园呢？可是，我自己又会消失在何方呢？

我有了心事，不是因为梦，而是因为货。第一天，我每个时段总要打一次电话给刘煜，我一直在默默地告诫自己：沉着，冷静，刘煜会接电话的。可是，从第二天凌晨开始，我便再也坐不住了，因为刘煜的电话依然没人接，我无法冷静下来，并有了一种头皮被掀开的感觉，甚至是天塌了下来的感觉。不好！刘煜一定出事了，而且不是一般的问题。还有个感觉，那就是我上当受骗了。那可是四百多万元的货啊，该怎么办？该怎么办呢？

我冷静下来，回忆跟刘煜在一起的分分秒秒，回忆跟刘煜曾经在一起的每个细节，还有那位大个子俄罗斯人约翰·克罗夫斯基。他们都是好人的样子，否则前三笔生意不会那么顺利。我内心无法承认和相信刘煜会是个大骗子，也不愿往那方面去想，除非是出现什么意外了。可是，如今货发出去了，刘煜却石沉大海一样消失得无影无踪。我再也无法平静下来，因为这批货押上了我所有的身家。

乐园园就坐在我的身旁一直陪着我，只有她一个人明白我的心事。她是个好女人，我几乎找不到她的缺点，总之，女人该有的优点她都有。

她紧握住我的一只手，另一只手不停地去捋低垂的刘海儿，看得出她内心的焦虑。谁也没有过这样的经历，来得太突然也太可怕。她比我小好多岁，一定更害怕，她决定跟着我的时候，什么困难都想过了，唯独没有想过会有这样的灭顶之灾。

厂里的工人们开始躁动不安起来，有工人意识到我这次快要破产了，提出要求把拖欠半年的工资全部补上。我心肠软，同时也怕工人会闹事，于是吩咐会计把厂里所有账面上的钱全部拿来用于发放工人的工资，可是，账面上几乎没有钱了。

我很快想到小六子，小六子如今是郊区的副区长，一定能够帮上我的忙，最起码帮我出出主意。

"真的吗？那姓刘的看上去挺老实的，你再等等看看。"小六子一听说也蒙了，但不忘安慰我。

"我每天打几十个电话都打不通，从前一打便通，这绝对不正常。一定出事了！"我心里害怕极了。

"会是什么事呢？你也不要太急。让我想想！"他一定在帮我想主意，可又能想到什么呢？

"小六子，你马哥我这回可要倾家荡产了。"我的语气带着哭腔。

"快别这么说！对了，刘煜与扬州的另外两家大型国有服装厂也有业务往来，就是友谊服装厂和扬州服装厂，不妨去问问他们两家，也好一起想想办法出出主意。"他果然在动脑筋！

"是，我马上便去！"我觉得他说得有道理。

"马哥，有一件事你可曾想到过？苏联正在解体，苏联总统戈尔巴乔夫最近宣布辞职了，据说苏联境内很乱！"

小六子这话一说完，我几乎要瘫坐在地上，思绪如同一团乱麻。随后还是听从小六子的提醒，开车前往友谊服装厂。我开的是宝马车，刚花了六十万元买的，我觉得开着它有气派，特精神，像个做生意的大老板。当初父亲曾反对过，现在想想父亲是对的，人做什么事都不能太张扬，还没几天报应便来了。

友谊服装厂厂长办公室里有王厂长和其他几个人在，个个神情恍惚。王厂长我早就认识了，还是当初在机关时，纺工局与轻工系统联合举办工作会议曾碰过几次面。突然想到自己曾经是个机关干部，就有点难受，要是坚持做下去，也不会有今天这些事情发生。可是，选择下海也不是没有理由的，现在想这些有什么用？

友谊服装厂一直是扬州服装业的排头兵，是轻工系统的王牌，所以王厂长一直是个让我佩服的人。王厂长身材不高却很匀称，五十多岁，一副精明能干的样子，前门牙有点外突但丝毫不难看。他光亮的前额上冒着汗珠，正与其他几位说着话，看到我急匆匆地进来，忙说："小马，你来得正好！我们知道你也遇到跟我们一样的麻烦了！我来介绍一下，这位是我们厂的杨科长，这位是扬州服装厂的戴科长。"

"杨科长好！戴科长好！"我上前与他们打了招呼。

"马厂长好！"

"马厂长，你好！"

他们两人分别很有礼貌地回复我，表情似乎不自然。

"王厂长，这可如何是好？"

在我眼里，此时此刻王厂长就像一座大山一样可以让我上前靠一靠。

"这样的突发事件史无前例，不要惊慌。你来得正好，我们已经商量好了，如果你愿意，后天就出发，你与他们二人一起去满洲里，先把刘煜找出来再说。"王厂长急切地告诉我。

"我们的单子做得比你的大多了，分别都超过了五百万元。"王厂长又加了一句。

可是，我心里明白，谁都不会比我急。他们两个厂都是扬州服装行业的巨无霸，大型国有企业，再大的损失也不如我来得倾家荡产。

很快就说妥了，后天我将与杨、戴两位一起前往内蒙古满洲里。想到曾经答应过刘煜去满洲里观光的，如今竟是去寻人，心里有种说不出的滋味。

乐园园这几天瘦了一圈，我知道她一定在考虑一些眼前以及未来的事情，甚至在考虑如何帮我。她拿出这几年的积蓄五万元现金，救了急，给厂里要离开的工人发放了工资，这让我很感动。

"园儿，这次我怕闯不过去了，我对不起你！如果我有什么意外，你一定要好好地活下去。"我想到要去的满洲里，前途未卜。

"呸呸呸，乌鸦嘴，我真的想打你了！不会有什么事的，你不要瞎想！"

乐园园眼睛睁得更大了，她不愿意听到我刚刚说的话。我知道这个女人是爱我的。

"我走后，厂里的一切就交给你了，等我回来！"

说完我便把她紧紧地搂在怀里。这个女人值得我这样，数不清这个动作曾经做过多少遍，可唯有今天与往常不一样，有一种生离死别的感觉。

我从来没有如此的魂不附体，我清楚这次的单子投入了近二百万元的成本，我预感到这一趟的内蒙古远行也许就是徒劳，度日如年的日子已让我疲惫不堪。

"马琪，你为什么只吃几口饭菜？"母亲心细，看出了我的不正常。

后天就要走了，父亲和母亲还不知道此事，我几乎无法咽下饭菜。再坚强的人唯一不能骗的便是自己。母亲看我胃口不好，不放心地问："儿子啊，是不是哪里不舒服？为什么总吃不下饭？人也消瘦了好多。"

"你们管好自己，我又不是小孩子，你们别管我，少管我！"我在恍惚中不假思索地回答了母亲，回过神就后悔了，因为我看见母亲的眼睛红了。

"你怎么这样回你妈的话？你现如今财大气粗了，腰杆子硬了，就能肆无忌惮了吗？快去与你妈道个歉！"父亲忍不住对我发起火来。

我知道父亲虽然拿我没办法，但绝不允许我对母亲不恭不敬。

"妈，你原谅我吧，我错了！我怕我以后连孝敬你的机会也没有了！"不知不觉中我说出了这样的话，说完竟伏在母亲的膝盖上号啕大哭起来。这一哭便没有收得住，长这么大还从来没有这样哭过。"我实在受不了了……"

这一哭马家上下慌了，乱了套了。三十多岁的儿子号啕大哭是从来没有的事情。当父亲与母亲搞明白了是怎么回事时，家里一片沉寂，谁也没有这样的思想准备。这简直就是晴天霹雳，有一种灾难降临的感觉。

"儿子，告诉我，共有多少成本？"父亲打破了沉默，

"接近二百万元，其中一百二十万元是借来的！"我答道。

"留得青山在，不怕没柴烧。儿子，人生没有过不去的坎儿！"

父亲把我紧紧抱在怀中，还是小时候被他抱过的，如今这一抱让我竟像回到了从前，我知道他是爱我的。我心中顿时轻松了许多，胆子也大了，父亲的抱让我暂时忘记了眼前的一切烦恼。我开始有点后悔长这么大从来没有认真听过他的话，也不知让他伤心了多少回。同时，我看到母亲早已眼泪汪汪了。

那边还有一个女人开始抽泣了，她就是李兰英。她正抱着女儿马丽，眼里含着泪花看着我，这突如其来的消息一定让她感觉如天塌下来一般了。马丽如今已经是个懂事的孩子了，她突然从李兰英手上挣脱，奔向了我，嘴里叫喊着："爸爸，爸爸！"

满洲里，一个曾经神秘得让我无限向往的地方，在我的想象中，它的四周应该是草原。没有人知道我有多么喜欢草原，也许那是我梦中遗忘的角落，似乎离我很远，又似乎离我很近。我甚至喜欢闻草原上牛羊粪便的味道……

这是初春的时节，我与友谊服装厂的杨科长、扬州服装厂的戴科长坐上了从南京去哈尔滨的列车。

唉！要是当初遂了父亲的心愿，选择复读上大学，怎会是今天的情景？可说这样的话又有何用呢？赚了钱的时候可没有这么后悔过。人要有本事预测未来，人就是神了。这趟火车并不算太挤，我一人坐了两个人的位置，对面坐着杨科长和戴科长。

杨科长年龄跟我差不多，白皙的脸庞，高高的个子，短硬的头发，十足一个老江湖。据说十八岁就跟厂里的师傅跑供销了，一双眼睛贼溜溜的，一看就是个有心计的人。他的眼睛本来就不大，一说话就变小，笑起来更会眯成一条缝，可似乎很聚光。

"轻轻地一抓就起来，哈哈哈……"

他在吟唱着某个样板戏的唱词，看得出他并没有任何思想负担，表情很轻松。看着他的样子，我有点嫉妒。他一手拿着茶叶罐，一手抓起一把茶叶正往杯子里放，笔挺的西装显得他挺拔又潇洒。

"你们二位要不要来点？"

他等着我俩的反应，见我们都不吭声便盖上茶叶罐子，独自去了茶水间。不一会儿他捧着杯子回来坐下，一手拿着杯子，一手夹着一支点燃的香烟，一副悠闲的神态，一看便知道他是个喜欢享乐的人。偶尔露出几颗前门牙，黑乎乎的，布满了烟斑和茶斑。

"老戴，查查地图，看看满洲里有哪些风景名胜。"杨科长轻松地在问戴科长。

"好，我这就来查！"戴科长一听兴致勃勃地去翻他身上挎着的黑皮包。

戴科长，三十多岁，矮矮的，胖胖的，黑脸，大眼睛，戴一副深度近视眼镜。额头上有一块明显的长长伤疤，似刀砍过一样，高低不平。油光可鉴的头发塌在他的头上，不太干净的头发里有很多的头皮屑，他刚刚用手指在头皮上慢慢地抠着，抠完了放到另一只手的手帕上，每做完一次这样的动作，脸上总有惬意的神情。

我不想说话，看着他俩的样子，有点羡慕。窗外掠过树木和村庄，我心里烦透了。

"杨科长，我也是第一次去满洲里，早就听说这地方不错，我相机都带上了！"

戴科长推了一下眼镜，似乎从铺开的地图上找到了好东西，兴奋起来："铁木真大汗行宫、清真寺、扎拉敖包、满洲里敖包堂……哈哈，杨科长，看来玩的地方还真不少！"

"还是先找到刘煜吧！"我终于插了一句。

"对对对，先要找刘煜。"戴科长抬头看了我一眼，又看了杨科长一眼，有些不自在。

"找到找不到都要转一圈，不能白跑一趟。"杨科长突然昂起头，挺起胸，显示出一副无所谓的样子。

"话不能这么说，你……"戴科长眼睛瞟了一下我，朝杨科长说了半句便停了下来。

突然想起了刘煜的最后一次扬州之行，我陡然伤感起来，大家边走边笑、边笑边吟诗的场景还历历在目。然而，刘煜眼中的真诚和纯粹在我脑中开始模糊起来。

　　"有机会，你们一定到我们满洲里走一走，看看我们满洲里的景色和风光……"这是刘煜的原话，似乎刚刚才说完。

　　"马厂长，马厂长，别愁眉苦脸的，这趟差来回的路程在路上估计就要十天八天，你别老往坏处想，要往好的方面去想。刚刚我们也是穷开心一下，我们一定会找到刘煜要到钱的。这人活在世上，不要总想不开心的事情！"杨科长知道我的心事，只是他哪能体谅到我是怎样的心情。

　　"你孩子多大了？我儿子八岁了，我二十二岁就生了他，呵呵……"杨科长有意逗我说话，我却心不在焉，不想回答他。

　　"马厂长，别总愁眉苦脸的样子，想开点。"戴科长也来劝我。

　　"人家马厂长与我俩不一样，我们单子再大，再要不回款子，与我们本人关系不大，顶多拿不到奖金。你看看我们那两个大老板，他们都不是很急，我们急啥？"戴科长推了推眼镜又说，"我们再亏有国家帮我们扛着，这么大的一个国有企业，能说亏就亏？说倒就倒？"

　　"我哪里是不知道？"杨科长瞪了戴科长一眼，从桌上又拿起一根烟抽了起来。我知道他刚刚也是为了宽慰我。

　　火车在轰隆隆地响着，不知开到了哪里，不时有鸣叫声，似乎又进站了，停靠在某个站台，车厢里顿时嘈杂起来。我知道，我们这一趟车是开往哈尔滨的，得三天三夜才能开到，到了哈尔滨还要转齐齐哈尔。算了，既来之则安之，不如把心沉淀下来，别再胡思乱想了吧，凡事要往好处去想才是。我清楚自己是经历过几次生死考验的人，我得坚强，我会坚强。

　　记得当年在沙漠上，我与陈兴伟一起与狼群奋勇战斗的那一夜，那段经历让我们成了患难与共生死之交的战友。那晚没有月光，只有狼的眼睛闪着绿光，可我们最终还是胜利了。

　　我又想到了鄂丽，我的初恋，我心中永远的女神，我感觉我在向她靠近了。相信她正站在天国里，看着我，护佑着我。

列车的轰鸣声在耳边响了三天两夜，我觉得已经坐了一个世纪的火车了，在焦虑、盼望、期待中熬过每一分钟，悲观、失望甚至绝望也时时来袭。

眼前的戴科长与杨科长两人若无其事的轻松神态，让我更觉坐立不安。只有那"哐当哐当"的列车声音在提醒我，我们正向满洲里靠近。

哈尔滨，夜里十点，气温很低，我们三人饥寒交迫。

"还是先买件衣服，再吃饭，再找旅馆吧！"杨科长提出建议，看得出他与戴科长都是老出差的，对这样的长途旅行司空见惯了。

在火车站附近的小店，一人买了件军大衣，军大衣的绿让我一下子想到了部队，这一刻是温馨的，也让我忘记了烦恼。

我把军大衣穿在身上，才有了点暖意，同时来回地蹀着步子取暖。这边杨、戴二人也都穿上了，戴科长跟售货员在理论着所开发票的抬头写什么内容，杨科长则让售货员在复写纸上多写价格，并随手扔给了售货员两元钱作为酬劳。

这是国有企业销售员常玩的把戏，我理解。

想到钱，我立马摸了摸全身上下几个重要的地方。临行前一天，母亲在我的上下内衣里缝了四个口袋，每个口袋都缝上了纽扣。那三千六百元钱是家里人凑出来的，大姐马瑶送得最多，我最不好意思拿她的钱，她挣钱最少。现在有点后悔，在我挣钱的时候，应该多支持她，可又总想着再多赚一些给马瑶一个惊喜。我真是这么想的，如今只怕永远没有这样的机会了。唉，下海的人那么多，为什么我老马落下这个下场？想到厂里一片慌乱的情景，我心里又是一阵冰凉。

三个"军大衣"在哈尔滨火车站附近好不容易寻到了一家"东北人家"饭店。这么个时间段不要说在东北，就是在扬州，饭店也早就打烊了。这家饭店因为靠近火车站，所以是二十四小时营业。戴科长点了大骨头火锅，服务员说这是哈尔滨特色，也是他们饭店的招牌火锅。杨科长坚持一人要喝一瓶老白干，我哪有心思喝酒，推说不能喝。杨科长说这顿饭他请客，面子总要给的，我觉得不好推辞，出门在外，还要图个相互照应，喝就喝吧。

三人各自拿着一酒瓶，碰瓶同饮，为预祝这次圆满之行干杯，为旅途的一帆风顺干杯，为今生今世的相遇缘分干杯。说得没错，谁会想到"充军"来到了哈尔滨？谁会想到今生会与眼前的这两位结缘？

　　"早就跟我那徒弟说了，玩女人可以，千万别玩大姑娘和寡妇！"

　　杨科长几口酒下去，左手拿着一支香烟，右手在用长长的手指甲剔着大骨头缝里的肉，说话的同时又露出了一排黑牙。这话我曾经听说过，很耳熟，只是一时想不起来。

　　"他偏不听，惹了个寡妇，这下好了，想甩都甩不掉。老婆闹起来了，找了我好多次，问我这师傅是怎么当的，我还不好告诉她我没让他玩寡妇。你看看，我那个好徒弟，天天东躲西藏的，又怕老婆又怕寡妇的，就没把我这个当师傅的话放在心上。可话又说回来，老戴啊，那寡妇长得真漂亮，谁他妈见了都爱……唉，只可惜她就没找到一个好人！"

　　"你怕是也喜欢上那寡妇了？这女人嘛，千万别当真！"

　　戴科长随手掏出钱包，取出了一张照片。

　　"呵呵，说实话，出门在外，别的都放心，唯一担心的就是我这老婆。"

　　"怎么啦？谁摸上她了？你还别说，你老婆还真不丑。"

　　"没有，我只这样说说，要是不跑销售，就可以天天在家看着她陪着她了。"

　　那边杨科长也拿出了老婆和儿子的照片，与戴科长在一起相互交换着，互夸儿女的同时，彼此竟欣赏起对方的老婆来了。

　　看着眼前的二人，我不禁鼻子一酸。想到了家里的父母，想到了替我暂管厂子的乐园园。乐园园，一个好女人，就这么毁在了我的手上了。这不是我的初衷，不是我的本意啊！想着想着，由着酒性，我竟趴在桌子上号啕大哭起来……

　　哈尔滨的夜晚没有给我留下一点好印象，是昏暗的，黑色的，又是沉醉的，充满迷茫和困惑的。当阳光从窗口洒进旅馆房间的时候，我突然醒了。清醒得有点兴奋，突然记起想了一夜的问题，那就是"玩女人千万别玩大姑娘和寡妇"这句话是谁曾经告诫过我的，那是我的父亲。父亲曾经单独找我谈过心，劝我离开乐园园，当时说的就是这句话。可是，又有几个男人真正能够把控得住自己？一切都太迟了，我早就不能自拔了。

发现戴、杨二人还在沉睡，我站在窗口，看着窗外哈尔滨的早晨发呆。晨雾中，远处的建筑物似有异国风味，缥缈而恍惚，近处车水马龙，一切在朝阳的照耀下愈加生机勃发。

杨、戴二人完全醒来时，已近中午，三人匆匆穿上军大衣登上了去齐齐哈尔的列车。

三人的统一行头并未引人注目，从人声鼎沸的候车室到嘈杂哄乱的列车车厢，随处可见一身军大衣装束的男女，既耐寒耐磨又耐脏的军大衣同样又具备了大方而又不失体面的特征，显然与北方人豪爽率直的性格相配。

正午时分，气温已经回升，车厢的温度明显高于室外，我一进车厢便脱去了大衣，戴、杨两位似乎还没有从昨夜的酒精中完全地清醒过来。三人的座位正好一排，我坐在过道口。坐下后我们便吃了些啃剩的馒头，戴、杨二人趴在座位前的小桌面上又呼呼大睡起来。

对面的座位上坐着一对身着蒙古服的中年夫妇和一位年轻的汉族女人，这汉族女人看上去二十多岁，皮肤黝黑而粗糙，神态也悠闲。高耸的胸脯，性感的嘴唇，唇角处还残留着口红痕迹，虽也在漫无目的地随处扫视，却不时用余光亲临到我们三人身上，让我感觉怪怪的。

我没有一丝睡意，也不想去在意正对面的女人。戴、杨二人此刻睡得正酣，显然很悠闲自在。跟国有企业的干部相比，我自卑起来。想到自己的身份以及这几年的付出将有可能付之东流，不禁心头一酸，然又欲哭无泪。

无心看窗外掠过的北国风光，但见路标"内蒙古"三个字时，内心深处却又激起了涟漪和波澜。这是一片曾经滋养过我的神奇土地，充满了美好、痛苦而又难忘的记忆。我闭上眼睛，就能看见蓝天白云下是一望无垠的草原，草原的尽头是那片大漠无疆的沙场。

"大哥，大哥，看样子你们一定是从远处来的！"女人居然主动说话了，我睁开眼睛，看见对面的那个女人正朝我说着话，眼睛盯着我，"就问你呢，大哥！"

"噢，问我啊，我们从江苏到满洲里去！"我虽反感这个陌生女人，可还是回了她的话。

"太好了，哎呀妈呀，我也正好去满洲里。咋这么巧！"女人一下子兴奋起来。

"我哈尔滨人，去满洲里探亲，我对象在满洲里做木材生意。"

"啊，你是去满洲里吗？太好了！"杨科长不知怎的突然醒了，一下子精神起来，细眼睛也像突然通了电一样地亮起来。

"大姐，大姐，怎么称呼？"

"我姓高，叫我小高吧！"

这女人目光转移到了杨科长身上，我一下子轻松了好多。

"什么好事，也不喊醒我？"戴科长这边也醒了。

"哎哟，哪来的艳福，对面坐着这么一位漂亮的姐姐！"我没有想到，戴、杨二人对于陌生女人竟如此的热情和随意。

与他们二人相比，我有点自惭形秽了。三人在随性地开心聊着，杨科长与女人不时相遇的眼神中所散发的暧昧和挑逗让我心里一阵阵发忧。而边上那对蒙古族夫妇在说着蒙古语，那蒙古族女人一个劲地朝我们仨投来鄙视的目光。

"说正经的，到了齐齐哈尔去满洲里怎么走？"我突然打断三人的交谈，想到了下一步该干的正经事。

"大哥，你们下一步跟我走！今天晚上我们到齐齐哈尔后，立马买晚上十点的火车，明天上午就到海拉尔，然后再去满洲里就方便了！从海拉尔到满洲里只要两三个小时，快得很！"女人兴致勃勃地说了起来，一只手却与杨科长拉到了一起。杨科长笑着，露出了一排发黑的门牙。

"不过，大哥大哥，我的票你要帮我买，就算是我带路的报酬吧！"女人边说边扭着身子。

"为什么要去海拉尔？不直接去满洲里？"戴科长问话了。我正想问呢，虽然在赤峰五年，却因内蒙古地域广阔，有些地理位置还不甚清楚。

"海拉尔是呼伦贝尔的大城市，满洲里虽然是全国最大的陆路口岸，却是个县级市，也没有直达的火车。从海拉尔到满洲里，长途客车两个小时就到了！"

女人的话，听起来很上路子，更像是个在外面常混世面的，说完竟一手拿起杨科长的茶杯咕噜咕噜喝了起来，杨与戴面面相觑地笑了。

听着女人的解说，我一下子改变了刚刚对她的看法。我随手翻开一张地图，仔细研究，不由自主地向往起满洲里迷人的景色来。

"海拉尔附近的草原就是呼伦贝尔大草原了。满洲里也曾被俄国人占领，所以满洲里的建筑风格很像苏联，可漂亮了……"女人说完话，又拿起了杨科长的杯子。

二

　　这个女人究竟是什么角色我不想多想，我无法对她产生兴趣，虽然刚刚改变了对她的看法。

　　五月的齐齐哈尔夜晚气温降至零下，身穿军大衣的我行走在车厢内，恍惚觉得行走在另外一个世界，而且是一个即将消失殆尽的世界。无法想象，一个曾经在这片土地上服过兵役的人，竟是为了追讨财产重新回到了这里，即将面对的是一个未知的结果。我的眼睛在昏暗的车厢里显得尤其暗涩，无法判断如今这是走向何方，是城市，是草原，是沙漠，还是屠场？

　　身子跟着列车在摇晃颠簸着，我很想让这样的摇晃和颠簸来得更猛烈一些！让心再做一次更麻木的旅行，哪怕是接近死亡的那种恐惧，哪怕是天地顷刻间的消亡，只要不停下来就够了。

　　可我的眼睛看见的依然是一片活生生的人群，他们都在为生存而活着，这是行走在通往死亡的路上，可人人都在做着拒绝死亡远离死亡的努力。有人还在谈笑风生，没有一个人像我为自己寻找生存的理由，没有一个人像我在忧伤着内心的那份惆怅。

　　"宝贝，冷了吧！"杨科长把军大衣裹在了那个女人身上，悄悄地在用气声说话。穿着西装的他挺着胸，一手揽着军大衣中的女人，傲慢的神态像得胜归朝的王子。

　　戴科长兴奋地跟在后面，面色中透出了一份羡慕而得意的神色，仿佛这一切也有他的功劳。

一切果然在这个女人的设想之内，四个人终于面对面坐下了。三个男人跟着这个女人于当天晚上十点登上了从齐齐哈尔开往海拉尔的列车。

　　我与戴科长正对着杨科长和女人而坐，面对车厢川流不息的人流和喧哗，我很想静静地等待海拉尔的早晨和让我魂牵梦绕的满洲里的到来。

　　"大妹子，估计还用多久才能到海拉尔？"我只关心一件事，也不管对面杨科长和女人旁若无人的举动。

　　"十个小时左右，放心吧！"女人朝我眨了眨眼睛，露出了一排整齐的牙齿，那紫黑色的红唇在笑容中如绽放的花蕊，杨科长正盯着她欣赏。

　　我突然想到了什么，心中一种快感一掠而过，顷刻间驱散了心头的乌云，如放晴的天空中翱翔的白云一样轻松惬意。我不禁笑了起来，想想这一路上，这是第二次笑，两次笑都离不开这个女人，看来还真要好好感谢眼前的这个女人了。只是这种感觉很快便消失了，重新让我回到了原先的忧伤中。

　　"哎，杨科长，你真有艳福，到了满洲里你可不能再霸占这个女人，当心没好果子给你吃。"戴科长推了推眼镜，生怕这女人听得懂，用快速地道的扬州话对杨科长低声说着，似乎在对杨发出警告，看得出他的诚心诚意。

　　那边的女人凝神屏气在看着我与戴科长的表情，在猜着扬州话中字音的含义，拉着杨科长的衣服说："大哥，大哥，他们在笑什么？说给我听听。"女人在问，看得出她并不着急。

　　"他们在说你长得漂亮，没什么。"杨科长一边拍拍女人的肩膀，一边朝我和戴科长喊道，"怎么啦？我跟她没有一点见不得人的地方，你们俩不都看到了吗？拿老弟开心可不对！"

　　说完我们三个都笑了起来。这是这次长途旅行中第一次三人同笑的场面，是因为女人，眼前的女人。

　　生活还没有太糟，一切都还有希望，也许生命本该就此承受考验和挑战，我老马会闯过去的。笑对人生才应该是我正确的生存态度，我的路还很长，我该振作起来。想到这儿，我不由自主地抬起了头。

　　"三位大哥老板，抓紧时间休息一下，明天白天赶到满洲里还要做生意，

172

大家干正事要紧，现在我可陪不了你们了。"

　　女人说完，散下她一头的长发，在众目睽睽之下倒在了杨科长的肩膀上，一手扶着杨科长的手臂做依靠，闭上眼睛，说睡就睡了起来。她的头却从杨科长的肩膀上渐渐移到了杨科长的胸前怀中，那么的自然，你还不能说她是有意"图谋不轨"。虽然从头发里散发的是一种汗湿的土腥味，杨科长却并没有拒绝。我用余光看见杨科长的双手在女人的前胸和后背慢慢匍匐着，似乎两人有了一种默契，正无声享受着。

　　戴科长半眯着眼睛朝杨科长发出会心的笑来，目光中有点羡慕和嫉妒，又有一种鄙视和幸灾乐祸……

　　我陡然有了一种孤独感，无法确定是这个世界在拒绝我，还是我在拒绝这个世界。

　　车厢中的人上上下下，渐渐成了清一色的蒙古族人，满眼都是特有的蒙古服装，还有肤色、语言、音调和气味。

　　清晨的第一缕阳光从车窗外洒进来的时候，我醒了，意识到自己刚刚晨勃了。这么多天来，是第一次。只是有些突兀，觉得自己应暂时告别一下正常的自己。

　　勃起的时候总是快乐的，带着向往和渴望。可又是冲动而麻木的，在这个清晨显得苍白无力而毫无意义。

　　这列火车上，军大衣抵挡住了夜晚的寒冷，把我的身体裹得严严实实。同样身着军大衣的戴科长在沉睡中，身体靠在了车窗的一旁，流着口水的他打着轻微的鼾声。对面的女人躺在杨科长的怀中，军大衣盖在了两人身上。我于是又闭上了眼睛。

　　当我再次睁开双眼时，突然发现杨科长已经醒来，眼睛眨巴眨巴地看着我，似乎在提醒我别轻易打破这一刻他与这个女人的状态，并给了我一个神秘的笑容。我心领神会地一笑，告诉杨科长我明白这个把戏，也同时服了杨科长的胆色和勇气。

　　如此公开地勾搭上女人，这对于一个男人来说，既要有胆量，又要有一定的经验。这杨科长是个长期跑供销的，没有这个本事倒反而不正常了。

突然想起了乐园园，想到我与她的关系，也属于不正当的关系吗？绝对不是，我不承认，因为我们之间是有爱情的，是真挚的爱情，只是我太过自私地在挥霍着它。

天已经大亮，放眼望去，蓝蓝的天，白白的云，远处是一片绿绿的青山。

"那就是樟子松林！"女人不知什么时候也醒了，依然保持着刚刚睡觉的姿势。

"你们看看，那些就是海拉尔松，海拉尔因为成片的樟子松林而闻名，所以樟子松又称海拉尔松，它的树体高大粗壮，极其耐寒又抗旱，所以一年四季常青。"

"你咋懂这么多？"

我佩服这个女人知识面的广泛，语言的丰富，是个难得的人才，只可惜此刻杨科长并没有认真仔细听她的解说。

"我们在满洲里做木材生意快七年了，就是做樟子松木。这种木头的特点是不变形、不沉重、本色好看，有人叫它海拉尔松——这其实是日本鬼子的叫法，当年日本鬼子占领的时候叫的名字。它适应性强，能在风沙土上、山地石砾地上生长。"

杨、戴二人完全清醒过来，听着女人的话，一同看窗外的景色。

"你这样一说，我永远也忘不了了！"

看到窗外果然有海拉尔松，觉得刚刚跟这个女人学到了不少。

转眼间车窗外已是一望无际的大草原了，这在我的记忆中并不陌生，倒让杨、戴二人感了兴趣。草原还残留冬日的枯萎，蓝蓝的天空中飘着朵朵白云，枯黄的败草中泛着点点的绿。苍茫的大草原上零星的转动风车屹立着，增加了一些画面的生机感。远处枯黄的草原深处还有些散落的小湖，小湖里一定还有尚未融化的冰，在阳光下闪烁着扑朔迷离的光亮。

"你们看！这就是呼伦贝尔大草原了，我们已经进入海拉尔了。"女人也跟着兴奋起来，听起来倒像是海拉尔的主人似的。

"是吗？你懂的可真不少！"杨科长满脸色眯眯的，并顺手搂住了女人。

"前方到站终点站海拉尔。"

当列车播音员的声音响起的时候，我陡然觉得紧张起来，并开始自责刚刚很长时间怎么就那么轻松，竟忘记了烦心的事。因为海拉尔就意味着满洲里，满洲里就意味着寻找刘煜，寻找刘煜就意味着可以找回属于自己的一切。

　　"满洲里虽是个小镇，可却是个很大的外贸口岸。"女人说着话已经从杨科长身上坐起来。我其实早就知道，满洲里地处亚欧大陆桥的中央，与苏联、蒙古国交会，一定是个有异域风情的城市，可是再美似乎与我也没有什么关系。

　　"杨科长，她可以当导游，更可以做解说。"

　　我突然觉得这个女人长得并不难看，但这句话并没有说出口。到满洲里并不是来观光的，是来找人要债的。况且，对于这个女人我不想多说什么。

　　踏上满洲里的时候，我立刻有了一种来到异国他乡的感觉。古典欧式建筑风格的房屋屹立在街道两旁，这座曾经被俄国和日本占领的土地，有着沉静而凝重的文化内涵。柏油路面虽然不平坦，却彰显它的过往。木格楞的建筑凝固了这个城市的喧嚣和明亮。大路边的电线杆仿佛在来往的车辆和人群中踩着它不变的节奏穿梭着。

　　这人生地不熟的，我到哪里找刘煜？我在一遍遍地问自己。

　　这些天我常常回忆那段初次与刘煜见面的场景，真的不相信刘煜是个坏人。他是小六子介绍的，小六子可是我的好兄弟，处处为我考虑，更何况前三笔生意都很成功。我有时又有些后悔和遗憾，要是没有遇上刘煜就好了。可这个如果真不存在，除非从来就没有认识过小六子，没有下海经商，也没有李兰英的事情，更没有之前发生的所有一切，或者说到底，我老马就没有来到这个世界上。

　　人要钱干什么？要太多的钱干什么？要是当初不下海，这日子说不定也能过，总不至于像现在这样地担心害怕，快要倾家荡产了。

　　记得有一天夜里，乐园园躺在我身边，我发誓要让她过上好日子。乐园园真是个傻女人，她居然说不想要过富人的日子，只要有我陪伴终身，即使是穷日子，她也愿意。我看到她说话的时候在流泪，我感动了。这女人只要一旦动了真情，便会以身相许，更会不顾一切。

踏上满洲里的一刹那间，那个做生意的女人像换了一个人似的，提着自己的行李走在最前面。

"各位大哥，祝你们心想事成，咱们再见了。"

说出这样的话在我意料之中，只有杨科长还没从刚刚的戏中回过神来，他很失落，眼巴巴地望着女人离去的背影。

"你拉倒吧，这女人的男人就在满洲里做木材生意，满洲里又不大，弄点动静对我们每个人都不利，我们人生地不熟的。"戴科长似乎看出杨科长的心思，很认真地说道。

"我是下了本钱的，我可什么也没干成。"这边杨科长开始后悔跺脚了。

"我们先找个地方落脚，然后可以去慢慢地寻找刘煜。"

似乎只有我一人在惦记着来满洲里的目的。我明白杨、戴二人的心思，一个想玩，一个想女人。可话又说回来，谁不喜欢玩？当初刘煜第二次去扬州时，我就答应过刘煜来满洲里游览一番风光，并不是没有这个打算，而且还想带上乐园园，只是没有想到一切竟如此不尽如人意。

五月的天空很晴朗，阳光照耀着大街。

街道并不宽，街上挺热闹，人也挺复杂，有汉族人，也有不少的蒙古族人和苏联人。在靠近市中心成吉思汗大街旁的小巷内找到了一个小旅馆，叫"中苏旅馆"，我们便住下了。三人同住一个房间，各交了各的钱。

提到钱，我便忧心忡忡。临出门，母亲把家里的钱全都拿出来，有十块二十块的一起凑的。虽然下个月家里三个人都还有工资，可厂里的账面上已经空了，李兰英每月的那笔费用如何着落？这是个大问题。乐园园手上也空了，把自己的五万元拿出来后，她今后靠什么生活？

"吃饱了饭，我们仨一起行动！"戴科长发话了，他知道我比他们两人都急。

"找到刘煜，我还得去找一下那个女人，我偏不信我遇到骗子了。我昨晚给了她两百块，我可什么事也没干……"

已经没人去理杨科长，我突然可怜起自己来，身家性命全押在刘煜身上了，当初真不该啊！

刺骨的春寒让人以为还在冬天，虽然已经是正午时分，太阳还没有中天，阳光也没有意料中的温暖。房间的阴暗和陈旧的家具让人感到一种陌生和冷漠，身处异乡的孤单和失落时时侵袭我的心头。这真是个鬼地方，我心里喊道。

戴科长似乎对这座小城特别感兴趣，一直处于兴奋状态，刚刚安顿好就嚷起来："走啊，上街转转，别看这城不大，还是挺有味道的，来了就好好安下心，吃饱喝足了，再去找刘煜。"

"这满洲里就这么大的地方，还愁找不到他刘煜？"杨科长说，"这家伙绝对跑不了。要不马厂长，我们就先去好好吃上一顿？"

"真心想请你俩好好吃一顿，这一路走来，看得见看不见的沾了你俩不少的光。"

"唉，你这话说得不对，都是弟兄，客气个啥？再说，我与杨科长回去还能报销呢！"

在哈尔滨曾吃过杨科长的一顿饭，这让我总觉得欠了他似的，别的不说，单说这种旅途的陪伴，就该好好地感谢他俩了。无法想象如果是我一个人，如何走到满洲里来。

"百年修得同船渡，千年修得共枕眠。"说的正是一个"缘"字。人生在世，有存有亡，有聚有散，其中奥妙，全系于一个"缘"字。与戴、杨二人虽初次相处，性格脾气也有差异，但缘分让我们仨此刻犹如一家人。

三人出旅馆大门走上了大街，阳光正照在头顶上。

前方路口有一家不太小的酒店，大门口有汉语名为"呼伦湖大酒店"。

"不如就它吧！别的也看不见什么大酒店。"

我存心想请他俩好好吃一顿，眼前这个酒店看上去不差。

"马老板，这酒店嫌高档，还是重找一家吧！省两块吧！"

"杨科长，你这话说的，我可是难得请客，过了这个村可没这个店了。"

"算了，杨科长，就依他吧！"

酒店内的整个格局就是草原蒙古包的味道。老板应该就是蒙古族人，服务员却有很多是汉族人。看得出这个饭店生意一定很好，服务员用汉语推荐本店的特色菜，同时向每人呈上了香浓的奶茶。原先当兵时，我便熟悉这样的礼节，所以在端过奶茶的一瞬间，我仿佛又回到了从前。只是我哪有心思来享受这一切，只想着快点吃完。

三人点了满洲里羊肉和鱼匹子，满洲里的羊是自由放养的，吃的都是草原上生长的牧草，同时因为饮水没有污染，羊肉也就没有了膻味，端上来的大块带骨羊肉香喷喷的，让人垂涎欲滴。

"戴科长，这羊肉才是正宗的，吃出羊肉的香味了！"

杨科长连声发出啧啧的赞美声，右手上拿了一把蒙古刀剔下一块羊肉，再蘸上调制好的配料，往嘴里放。

"味道真是鲜美极了。你们知道吗？这样的羊肉做法又称手扒肉，是牧民的习惯。"看得出戴科长也是个对吃有讲究的人。

只有我没有吃出羊肉的香味，因为我心里苦，嘴里更苦。

"马厂长，这鱼匹子和烧卖大概都是满洲里的有名的吃食。"

"我们淮扬菜精致可口，比它们好多了！是不是杨科长？"

"马厂长，你干吗不吃啊？"

"你们吃，我胃口不好！"

在大草原的边缘城市里享受类似淮扬菜中松鼠鳜鱼的名菜，这对任何人不得不说是一种意外的幸福。可是我的心情一直郁闷着，提不起兴致。

三人在用扬州话交谈着，突然来了一位年轻的服务员，是位二十多岁的小伙子，说话了："你们是扬州的吧？我也是扬州的。"

我一看，眉清目秀的模样，一定就是南方人，而且讲的还是扬州话。

"你是扬州人？"我问道。

"我是扬州人，我叔叔在满洲里工作，我来满洲里已经五年了。"小伙子热情地回答着，又说道，"你们是不是来要债的？最近几个月来满洲里要债的人实在太多了，我们饭店几乎天天爆满，昨晚上还有扬州市外经委的几个人来我们饭店吃饭。说不定今天、明天你们在这儿还能遇到呢。"

"真的吗？"

"小伙子，你告诉我，在满洲里有没有一个叫陈巴尔虎路的地方？能告诉我怎么走吗？"

我迫不及待地问起了小伙子，那个该死的刘煜的外贸公司地址早已深深地刻在了我的脑海中。还有那个38号，似乎是个不太吉利的数字。

戴、杨二人酒足饭饱的样子很满足，一定与我神情恍惚的样子大相径庭。我真有点羡慕他们二人的悠闲自得。

这顿饭我结的账，杨科长却跟着我，要饭店开发票，反正我也不要什么发票，不如给了他。他说等以后回了扬州，再请我喝酒为谢。我虽觉得好笑却又笑不出来，也同样理解杨科长的做法。

三人终于找到了陈巴尔虎路38号，可呈现在我们面前的竟是满目的苍凉和残败的迹象。大门被封条封住了，而且有被砸坏的痕迹，从门洞向内张望，里面一片狼藉，空无一人。

我惊呆了，想了好多种见到刘煜时的情景，唯独没有设想到这样一幕。我的心一下子沉下来，再沉下来，此时只想做一件事，那就是哭。如果哭能解决问题的话，我愿意哭三天三夜……

杨、戴二人也惊呆了，这样的始料未及，谁能够承受？

对于绝望，我经历过很多次。

就感情而言，绝望是一种折磨。周燕虽然给过我绝望，但这种痛苦很快便过去了。那时候我年轻，想女人想得虽苦却很朦胧也不具体，烦恼很快就消失了。像一篇文章中出现的一个小小的标点符号而已：可以作为逗号，只做秒的停顿；也可以作为句号，是一个阶段性的总结。

而鄂丽却不一样，鄂丽是一段凄美的章节，无法删除，也不可删除。与鄂丽生离死别的爱情是刻骨铭心的回忆，至今难忘。那时候，我感觉到世界末日的来临。那是一种绝望，我宁可陪她一起去死。

可是，如今的绝望已不是感情上的，而是有关身家性命的另一种概念的绝望。感情的绝望只伤害一个人，此刻的绝望牵涉到了一个工厂，一个大家庭，还有我的女人乐园园。

我躺在地上，没有一滴眼泪，只希望这一切都在梦境中。我才三十来岁，人生的路正在走，生意才刚刚起步，钱还没有赚到就出了这么个大豁子了，不甘心啊。地上是水泥地，冰凉的。杨、戴二人看到我躺在地上，连忙来拉我。

"我完了！我站不起来了。"我躺在地上不想起来。

"没有完，马老板，怎么可能说完就完了呢？刘煜这个狗日的，就是挖地三尺也要把他揪出来。"杨科长此时正咬牙切齿地说着话。

"你要坚强点！"戴科长边说边来拉我。

"你不能这样倒下去！"杨科长也来拉我。

"好，你们别拉我，我自己爬起来。"

我推开他们的手，从地上爬了起来。我知道躺在地上是解决不了问题的，当过五年兵的人，岂能轻而易举被击倒？更何况头绪还没有理清楚。杨、戴二人的表情虽然有些痛苦和焦虑，但比起我，倒有点像是在演戏。

"马老板，我们该还没有到山穷水尽的地步，想想总有办法的！"戴科长拉了我一把，表情严肃起来。

"我们都别慌，该将一将头绪，要不立马去公安机关报案，这无厘头案我想该这样去解决。"杨科长若有所思后，开口了。

"天无绝人之路，一定会找到这个狗日的！天不该绝我，不该绝我……"我喊出了声，此刻我觉得比死亡来临更可怕更无助。

有个男人也蹲在刘煜公司的门口，默默地流着眼泪，看到了刚才的一幕。

"你们也是来找刘煜的吗？"这个男人好奇地问。

"是的，我们是来找刘煜的。"我连忙说道。

"你们是哪里人？"他已不再哭了，关心起我们来了。

"我们是江苏人。你呢？你是浙江人吧？"我朝他看了看，听他的口音听得出来。

"是的，我是浙江温州人，我来好几天了。"他一脸的忧伤。

"听得出你是浙江口音。你与他做的什么外贸生意？"杨科长上前问道。

"做的皮毛服装！这次是三百多万元的货！你们呢？"他等着我们回他的话。

"我们三个也是服装，也都几百万元！"戴科长说道。

"我是私人企业，不像你们是国有的。"他无限伤感起来。

"我也是私人企业……"我连忙回了他。

我们就这样认识了温州王，一个看上去大我几岁的男人。

"我来了好多天了，找遍了也没找到他的人，真想砸了他的门。"温州王此时正发着火，眼睛瞪了一眼刘煜公司的大门。

不知怎的，听着温州王的话我突然想到了陈兴伟，觉得这个男人就像陈兴伟，长相、声音还有表情都像。只是陈兴伟如今应该成画家了，再也不用担心沙漠遇狼的险境，更不会像我一样重返内蒙古来经历如此暗无天日的日子。

"那你去过哪些地方了？"我连忙问道。

"我除了来这里若干次，还去了公安局、工商局和税务局，他们都说刘混账的这个公司倒闭了，有很多人报案。大家都在四处找他。"温州王低下头，又蹲在了地上。

"走吧，我们盯着他问能问出个什么名堂？不如我们赶紧去别处想想办法。"杨科长拉起了我的上衣使劲地拽着，说道，"刘煜真他妈是个大骗子，狗日的东西！"

"是个大骗子，我去他家两次，连他老婆都说他是个大骗子，已经大半年不归家了，跟她早就分居了，他老婆说他早死了。"温州王突然哭了起来。这一哭让我更觉得他像陈兴伟。

"你真去过他的家啦？"我问的都是关键的问题。

"真的去过了，去过几次了，我可以带你们过去！"温州王的话让我心里稍微舒服了一点。

我们四人默默地走在大街上，街道很宽，车辆少，行人也不多，偶尔看见苏联人慢悠悠的身影。四人谁也不吱声，各自怀揣着心思。

满洲里城西树林街的一条深巷里，我们敲开了一户人家的大门，房子虽然旧却收拾得很干净，一个四十多岁的女人开了门，面无表情地说道："请别再上门了，我被他骗了十几年了，他一定躲债躲到苏联了！"说完话便很有礼貌地低头行礼，随后就关上了大门。

"哎，别关门。"

"来这儿是找不到人的，你们别来了！"女人在门里发出了声音。

我们站在门外半天没回过神来，我甚至后悔刚刚的敲门，那女人一定就是刘煜的老婆，一个被刘煜骗了十几年的女人，竟是如此的沉着冷静，这让我不禁心生佩服。

这里的太阳下山下得很迟，快七点多已经是中央电视台《新闻联播》的时间，外面还如白天一般的明亮。我期盼这个黑夜永远不要到来，因为黑夜意味着漫长的等待。

刹那间，我想到了乐园园，那个情愿为我牺牲一切的姑娘，现如今正在替我遮风挡雨，她的世界里黑夜一定早已来临了。

四人就这样组成了一帮，竟鬼使神差地再一次走进了呼伦湖大酒店。

"啊，太巧了，正说着你们呢！"还是那个扬州的服务员叫了起来，"王主任，刚刚与你说的扬州的三个人来了！"

此刻呼伦湖大酒店显然比中午要热闹得多，四人走进饭店便看见了一桌四个人，一定正是扬州服务员所指的王主任他们。没想到戴科长竟加快了步伐向前奔去："王主任，王主任，原来是你们在这里呀！"

"噢，是小戴，你们什么时候到的？"被叫作王主任的人上前拉住了戴科长的手，看上去四十多岁，个头不高，眼睛不大，嘴唇很薄，一副精明能干的样子。

"杨科长，马厂长，这是我们扬州市外经委的王主任！"戴科长猛地兴奋起来。

"太好了，这下好了，我们当请王主任帮帮我们！"

我看了一眼王主任，慈眉善目的样子，觉得应该是个好人，便快速走上前，一把抓住王主任的手，紧紧地不松开，眼泪直流了下来。

这让初次见面的王主任很是不安，尽管我知道这个王主任并不一定能够帮上我们，但还是未能控制自己哭出声来。王主任心生同情，没想到来内蒙古还能遇见老乡，嘴里不停地说："别着急，一定会有办法的，一定会有办法的。"

我对他讲了我们的事情，王主任听完却沉默了。此刻所有的人都凝神屏气地看着王主任，等他开口。

终于王主任深深地叹了口气："你们这件事麻烦大了，目前苏联已经解体，估计苏联国内一片混乱，边境贸易最近是绝对不能做的。我这次来的目的，就是考察边贸市场的，满洲里这里的地理地貌都适合边贸的发展，但不是现在，要等苏联国内太平，我估计得五个月后。"

王主任看着我又说道："你父亲是不是教育局的老马啊？"

"是，王主任！"

"小马，别太伤心，留得青山在，不怕没柴烧！这次苏联解体所带来的国内国际混乱，让它与好多国家的边贸关系到了岌岌可危的程度。不到最后一步，你们都不要灰心丧气。另外，我明天来联系满洲里的外经委，看他们能否帮上你们的忙。"

王主任的一番话似乎让我们三人都吃了一颗定心丸，在一旁的温州王似懂非懂地点头，好像对扬州口音实足的王主任的话也心领神会了。

王主任招呼我们四人与他共进晚餐，说不必顾虑，这顿饭由他请了。戴科长显得有点不好意思，就这么个交情还让王主任破费，而且还带了三个人，可转念一想，反正王主任是出差，这些开支都能报销，吃就吃一顿吧，也正好算是他的人情。我和杨科长该会明白这一点，都是出来混的人，谁的心里还会没个数。

杨科长显得心不在焉的样子，从开始喝奶茶到结束吃烤全羊，一句话也没有。我看在眼里却无法理解，此刻谁还会去关注别人，人人都在盘算自己的心事。我在祈祷明天的结果，王主任此刻成了我们最后一根救命稻草。

四人与王主任晚餐后便分了手，并约好明天中午还在这个呼伦湖大酒店碰头。

走在大街上，我感受不到一丝凉意，酒精的作用让我壮了胆，浑身也发了热。温州王跟我们不在一个旅馆，没走几步便分手道别了，并约好明天中午再见。

"我想出去走走。"杨科长突然说话了。

"干吗？天已经黑了，别找事！"戴科长坚决不让，"这黑灯瞎火的满洲里，似乎危机四伏！"

杨科长突然吹胡子瞪眼起来："你当我是个三岁的小孩？我这是跟你们一起出来的，我平常出差天南海北一人在外闯荡，不都好好的吗？放心吧，老弟！"

我虽然酒喝多了，但心里似乎早就明白了杨科长的心事，只是烦着自己的事情不想去在意别人。

睡到半夜，我酒醒了，而且是完全清醒了，窗外的月光洒落在我的床上。我回忆了一下昨晚上发生的一切，下意识抬头看了看杨科长的床。一看是空的，再举起手借着月光看了看表，不禁失声大叫起来："哎哟妈呀，快凌晨三点了！"

我迅速坐了起来，不知如何是好！我这一叫把戴科长也叫醒了，睡意朦胧的戴科长一下子神色慌乱起来。

"怎么办？他人会到哪儿去了呢？我不让他出去就是怕他出事，先前我早就听说他好嫖，这满洲里可不比内地城市，弄个什么事出来，找人帮忙也找不到！"戴科长坐在床边上点了一支香烟抽起来。

两人默默地坐在床上，耳朵竖起来听外面的动静。

"这好嫖的人，是谁都管不住的，就像抽大烟，瘾来了，绑起来也没用。"戴科长说着话，显然一副担心的样子。

我们俩都睡不着了。

我向戴科长要了一支烟也抽起来，并开始后悔昨晚上应该与戴科长联合起来不让杨科长单独行动。这一波未平一波又起，我干脆穿上衣服在屋内踱起了步子。我在梳理头绪，一会儿是自己的事情，一会儿是杨科长的事情。事情虽然不同，可都是一样的心情，担心、害怕、恐惧和无助……

戴科长一支烟的工夫没到又倒下睡着了，发出微微的鼾声，我也和衣倒在了床上。

天快亮的时候，一阵狂乱的敲门声响起："咚咚咚咚……"

我和戴科长都惊醒了，我应声而起，赤脚奔向了房门。

"谁啊？"

"是我！"

听出是杨科长的声音，我连忙开门。浑身是血的一个人闯了进来，我定睛仔细一瞧，大声呼叫起来："妈哎，怎么伤成这样？是杨科长！"

"怎么回事？怎么回事？"戴科长不停地问。

我开了灯，看到杨科长的额头上一道伤口鲜血直淌！杨科长一副惊慌失措的样子，人似乎还在颤抖着。

"谁打的？凭什么打人？"我仔细地观察着伤口，喊道："戴科长，不好，还是要送医院，这伤口太深，怕这样下去会出血不止的！"

"是那个女人的丈夫，那个女人给我下的套，我上了当。事情没干成，他们几个人一起打我，我贴了五百元给他们，他们还是打……"杨科长滔滔不绝地说着，并不伤心，像在说别人的事情一样。

"哪个女人？"戴科长问道。

杨科长没有回答，但我知道一定是在火车上遇见的那个女人。我开始佩服起杨科长的勇气和本领来，这茫茫夜色笼罩下的满洲里，杨科长究竟怎么找到了那个女人的？

我让戴科长赶紧去把杨科长的毛巾拿过来，再在脸盆里倒些温水，开始帮杨科长洗擦伤口。用手抠掉血凝块，发现鲜血汩汩地往外直流。根本看不清前额头渗血的创口有多长，盆里的大半盆清水早已经染红了。

这情景让我想起小时候，有一次与小六子一起把隔壁机关大院的一个叫小强的男生推倒在地，那男生的头正好碰到了路边的石头，顿时鲜血淋漓。小强很坚强，一声不吭，从头到脚整个一个血人。医院里，我母亲手上拿着一瓶消毒水往小强头上倒着，另一只手拿镊子夹着纱布清洗创口，消毒水流进了污物桶，污物桶里的水也是鲜红鲜红的……

眼前的杨科长同样也是一声不吭，似乎一点不疼，一点也不痛苦，倒看得别人心疼。他似乎还在盘算着别的事情，就是刚刚发生的，一脸的不服气，嘴里还不停地冒出一句："妈的，想想就怄气，被个女人耍了。"

"不行，杨科长，我们一定得上医院，这下手也太狠了，这儿还有一处伤口在流血！得赶紧用毛巾捂紧了上医院去！"

我是医生的儿子，见惯了这样的场面，可没有想到的是，一直站旁边看的戴科长突然向后一倒，只听"哐当"一声，他整个人平躺在地面上，脸色苍白。

我一看，嘴里说了句："不好！休克了！"连忙丢下杨科长去扶起似乎失去知觉的戴科长。我知道这是医学上一种常见的血晕症，是人在看见血液后一种极度的晕厥现象，得赶紧救治。

戴科长身子很胖，我试图去搀起没有成功，于是跪在地上，双手不停地拍打着戴科长的脸，口中大声呼喊着："戴科长，你醒醒！戴科长，你醒醒！"

戴科长在我怀中慢慢睁开眼睛，脸上头上在冒着虚汗，问我他这是在哪儿，似乎不记得刚刚发生的事情，一看自己躺在地上，连忙支撑着要站起来。我扶他爬上了床，戴科长嘴里说着："太吓人了！"

我随手给戴科长倒了杯水。

"戴科长，别担心，你喝口水便没事了！"

"谢谢！多亏了你，我听你的！"

我看着他喝了水躺下，并给他盖好了被子。

"感觉怎么样？"

"没事了。放心吧！刚刚是太紧张了！"

我于是放了心，转身再去看杨科长。

杨科长双手拿着毛巾捂着头坐在床边，没有被眼前戴科长的模样吓到，似乎还惊魂未定在自己被打的场景中，同时又在懊悔着钱的事情，嘴里大骂道："这个女人给我下了个套，我不光损失了五百块，还挨了顿打！五百块啊！"

我不再迟疑，也不关心他说什么，穿上衣服，拉起杨科长便向门口走去："走，我们必须去医院，否则你会死的！"

"可是，可是马厂长，我身上没钱了。"

"别管这么多，我身上有！"

杨科长手里拿着毛巾紧紧地按住出血的创口，像个犯了错的孩子跟着我走出了旅馆。

等走出医院大门时，天已经快亮了。路边电线杆上的灯泡还亮着，满洲里的街头已经开始有来往的行人。杨科长头上打着绷带，一脸的惆怅。我这才发现杨的脸上青一块紫一块的，还有些斑斑点点被抓的痕迹。我什么话也不想说了，只觉得他活该，净干些偷鸡摸狗的事情，没什么值得同情的，脚下也加快了速度。

"回头把看病的八块钱还你，我身上的钱被他们这群强盗给掏空了！"杨科长直至现在，脸上才有了正常的表情，有些羞愧和内疚。这大概是他情史上唯一的一次耻辱，只可惜连报仇的机会也没有。

我觉得这件事情也太蹊跷太戏剧化了，一直百思不得其解的是，杨大科长是如何找到那个女人的？我想问又没有问，也没这个心思问，只想回旅馆好好睡一觉。心中唯一想的就是中午在呼伦湖大酒店还要与王主任接头，那才是重中之重的事情。

"那个女人临走的时候塞给我一张纸条，上面有地址，白天找她的地址与晚上找她的地址不同！"

杨似乎在做痛苦的回忆和解释，根本不需要我问，自己讲开了，也算是把我当作了唯一可以倾诉的人。

"昨晚上找到那女人时，进了屋发现没有其他人，那女人把门一关，我便上前抱她。女人喊快活，要我睡了她，我便把那女人按在了床上。我刚解开那女人的上衣扣子，便听见有人在敲门，随后门便被踢开了，那女人的男人带了三四个男人进来……开口便要钱，一是搞他女人的赔偿金，二是修门的钱。我刚说没钱，四个男人便对我拳打脚踢，随后又搜了身，那女人站在旁边若无其事。"

杨科长说话的时候很气愤，这个表情与早上进门时截然不同。早上是惊魂未定的麻木与恐惧，而眼下这个表情让我看了反而放心多了。我一直担心杨会受什么刺激，精神变得异常，现在看来应该没事了。

这杨科长说到底还是个老实人，只能剩下挨打的份儿了。这么老老实实地向我汇报真实情况，大概一半是出于对我的感谢，还有一半是因为八块钱是我出的，我于是有资格拥有知情权。

回到旅馆，戴科长早已起了床，脸色也不错。桌上放了一只不锈钢大脸盆，上面用另外一只脸盆盖着，旁边还摆放着三只碗和一堆筷子。看见我与杨科长进门，他脸上顿时露出了惊喜和欣慰的笑容。他笑着盯了杨科长半天，最后握起拳头在杨的肩上打了一下，大笑着说道："你这不要命的色鬼，这下好了，终于挂上了风流的彩，恭喜你！"

看着杨科长一脸的不开心，戴科长转过来对我说道："马厂长，我知道你一定辛苦了，刚刚我在楼下的小面馆下了西红柿鸡蛋面。这里的面馆够大气，我说是三个人吃，就让我端着一脸盆上来了……快吃吧！"

我这才意识到饿了，折腾了一夜，饥困交加，自己盛了一大碗，吃完倒头便睡。耳边只听见杨、戴二人在"呼哧呼哧"吃面条，然后便再也没有了其他的声音……

三

　　刚刚杨科长被救似乎真的是运气好，碰上了我，否则谁也不可能那么及时去救他。

　　他就像猫偷了腥被打一样，只是猫永远不知道自己错了。

　　一觉醒来，发现天已经大亮，头也有点发昏。我刚刚做了个梦，梦到自己跟一个女人睡在了一起。女人的脸没看清，只觉得两人浑身湿透了，我抱着她，一起跨越了一座高山……

　　高山之巅的神奇快感虽然就几秒钟，却停留在了我的记忆中，莫非这是场春梦？这当然是春梦，我又不是少年，还害羞啥？从十八岁就开始做的这种梦，从来就没有做厌过。这大概是每一个男人的特权，只限于梦的意识中。

　　只可惜没有看清梦中的女人是谁，我似乎在梦中满足了，这不是"强奸"，那个没看清的女人是自愿的。这与杨科长性质不同，杨科长是中了别人的圈套，心思未遂，还遭了报应。

　　想着想着，我感觉到了内裤的潮湿，不知不觉地伸手去摸了一下，发现内裤黏糊糊的，才知道刚刚梦中竟是假戏真做了，不禁伤心自责起来。这眼下发生了这么多的事情，居然还有空在梦中逍遥。离家好久了，也不知家里的情况怎样，可是我这里一点儿眉目也没有，怎么向家里人交代呢？

　　时间已经快十二点了，我再次定了定神，爬起来伸头看了看，发现杨科长也还躺在床上。可以理解，他可是吃了一夜苦头的人，这满头的绷带缠绕着，一副滑稽可笑的模样，估计一时半会儿也不会起得来。戴科长半倚在床头发着愣。

因为早饭吃得迟，估计大家肚子一定也不饿。

"这刘煜害苦我了！"估计戴科长这才开始静下心来思考自己的损失。

"我们扬州服装厂与刘煜的这笔近五百万元的生意如若搞砸了，对扬州服装厂可不是个小损失。"

"你们可是大厂。"

"大厂又咋样，厂是倒不掉由国家支撑着，估计工人一年半载的发不出工资奖金了，我本人也会损失惨重。一个厂的销售科科长的全年奖金也就泡汤了，老婆那里也不好交代……"戴科长说着说着伤心起来，头也耷拉了下来。

"怎么啦？现在才想到这些问题。"我问道，其实并没有心思去关心别人。

"一路上一直没怎么悲观过，只因没有想到事情的严重性，总觉得该着急的是私营企业，我们国有企业没有惊慌的理由。"

"是啊，你们国有企业怕什么！"

"可是，如果厂子倒闭了，只怕今后连工资也拿不到了。"

"这恐怕不会吧。"

"会的，企业倒了，工人都会下岗，到时我也跑不掉。"

"有这种可能性吗？"

"有！当然有！不行，必须要找到刘煜，可不能这样白白损失，要不然回家也不好交代。"

"嗯，我是拼死也要找到他。"我回答得很坚定。

戴科长的神色也凝重起来，人只有在切身利益受到伤害的时候，才会真正地理解什么叫危机。

我与戴科长为了如约赶往呼伦湖大酒店，把杨科长一人留在了旅馆，走的时候跟杨科长打了招呼，让他好好休息。杨科长半梦半醒地应着，似乎很瞌睡，又很痛苦，总之开始有点难为情了。

"你就好好歇歇，等我们消息吧！"戴科长说道，并朝我挤了一下眼睛。

"我这样子见不得人了，真不好意思。"杨科长头脑开始清晰，知道羞愧了。

"这笔风流债，你得好好记着噢！哈哈哈！"戴科长边说边笑了起来。

杨科长好好来的，没想到来满洲里第一天便挨了一顿打，而且还在额头上留下了终身的印迹，虽说回家告诉老婆时可以编个天衣无缝的谎言，可内心一定后悔莫及了。

"你好好歇息，也别想那么多。"我说道。

"什么也没干五百元没了。"

"想想命还在，你没亏。"

"你幸灾乐祸了，你额头的疤是咋回事？"

"你还有心思揭我的短！？"

"哈哈…"

我这才发现，巧了，两人的额头上都有疤痕。

戴科长似乎还有心思继续与杨科长对话，我一看时间不早了，拉起戴科长便走。

温州王早已到了，已经与扬州外经委的王主任他们聊开了。看见我与戴科长进来，忙问还有一个人呢，我说了句他身体不舒服，其他人便再也没问起杨科长的事情来。

王主任告诉我，已经找了人，并且知道刘煜公司的全部情况，找的这个人让我们下午去一趟满洲里西街98号，见了面再了解具体情况。

这似乎是个有用的消息，不能算是坏消息，当然也有可能是好消息。只可惜，王主任一行四人下午便要坐火车离开满洲里。考察的结果自然是目前全部否定了满洲里，特别是看到来自扬州要债的我们，便没了一点儿信心，也知道来得不是时候。

我与戴科长还有温州王三人吃了饭便一同上了路，我手上攥着王主任给的纸条，按着上面写的地址出发了。找到了这个人，是否就一定能找到刘煜呢？没人心里有底。

在一片破旧居民小区的楼道口，一个老人说要收两块钱才能告诉我要找的人在哪里。我想都没想就给了他两块钱。这满洲里的人大概天生都会做生意，一路上连问路找人已经一块两块地花了不少钱了，连这个老人都知道对于我们来说要找的这个人一定非常重要，否则也不会说要两块就给两块。可见得这满洲里处处都有商机，外地人来找人要债似乎成了满洲里老少皆知的事情。

要找的男人终于找到了，是刘煜公司的办公室主任，汉族人，四十多岁的男人，胡子拉碴，宽宽的额头，厚厚的嘴唇，看上去像快要六十岁的老人。

这个男人神色紧张而恍惚，见了面便说："我只是个打杂的，其他事情我一概不管。"

我一听急了，几乎快要跪下来求他了。

"求求你帮帮我们，刘煜人现在究竟在哪里？"

"不知道，真的不知道，求我也没用。"

这家伙始终说不知道，弄得温州王快哭了。

"你就可怜可怜我们吧！"

我于是从裤袋的里层掏出一张十块钱塞进了这个男人的手心。这男人手上捏着钞票迟疑了半天，支支吾吾地说："我也不能肯定刘老板是否还在境内，我好久没见他了。他，他与老婆关系不好，找他老婆一定没用，他老婆巴不得他死了。他平常住在另外一个女人那里！"

这个男人说着话，眼睛扫视着四周，手在做着要写字的姿势，我连忙从包里拿出了纸和笔，他随即在纸上写了地址。

我们三人拿着用十块钱换来的纸条又上路了。夕阳西下，我的影子在地面上很长很长……我不知道，前方的路究竟还有多长。

满洲里的街道并不宽，街道也不长，周边的草原牧场却大得出奇，从东城进到西城出只要一个时辰，再由西城绕南城向北城，三个小时不到即可全部走完。这对于当过兵的我来说毫不费劲，更何况心中尚有着希望和幻想，可是这对于戴科长和温州王来说却是一场体力的考验。

上午刚刚休克过的戴科长虽然气色不太好，但精神却很亢奋，毫无怨言地跟在我身后，一定是佩服起我来了，嘴里说着："马厂长，你真是能做大事的人！"

"这还什么也没做成便快倾家荡产了，我只是体力比你们好而已。"

我不想再说什么，心里比谁都急。天黑前，我们按着纸条线索找到了刘煜的另一个女人。在一个六层居民楼的三楼，我敲开了大门，门打开后，三人都吃了一惊。

这女人并不如刘煜的老婆漂亮，却有一双厚厚的性感的嘴唇，眼睛也不大，腰却细得出奇，后臀更显上翘。见到是三个男人找上门来，她先是惊讶，很快脸上便露出了天真而幼稚的神情。

"这刘煜真他妈的有艳福。"戴忍不住说道，用的是地道的扬州方言。

女人一定没有听懂戴科长说话的内容。可让我吃惊的是这女人跟刚刚写纸条的男人竟有惊人的相似，宽宽的额头，厚厚的嘴唇，紧张而恍惚的眼神，一看便知这女人八成是那男人的妹妹。

"你们什么人？找谁？居然能找到我门上？"女人显得紧张地说道，"是谁让你们来找我的？"

"对不起，能告诉我们刘煜在哪吗？"温州王哀求道，"他欠了我们的钱。"

"他在哪里与我无关，他也还欠了我的钱呢！谁这么缺德，告诉你们我住这儿？对不起，你们请回吧！"女人摆出了故意生气的样子。

我把头伸进大门环顾了一下，觉得屋里没什么动静，这女人看上去不像说谎的样子，似乎一点儿也不反对我进门。我迟疑了片刻，决定还是不进门，万一这女人闹起来，也不好收拾。

我把手又伸进裤子的内层口袋里，在这样隐蔽装钱的口袋里我抽了两张。我知道，这个时候只有钱才是万能的，别说是这兄妹二人，人人的爱好都是相同的。

女人接过我递给的二十元，朝我撒娇地问道："这位大哥，你先告诉我谁告诉你来这里找我的？"

"当然是你哥了！"戴科长答道，这句话一说出口让我很惊讶也很佩服，原来并不是我一个人看出这女人与刚才那男人的兄妹关系。只是这一路上付的问路钱，戴科长是一分未掏。

"这个该死的，从来就没一点出息，连自己的亲妹妹都出卖！"女人气愤地咒骂。

"我告诉你们刘煜可能去的地方，你们千万别说是我说的！他已经好久没到我这里来了，一定犯了什么事，找的人是一波接一波。"说完，这女人头发一甩拿着二十元回屋里去了，转身的时候朝我们神秘一笑。

我们三个人会心地一笑，戴科长笑得最得意。

"怎么样，果然是兄妹！瞧我的眼力。哈哈哈！"

我此时心中还有一个疑问，看到女人拿着一张纸出来，连忙接过纸条，看了又看上面的字，反复念两遍，唯恐这女人写错了。这女人的字也太挫了，看半天我才看明白。

我拿起笔把纸按在墙上重新写了一遍才放下心来。

"谢谢你，我想问问，刘煜的孩子跟谁过？"

这个问题从第一次敲开刘煜家门的时候，我就想问了，因刘煜老婆一副不好说话的样子，我才忍住没问。

"噢，他没孩子！"女人笑了起来。

这个回答让我很不舒服，甚至让我失望起来。原先以为，人再绝情对自己的骨肉总会有无法割舍的情怀，孩子在哪儿，那他一定会出现在哪儿。我同时又有点可怜刘煜，连个后也没有，这两个女人还没一个爱他。

"大姐，你能告诉我，你写的这地方是啥地方，与刘煜有什么关系？"我想搞清楚这个重要的问题，以此判断下一步的目标是否有希望。

"小兄弟，这是他父母家。"女人一说出口，我便开心了。收起纸条说了声谢谢，起身便与戴和温州王下了楼道。人再绝情，也总是父母所生，早该想到他的父母家才是。

天已经黑了下来，温州王突然有了个主意："马厂长，戴科长，我们现在就先回宾馆，等半夜起来再去寻！"

"半夜起来连个问路的都没有，你到哪里去摸？"戴科长说道。

"我看这样，明天白天我们先摸清地址，晚上再去敲门。也别搞到深更半夜，千万别吓坏了老人。"

我的想法一说，三人便达成了共识。

满洲里的夜一下子凉了下来，从呼伦贝尔大草原上吹来的风很野劲，也很清香，一下子驱散了我心中的一层忧虑，我似乎有了信心，也看到了希望。

回到旅馆，杨科长已经起来了，正在房间里来回踱着步子，看起来他情绪稳定多了。一看见我们回来，他脸上露出了笑容，把头上的绷带都笑移了位置，手不由自主地去扶正绷带。

"快急死我了，把我一人扔下，还到现在才回来，我担心你们一天了。"杨科长一把拉我坐到床边上。

温州王看着杨科长傻了，呆站在那儿半天说不出话来："杨科长，你这是怎么啦？谁欺负你成了这样？"

"谁会像你一样，呵呵！"

戴科长调侃起了杨科长，但又怕伤了他，只是两人都不回温州王的话。

"要不明天我们去想办法借三辆自行车，这走路太累了，办事效率也不高！"

我更没心思回答温州王的问题，只感觉太累了，便四脚朝天地躺下。

我闭上眼睛，心里骂着刘煜这个狗日的，头碰上枕头就睡着了。

半夜醒来，只觉得满脸是泪水，枕巾也湿了一大片，想想一定是刚刚做梦时流的眼泪，不由自主地坐起来。想半天也没想起来做的是什么梦，我叹了一口气，才算平静下来。

早晨醒来第一件事情便是看时间，窗外已开始发亮，一看时间还早，我又闭上了眼睛。那边杨和戴似乎还没有醒来，我便独自盘算着这一天的计划。

先想办法搞上几辆自行车，然后出城去找刘煜的家。出城，为什么说是出城，似乎字条上写的地址不在满洲里城里。

我就这样反复盘算着，想起了自己曾经发生过的一些事情。长这么大，做过不少好事，但也干过很多坏事。

记得我与小六子拿牙膏皮换糖，敲斫糖的老头常常被我俩捉弄。有两次小六子拿起牙膏皮和斫糖直奔，老头追小六子去了，而我则端起糖摊子躲了起来。卖糖的老头没追上小六子回头看看糖摊子也没了，急得团团转，有一次甚至急得坐地上哭了起来。而我和小六子，却躲在旁边哈哈大笑……两次以后，老头再也不敢在这一带出现了。老头挺自觉，知道这个区域惹不起，全都是干部家属，这些小孩没一个好东西。

这故事并不好笑，一个靠卖斫糖为生的老头，竟是那样地被我耍弄，我真不是个好东西。

"哐当！"声音好响，我一下惊醒并从床上坐了起来。

睁眼一看，杨科长已经起来了，刚刚那响声是他发出来的。

"对不起，我把不锈钢脸盆摔地上，把你们搞醒了。"

杨科长自从被打后显得格外深沉，与之前的油嘴滑舌判若两人，我反倒有点不适应了。头上的绷带已经错位得乱七八糟，他干脆用力把绷带往下扯。看着他的样子，我有些想笑。

三人同时走出了旅馆，第一件事情就是分别去借自行车，约好借到后在旅馆门口集中。我下意识地去摸了摸口袋里的那张纸条，这是一根救命稻草。

旅馆虽然在一个深巷里，可人气却很旺，迎面看见温州王骑着自行车来了，满头大汗，车上驮着行李。我心想，这浙江人到底是浙江人，脑子活，还真搞到了一辆车，看样子是要搬过来住，跟定我们了。

"马哥，我搬来跟你们住了。"

"好啊，这样便方便了。"

"你本事真大，真搞到一辆车。"

"那里有个修车的，手上有不少二手车。十块钱一辆，骑起来还不错，我带你们去。"

"真的？好啊！"

"好！"

太阳升起来的时候，气温很快上升了，我们一人用十元钱换来一辆旧的自行车，四个人一起骑在了满洲里的大街上。一路上不停地下来问路，果然刘煜的父母就是居住在城外的牧民，而且离城很远。

穿过了一条又一条马路，似乎前方就出城了，抬头看远方，蓝天下飘着片片的白云，大片的草原展现出绿色的生机。在我的眼中，每一处都像是一幅油画，苍茫而又寂寥，有春的生机又有冬的宁静，可这样的景色似乎跟我没一点儿关系，我根本不感兴趣。

杨科长的表现很积极，似乎在努力弥补着昨日的缺席，额头上的绷带早已不在，纱布也丢了，只留下一道长长的缝合创口，被风吹着。

四个人的表情都很严肃，温州王一个劲儿地问我："马哥，要是找不到刘煜，下一步该怎么办？"

我没有回答他，我哪里知道下一步。我开始有点嫌他烦，这好哭的男人太迂，总给我出难题。可总算是个落难的人，同病相怜吧，便也无法讨厌他。

"走一步算一步吧！"

中午时分，太阳热起来了，我们四人按着地址到了满洲里东城外约二十里。在一片高低不平的山坡上出现了一个小村落，房屋参差不齐，错落有致，家家户户的院墙都有门楼。

在村口，我们的骑车队伍吸引了很多村民，四人停下脚步，开始问路。反复问了好几个人，确认了刘煜家的位置，似乎村上人人都认识刘煜。

我再问村民："请问，最近有没有见到过刘煜？"

村民都否认最近见过他回来，其中一个说："我就知道他迟早会出事的，这家伙从小胆子就大！"

这句话让我们四人如被一盆冷水从头浇到了脚。

敲开刘煜家的大门时，我彻底地绝望了。一个老太太开的门，一定是刘煜的母亲，是个七十多岁拄着拐杖的老人。黑黑的脸给人的感觉很脏，再看看家里，想必儿子离家，老人长期一人生活，家里邋里邋遢一片，人根本无法下脚。与她对话也很费劲，她一直在做着手势告诉我们，她也不知道儿子刘煜去了哪里。

没想到是这样的结局，刘煜一定是失踪了。也许是躲起来了，也许是逃到了某个我们永远无法找到的地方去了。我的头皮开始发麻，双腿开始发软。

我们僵在那儿不知如何是好，老太太突然抓住我的手，嘟嘟地说了一些话。她的手冰凉，很粗糙，劲也不大。没有明白她说的是什么，但看着她的样子，我心里害怕起来。

"她说，如果你们看到她儿子，让他快回来，她有话要说。"旁边站着一个村民帮着解释道，"她病了好久了，一定是想她的儿子了。"

"看样子她没有说谎。"戴科长沮丧地说。

"马厂长，这儿非久留之地，我们回去吧！"杨科长显得有点不耐烦了，不停地用手去摸头上的伤口，似乎在担心着什么。

"我恨不得杀了他。"温州王话一说出口，我便立马用眼神制止他，在这里岂能讲出这样的话，真的是不要命了。杨、戴二人也给我使眼色，我知道是离开此地的意思。

天黑的时候，四人才骑车进了满洲里城。因为路不熟，从城东一直骑向了城西，路上谁也不说一句话，我心中满是悲伤和绝望。有大鹰从头上飞过，发出了凄凉叫声，我循声望去，心中顿生哀怨。昏暗的路灯下，彼此看不清对方的脸，只有双脚在无力地蹬着车，盲目地继续向西前行。

远远地看到在路的尽头伫立着堡式岗亭一样的建筑，有点怪异的感觉，约三层楼一样高。

再经过一个红绿灯路口，能看见岗亭前有四位全副武装的解放军战士正站岗执勤。路口有一石碑，很敦实，约一米高，刻有两个汉字：苏联。看到这里，我绝望起来，似乎路已经走到了尽头。

夜色给满洲里蒙上了一层神秘的轻纱。此刻，我的心中有着说不出的绝望和孤独，难道无路可走了吗？

这是满洲里与苏联的边境，也是中华人民共和国与苏联的国门。一切都那么神秘而庄严地展现出来。

中式岗亭像炮楼又像城墙，一道弧形拱门横架于岗亭的上空，岗亭中站立着两位执勤的军人。

"马哥，这一定便是国门了！"温州王问我，我其实也是第一次看见国门。

"还用说吗？一定是！"我盯着前方回着他的话。

"那么那边就是苏联了。"他显然有些胆小，说话的声音低了下来。

"嗯。"我不假思索地回了他。

"刘煜一定在那边！"温州王在自言自语。

"谁知道呢？"我是真的不知道。

苏联就在前方，就这么简单。可是我过得去吗？

抬头向通道的远方看去，对面苏联的岗亭与这边不同，是欧式风格的建筑。黑暗中觉得有着礼堂的威严，又有着教堂的肃穆，高大的苏联士兵正全副武装地站立在两旁……

我几乎看呆了，我有了一种幻想，或者说有了一种预感——刘煜一定就躲藏在对面，一定！

"马厂长，我们回去吧！"杨科长显得不耐烦了，风已经吹干了他额头上的创口，上面结上一层厚厚的血痂。

"我们该回去从长计议，站在此地总不是个事儿。难不成我们还能跑到那边去？"

"我们走吧，找个地方好好吃上一顿，这一天下来肚子已饿得不能再饿了。"

戴科长看着失魂落魄的我说道："人是铁，饭是钢。留得青山在，不怕没柴烧。"

此时此刻，杨、戴二人一定不明白我的心情，我已经到山穷水尽的地步了。

"马哥，我们回去吧，晚上吃饱了饭再睡个好觉，明天我陪你再去找找！"温州王骑跨在自行车上，心烦意乱地不停按铃提醒我，"天黑了，老站这里也解决不了问题。"

这是认识温州王几天来他唯一沉得住气的一次，从来都是别人劝他，这一次是他在劝我。

"好，我听你们的，我们这就回去找个地方吃饱饭！"

我勉强地朝他们仨笑了笑。然而我却感觉到自己并不是他们想象中的那样，我依然坚强，也完全清醒，并没有真正垮下来。

刚刚对着苏联的岗亭萌生的一切，都是希望和梦想，我坚信心中的希望

199

之火并没有全部熄灭。长这么大，从来就没有祈求过别人的同情和怜悯，我的体内一种与生俱来的本能在冲击并告诉自己，那就是：坚持下去，一切皆有可能。

晚饭我们四个在苏中旅馆的楼下小面馆点了几个菜，又叫了一大脸盆牛肉西红柿面条。都到这个份上了，杨和戴便再也没有了当初来满洲里第一天的气派，我说："就在楼下的面馆吧，大饭店就别进去了！"

"好，这面馆挺实惠，味道也挺好！"

他俩居然没一个反对的。谁都明白，这钱要不到，进饭店的发票想回去报销掉可就难了。

杨科长坚持一人一瓶二锅头，我原本就不胜酒力，两口酒一下肚，便有些昏沉沉的感觉。小面馆说大不大，说小不小，屋内有好几桌人在喝着酒，吵吵嚷嚷的。旁边有一桌四个人，埋头吃着面条，根本不说一句话，外形上像蒙古族人，却不时有人抬起头看我们。

"你们找不到刘煜，你们不会有事，我却要倾家荡产！"我喝了一大口酒，猛然想哭了。

可是我哭不出来，我知道哭不顶用。

"我也欠债几百万元，我跟你一样可怜，刘煜跟我订了三百多万元的毛皮大衣啊！"

温州王第一个哭了起来，声音很大，我看到他的鼻涕顺着嘴唇流到下巴上，并挂在下巴下方……

没人去劝温州王，彼此都很清楚，这劝是没有任何作用的，更何况他就是个哭宝。虽然这种男人并不多见，可也算是一种类型，不如让他发泄出来更好。

"我五百多万元的西装！"杨科长居然在笑着说！

"我四百多万元的羽绒服！"戴科长话刚出口就被浙江温州王喷了一脸的二锅头。

戴科长还没来得及回击，就听到了温州王的咆哮声："你们就说说而已！你公家的，国家的，你们输得起败得起，我呢！我亏了，直接离婚。我承担一切后果！一切后果……呜呜……"

他的哭声让我很不安。我想着我是一定不会哭的，哭是弱者的表现，是女人的把戏，但感觉有泪水在滚落，来不及抹掉。似乎还听见自己的身体内有一个声音在呜咽着，悲悲沉沉的，仿佛从山谷中发出来，且声音越来越大。

这一觉醒来，已到了第二天中午，我只觉浑身冷冷的，胃中空空的。杨与戴早已起床，两人边喝着茶水边抽着香烟。

"依这样的情况，这刘煜似乎人间蒸发了，我们该怎么办？老马肯定不愿就这么结束的。"戴科长若有所思。

"你说这事情倒霉的，老马要惨了！"

"要不这样，老马的事不要操心太多，我们也帮不上忙，我们的事情该怎么办？"

杨科长喝了一口茶，朝我床的方向看了过来。

"我们这几天要不抓紧时间向厂长汇报一下情况？厂长让我们等，我们就等，厂长让我们继续寻找就继续寻找，厂长让我们回就回。"

戴科长这话说得一是一二是二的，杨科长似乎有话要说。

"好歹再等上几天吧，总不能什么结果都没有就回去吧！"

杨科长举起不锈钢茶杯喝了两口，他的另一只手不由自主地摸着额头和头皮里的伤口，放下手中的杯子，掰着手指头，嘴里在数着数字。

"一天，两天，三天，四天……"

"明天我得去医院拆个线！"

杨科长转身看了看我，发现我早已睁开了眼睛，正面无表情地盯着天花板看。杨科长连忙奔过去，推了推我，大声叫道："马厂长，马厂长，你醒了为什么不说话？别吓我们了！"

"放心吧，我刚刚只是在想下一步该怎么办。"

我迅速起了床，穿好衣服。

"杨科长，戴科长，要不这样，我们兵分几路，这样既不浪费时间也不耽搁办事，说不定会有意想不到的效果。"这是我刚刚睁着眼睛躺在床上的思路。

门开了，温州王进来了，四个人便开始商量今后的打算。

杨、戴二人组成一组，去邮局电话请示各自的厂长，再寻求别的寻找刘煜的途径。温州王与我结伴，重拾前几天的路程，寻找蛛丝马迹，哪怕挖地三尺也要把刘煜给揪出来。

可是，这一切谈何容易啊！

我内心空荡荡的，想着杨、戴二人刚刚说着回家的事情，竟怅然若失。身处异地他乡，家已成了一个虚缈的概念，陌生而遥不可及，回家已经成了一个奢望。

我甚至害怕想家，家成了我心灵深处最脆弱的防线。人活着究竟是为了什么？人究竟为什么活着？这样的纠结让我疑惑。生命的存在是否还有意义？遗憾中夹杂着不甘，失落中又心存幻想。此时此刻，沉默也许是对自己最好的安慰和解脱。

满洲里五月的天空湛蓝湛蓝的，那飘浮在空中的白云仿佛就在头顶一般。空气中弥漫着呼伦贝尔大草原上的青草气息，还有呼伦湖随风盘旋而来的水波清香，俄罗斯民族风格的木格楞更有异国风情。可是，这一切不属于我，我没有任何享受的权利。

我骑着自行车穿行在满洲里的大街小巷，眼睛搜寻着任何一个与刘煜相似的身影、声音……

四

　　如此漫无目的地游荡，我觉得自己如同行尸走肉一般。突然想到从我身边走了的那些人，心中便慌了起来。那个卡车上摔死的战友，上吊的王小多，还有永远在天国的鄂丽……生命是多么的脆弱，他们竟如同过眼云烟一样地消失了，我会吗？我又想起了那个可怕的梦。我突然发现我已经成熟了，死亡在我眼中只是个符号或者是个状态而已，也让我进一步认识了这个世界，认识了人。活着的人，既然无法逃避，就该好好活着，还有很多未完成的事情在等着我。

　　跟着温州王在刘煜老婆的门前守了整整一个下午，门共开了两次。一次是刘煜老婆，回来开了门进去；一次是一个中年男人敲门，刘煜老婆开的门。看见刘煜老婆见到这个男人时的兴奋笑容，我便知道我们的守候没有了意义。

　　天黑了，我的身体在风中开始摇摆起来，我感觉很冷很饿，刚刚刘煜老婆开门瞬间的笑脸让我的心彻底凉透了，刘煜也许再也不会回来了……

　　天出奇的黑，出奇的冷，也出奇的安静，我与温州王骑着自行车行走在一条冰凉的深巷里，冷风吹着我的脸。

　　"马哥，我有点害怕。"

　　"别怕！我唱首歌给你听听。"

　　"好，我听着。"

　　"美丽的夜色多沉静，草原上只留下我的琴声，想给远方的姑娘写封信……"

我突然停止了唱歌，感觉迎面走来了几个人，黑压压的，点燃的烟头在黑夜里摇晃着发出亮光。我努力想在黑暗中看清究竟有几个人，还没来得及看个究竟，只觉双眼被黑布蒙住了。我的双手被几个人反绑了起来，我听见温州王的叫喊声："你们什么人？你们什么人？你们究竟想干什么？马哥救我，马哥救我！"

我们这是遭遇绑架了，就像当年在沙漠上遇上狼群一样的突然。

眼前温州王的哭声让我想到了陈兴伟，他们真属于同一类型，我与他们一定不同，我不愿与他们相同。

我想反抗，可是却没有反抗，这一切似乎都在意料之中。记得小时候，我与小六子他们玩捉汉奸游戏，每回我都是捉汉奸的人，从来没有扮过被捉的汉奸。而今天，我却束手就擒，而且还被蒙上了双眼。好吧，既来之则安之，只是双臂双手被绳子勒得太紧，有点儿疼，有点儿难受，估计出血了，血还流了不少。流点儿血算不了什么，可这不是在战场上，不值得流血。不，这是战场，比战场还战场，只是我无法动弹了。

"走，老实点！"

这应该是当地人的普通话，我已经闻到当地人的羊膻味儿了，却一点儿也不觉得惊慌与害怕。此刻我知道，我与温州王被劫了，是两个已经倾家荡产的穷光蛋被劫了。束手就擒吧，反正已经无力反抗了。

世界一下子变得空荡荡的。

我与温州王被押上一辆汽车后，被关在一个小房子里。他们搜去我藏在内衣口袋里的两千多元钱后，才拆了我的蒙眼布，松了我的绑绳。我耳边一直是温州王的叫声："放开我，你们行行好！我没有钱！""你们可不能这样。你们这样是犯法的！"

过了好一阵子我的眼睛才看得见东西，我看见我的左手被绳子勒破了一大块皮，还出了很多血，可一点也不疼，手臂已经麻木了，半天才有知觉，能随便动动时才知道什么叫作"人身自由"。

"你们这帮畜生，我跟你们拼了！"

看着眼前的三个大汉，我忘了我根本没有本事跟他们拼，直冲向其中一个手上拿钱的人。

"呵呵，来啊！"对方朝我笑了笑，只轻轻一推，我便跌得四脚朝天。我哪里是他们的对手。我还没来得及爬起来，门已重重地关上了。

那些钱都是临别时母亲替我缝在内衣上的，也是家里临时凑起来的，一下子没了，心里感觉空空的。我开始憎恨这帮人了，包括刘煜在内。

温州王一直在喋喋不休地哭诉着。我一句话也不想说，我不会低三下四地去求他们，求也没用。更何况他们已经走了，这些人腰间插着刀，我们拼不过他们。况且他们松绑后便再没有动我们一根手指头，这也是唯一让我以为他们还有人性的地方。

还记得在沙漠上与狼群奋战的那个晚上，耳边一直是陈兴伟的哭喊声，我与生俱来的沉着勇敢用在对付狼群上显得得心应手，可用在对付这帮人身上却是苍白无力。

"马哥，他们会不会杀了我们？"

"不会，他们没这个胆量！"

"我真的很害怕。"

"我们得想办法动脑筋出去，刚才坐了很久的汽车，这地方也不知道是哪里。"

"那该怎么办呢？"

"别怕，他们要的是钱，不是我俩的命。"

"我身上的钱全没了，即使出去，我也不想活了。"

"出去了你就想活了。"

"这里的门是铁门，锁得死死的。"

"总会有办法的，别想那么多，他们很快会放了我们的。"

"你怎么知道？"

我不想再回温州王的话，他是个急性子，也是个胆子小的人。我仔细回忆了平常的一些细节，想不出我们何时被人盯上的。

这间屋子很小，连个窗户也没有，臭气熏天。阴暗的屋内仅有两张小床和一只木桶，木桶散发着臊臭味，一定就是马桶了。床是用木板和木凳支起来的，脏兮兮的，之前一定有人住过。我捏着鼻子透不过气来。屋顶亮着一只脏兮兮的灯泡，一层厚厚的污灰罩在上面，将光打了个对折。灯泡伸手可及，我恨不得去擦干净它，可终究没有伸手。我知道，即使擦亮了外面依然是黑夜。

时间不知过去多久，我们大概已经饿了整整一天，好在桌上有个热水瓶，瓶里居然有水。只不过是冷水，也不知是哪一天的，我俩都不敢喝。温州王跑过去敲门砸门几次了，我知道那是徒劳，这种铁门常人没有工具是无法砸开的。这地方一定很偏僻，因为听不到任何声音，除了白天偶尔有乌鸦的叫声。

我突然觉得很对不起自己当兵的五年，苦练杀敌本领那么久，居然连个反抗也没有，如此轻易地束手就擒不像我老马干的事。我明白我其实早已心不在焉，心里依然在想着找刘煜的事情。

又不知过了多久，我俩快要饿死了，于是轮流捧起热水瓶喝，也不在乎水的味道了。

突然门被打开了，一道光线射了进来，那是久违的阳光，像天门一样呈现在我们眼前。进来一名大汉，朝我叫道："我们头儿说了，你们快走吧，刘煜他去了苏联，头儿让你们回家。"

我真真切切地听明白了刚刚那个人说的话，这句话比什么都重要。我连忙问道："刘煜真的去苏联了？你们怎么知道？"

那大汉不耐烦地说："你没必要问那么多，这是道上的事情，你们快点儿走吧……"

没想到被绑架还绑出了刘煜的重要线索，可刘煜真的去了苏联吗？谁也给不了正确答案。

"马哥，你听清了吧！你的判断比我准确，你说呢？"

"我认为一定是！"

走出了小屋才看到这果然是个偏僻的地方，周围除了农田和树木，什么也没有。阳光很温暖，也很自由，一种重生的感觉。我与温州王看着对方的模样，相视无奈而笑。

温州王嘴里一直在骂着这群强盗，抢走了他身上所有的钱财，边骂边擦着眼泪。我感觉他身上那条的确良裤腿更肥了，不禁有点可怜他。

值得庆幸的是，我的两只鞋垫下面各藏了二百元人民币，我后悔藏少了。

费了很大的周折，到夜里我们才赶到苏中旅馆。

一推门把杨、戴二人吓得倒退了好几步，我照镜子时才发现自己满脸的尘埃和污垢，胡子拉碴的样子，整个野人一样。

"你把我们吓死了！你俩到哪里去了？"

"我们被绑架了，他们搜光了我们身上的钱！"

"谁敢绑架你们？太无法无天了！"

杨科长神色慌张而凝重，想必想到了几天前吃的苦头。

戴科长说这两天他们走遍了满洲里的大街小巷，一为了找刘煜，二为了找我们。这刘煜虽没有找到，可有人亲眼看到刘煜出了关去了苏联。为我们的失踪还报了案。

报案？我刚刚还想着这件事，这会儿完全打消了这个念头。

我看到他们二人的脸明显也瘦了好多，这两天一定也吃了不少的苦头。

杨科长说："马厂长，我们不能再等下去了，厂长已同意我们回家了。既然你已经安全回来，我与戴科长明天一大早就动身。你一个人在外一定要注意安全，多多保重。"

杨科长还没说完，我就有了一种亲人离别的伤感。杨科长额头上的缝线早已经拆了，留下细长的疤痕，他比来的时候虽多了两处疤痕，却像换了一个人似的。也许人的蜕变很简单，两个疤痕的代价就足够了。

"你一定要保护好自己，非得去苏联不可吗？我们一起来的，干脆还是一起回家吧！"戴科长开始劝起了我，我知道他的心里也不好过。

"你们走你们的，我决心已下。回家也是等死，不如去赌一把！"

接下来的五天，我用剩下的钱打了电话回家。电话是父亲接的，我直接告诉父亲身上没钱了，请求他给我汇上三千元。听得出父亲在电话那头很不安，也很激动，并大声地说："儿子，实在扛不住就回家，我们慢慢想办法。"

"不，扛得住！"

我告诉父亲，我一定要把钱找回来。我没敢告诉父亲我想去苏联，听见父亲那边在哽咽了，听不清楚说的是什么，大概要我一定注意安全吧。

放下电话，我便开始后悔，因为我忘了问家里其他人的情况，我的母亲，还有就是乐园园和马丽，我心里似乎就没有了其他人。

杨科长和戴科长走后，温州王就搬来与我同住，性情受我的影响比先前平和多了，只是改不了爱唠叨的习惯。

"我从小在海边跟外婆长大，早已习惯了海风海浪，父亲、母亲在我十六岁那年离了婚，我便开始一个人在外面闯荡。我从一个小裁缝做成了大服装厂的厂长，我容易嘛！好不容易熬到今天，我舍不得吃舍不得穿，一心只想为我的两个孩子赚更多的钱。没想到这一遭要了我的命啊，你知道吗？"

温州王每天重复着这样的故事，让我的心烦躁不安起来！

我们这些天唯一能做的事情便是一边等着家中的汇款，一边骑上自行车天天光临国门。眼睛盯着每天来来往往的通关人流，想从中找出刘煜的影子，眼睛盯得泪水都流出来了。

"马哥，你说我们能找到刘煜吗？"

"能！"

"要找不到刘煜，我就死定了！"

他老说死啊死的，让我心里也不好过，可我又找不到回他的话。

终于有一天，温州王说："马哥，别再等了，我们去苏联吧！"

虽然我比他小，可看上去他比我幼稚，他喜欢这样喊我马哥，也许这对浙江人来说是在恭维别人。他天天到半夜也不睡觉，坐在床上发愣，也不管影响不影响我，有时自言自语，有时又像是在对我说话。时间一长，我便睡我的觉，偶尔搭搭他的腔。

"好，我们去苏联！"

"怎么去？"

"是啊，怎么去？我也不知道。"

去苏联是我决定好的，找不到刘煜，要不到钱，空手回扬州，拿什么去还债？还有什么脸活下去？只是这些天我一直在想着如何去。

"老王啊，我就是想去苏联，我们现如今已无路可走，去苏联才是唯一的出路。"

"我也是这么认为的！"

"其实我考虑好久了，第一步就是如何去得了对岸。这些拿着通关通行证的人都持有与苏联的边贸生意合同，有着边贸特殊通行证，而我们却没有。"

"马哥，有没有其他方法可去苏联？横竖死路一条，不如去苏联了。"

温州王的眼里分明写满了期待，我何尝不是呢？

我们两人每天沿着国门两旁的铁丝网向前走，并不孤独，因为看到很多人都像我们这样走着。我问这些人是干什么的，他们居然告诉我也是要债的，正琢磨着如何去苏联。

有这么多人想去苏联，我心中好受多了，胆子也大起来。穿过这层铁丝网，是否就越界了？如果这么简单，偷渡岂不太容易了？我的脑中竟不停地想着这些问题。有一天，走了很远的路程后，发现在远离铁丝网的地方又有一些石碑出现，上面同样写的是"中华人民共和国"几个字，石碑的那一方才真正是苏联的国土。想想自己也太幼稚了，国界岂是那么容易穿越的？

有时走着走着，竟有了一种庄严感和神圣感，想着自己也曾是个军人，那一年差点儿参加了越南的自卫反击战，要是能战死疆场是多么的有意义，也不像现在行尸走肉一般。

我们就这样一路走着看着，没有目的，没有方向，有时抬头看对面的苏联，幻想刘煜的身影能出现。如果出现，我便会奋不顾身地冲过去，翻过铁丝网，牢牢地抓住他问他要钱。

有时有苏联人从那边走过来，朝我们望望，在石碑前溜达几下又回了头。我有点儿羡慕苏联人，在短短的几天内，苏联竟成了我无限向往和迷恋的地方。

我从邮局取回了父母寄来的三千元，不敢想象父母是如何弄来这三千元的，想了我就吃不下睡不着，我知道家里已经没有钱了。

温州王的老婆寄来了两千元，这个娘娘腔，拿到钱就哭起来，说他对不起他老婆。我早有思想准备，知道他会哭，我也不拦着他，随他哭去。

那些想去苏联的人告诉我，沿着北边走，每隔几天就有一辆通往苏联的国际列车从那儿经过，路上没人管，爬上去就可以到苏联。

一天下午，我们遇到了一趟停在那里的国际列车，我与温州王稀里糊涂地爬了上去。

爬的时候一点也不害怕，因为有很多中国人都在往上爬，个个都说这列火车是开往苏联的，他们也是去苏联要债的。

我拖着行李箱爬上了火车，手上拿着那件军大衣，没舍得扔，我知道苏联气温低，这件大衣一定派得上用场。温州王的行李箱不大，先爬了上去，回过头来就接过我手中的军大衣："马哥，我来帮你！"

他的手臂很细，力气倒是不小。我想到这个男人虽然好哭，但心肠还是不错的，有这样一个男人与我同行虽说不上有多好，但如今已觉得少不了了。

列车是辆货车，具体装运什么货物我们并不清楚，有很长很长的车厢，一车厢接着一车厢。我与温州王爬上的车厢里装满了杂物，沉闷而厚重，只有一边两个小小的窗户在透着光透着气。好在行李不多，行动还算方便，只是内心发虚，有种小偷的感觉。

车厢内还有跟我们一起爬上来的几个中国人，看得出来，个个神情茫然，都不想说话，彼此心照不宣。

列车摇晃着向前，颠簸着，我坐在了车厢的地面上，因为没有任何可以坐的地方，人人都这么坐着。我把军大衣放在地面上，自己便坐在军大衣上，这样感觉又舒服又方便。车厢里很昏暗，让我有了一种逃荒的感觉。不，这不是逃荒，这是偷渡。突然意识到自己的行为，我不寒而栗起来。

列车已经行驶在苍茫的苏联大地上。虽然看不见外面，一种身处异国他乡的失落感却时时侵袭着我，只有头顶车厢上的那只灯在不停地倏忽闪烁着，它不知方向，也不知疲倦，更不知孤独与寂寞。

不知过了多久，突然这节车厢与另一节车厢相通的门被人打开了，开门声很响，并没见到有光进来。走进来两个全副武装的苏联士兵，他们高大而威猛。

我心头一惊，毕竟第一次亲眼看到苏联军人，而且还全副武装。目测他们足有一米九左右，年龄不算大，高鼻子蓝眼睛，眼窝的深凹更显鼻子的挺拔，脸上的表情很严肃。身上的军装草绿色，似乎是全毛呢料，质地和做工都很好，可怕的是每人身上背着一支枪，是西蒙诺夫步枪。这是苏联军人常用的一种随身步枪，能够自动装填子弹，是采用普通结构的导气式武器，同时还配有剑形刺刀。我一看就知道，因为我在部队时就很熟悉西蒙诺夫步枪了，如今看到了，却有种说不出的感觉。此刻，他俩举起了枪正对着我，这是我生平第一次被人逼到了枪口前。

两个苏联军人叽里呱啦地说了一大堆话，我一句也没有听懂，感觉讲俄语就是舌头不停地打着滚儿。车厢里的中国人看见他们进来，都从地板上站了起来，个个往后缩，比我都惊慌，大概是因为看到了枪。从两个军人的肢体语言可以懂得一句，那就是：你们是偷渡者，必须举起手来！我举起了手，是双手，高过了头顶，因为有一支枪柄在顶着我的脸。

在举起手的那一刹那，我有一种羞辱感和犯罪感，感觉此刻自己完全丧失了尊严和人格，成了一个低级趣味而又厚颜无耻的人。在异国他乡的地盘上，且是被"洋鬼子"用洋枪威逼着，那是屈辱，是屈辱。这是我人生中最荒谬最可耻的一刻。

那时候，举起木枪对准那些手下败将的总是我，说得最多的一句便是：举起手来，缴枪不杀。从来没有想到过，如今自己做了举起手来的那个人。

温州王沉不住气了，双手举过头顶后便开始哭叫起来："怎么办？马哥啊，这可是真枪啊！"

我突然想笑，这温州王比我大好多岁啊，瞧这样，就一个"叛徒汉奸"的形象。可转念一想，也难怪，常人谁经历过被真枪实弹相逼呢？

同时我听到了车厢内其他举起双手的中国人在说话。

"不得了了，这下糟了，他们举枪了，我们怎么办？"

"还能怎么办？快投降呗！"

"我们已经投降了。他们会不会开枪？开枪我们就没命了，早知就不爬上来了。"

"说这些废话干什么？他们不敢开枪，还有没有王法！"

苏联军人叽里呱啦的声音让中国人很不安，因为语言不通便无法明白他们发出的一连串滑稽音符。我估计是这样的话：把他们统统带走！也完全可以理解成他们对中国偷渡者的鄙视和嘲讽。

"把我们往哪儿赶啊？"

"跟着走，别怕！"

"他们究竟想干什么？"

"人家还想问你们爬上来想干什么呢。"

温州王终于在枪口下闭上了嘴，几乎所有的中国人都闭上了嘴，没人敢说一句话。

苏联军人无礼地用枪柄赶着中国人向一个方向移动，枪柄甚至弄疼了我的胳膊和肩膀，我忍着一声没吭。我一手拿着行李箱，腋下夹着军大衣，一手高高地举着，像一个狼狈的落荒而逃的败兵，跟着人群走向另一个车厢。

这节车厢似乎在列车的最后一节，长长的，挤满了人，足有上百个人。定睛一看全是中国男人，且有秩序地席地而坐，因为四周有苏联军人举枪站着，个个表情拘谨而严肃。

车厢只有一道门，是进出的唯一通道。看到我们被押进来，地上的中国人个个抬起了头，很麻木地注视着我们。我也是平生第一次被坐在地上的上百号人注目，有了一种不安和恐慌，真搞不清这多的中国人是从哪里爬上来的。

车厢内并不昏暗，头顶悬挂着许多个高瓦数的白炽灯，把车厢照得像白天一样。除了亮光，还有强烈的气味在刺激着人的眼睛和鼻子……汗尿臊味，粪便臭味，这难道就是传说中的闷罐车吗？

有关闷罐车的传说我早有耳闻。当年在部队时，有一年拉兵演习，先头部队坐的就是闷罐车，要求一天一夜的时间赶到某一演习基地。因为是夏天，正午的时候闷罐车里的温度达到五十多度，当天就有一百多个士兵中暑，他们后来中断了训练计划，改在原地演习了。我对闷罐车从此就没有好印象，可没想到，如今自己却身在其中。

整个车厢坐满了中国人，摆满了行李。有席地而坐的，有平躺在地上的，有相互依偎着的，有在讨论商议甚至不停争执的……

我聆听着，他们说得最多的话题便是外贸和债务，个个在唉声叹气，骂骂咧咧。但更多的人是沉默，因为谁也不知道爬上这列火车的最终目的能否实现。

终于知道这个世界上不是我老马一个人在忍受着痛苦和煎熬。让我搞不懂的，相信也一定是所有闷罐车厢的中国人都搞不明白的是，这趟火车究竟驶向何方？这债究竟向谁去讨？

"马哥，我们是不是不该爬上来？"

"现在说这话顶个屁用！"

"要是把我们这一车厢的人拖到哪里去卖了，还不如杀了我们。"

"别想那么多，只要活着就好办！"

闭上了眼睛，我觉得自己像只无头的苍蝇在空中晃悠着，迷茫而寂寥……

列车在轰鸣声中，摇晃着驶向前方。天估计开始暗了下来，有一群苏联士兵推着推车进来了，车厢顿时安静下来。推车上装满了面包和牛奶，有个苏联士兵叽里呱啦地说了一通话后，便开始发放面包和牛奶。

我低头看了一下手表，应该是晚上时间七点多。整个车厢躁动起来，也开始弥漫着面包的香味。想不到还有吃的，这让人感到很意外，也很兴奋。

"马哥，你看，有吃的。"

"看到了，呵呵，这下我们饿不死了。"

我笑了起来。想到这一天下来，还什么也没有吃，才感觉自己早已经饿得前胸贴后背了。

人们开始争先恐后地奔过去领食物，一哄而上，从我们的身体上跨了过去，有人踩到了我的身上。我听见了各种各样的叫骂声。

苏联军人举起枪大声地叫喊，并用枪柄阻止涌来的人群。终于，在他们的枪下，中国人都变得老实了，并自动排好队，等待依次接受苏联士兵递来的一根面包和一大瓶塑料罐装牛奶。

面包呈黑色的长条状，足有一米长，像扁担一样的形状。我知道，之所以黑是因为小麦粉中掺杂了黑面粉，据说黑面粉富含丰富的 B 族维生素和植物蛋白，是欧洲人比较喜欢的主食。这三分之一根黑面包足够抵得上一大碗米饭了，更何况还有足够一升的罐装牛奶。

大家都在啃着面包，喝着奶，车厢里渐渐安静了下来。

第一次拿起这么长这么大的面包，真不知从何处下手。我看见有人先掰断了再啃，于是学着也这样做。大概是饿伤心了，啃着面包竟想哭，也觉得苏联士兵不那么可怕了。

奶一喝到嘴里，我就意识到其实是羊奶。因为羊奶有特殊的味道，当初在赤峰的时候，我喝过鄂丽送我的一瓶羊奶，便永远记住了这个味道。

这是来到苏联的第一顿晚餐，吃了几口后，我想到了扬州的盐水鹅、阳春面，还有富春包子……

车厢的最后面摆放了几只尿桶和粪桶，人们自由排泄的声音盖不过这边的嘈杂声，只有尿臊味在空气中弥漫，一波接着一波地涌来。更因为火车在颠簸着，让人闻了有点头晕，甚至想吐。

五

有人说这是一趟从满洲里开往阿拉木图的国际专列，估计没有人知道阿拉木图是个什么地方。

我躺在火车铁皮地上，脸朝车厢顶，双手托着脑勺，腿尽量伸直——很久没有这样了，感觉伸直了也是一种享受。已经没有多少人再开口说话了，偶尔传来的鼾声提醒着这个时候是深夜。

可去后面撒尿的人络绎不绝，尿撒在桶里发出的声音很特别，让睡不着的人也想撒尿。无法让尿的声音小点儿，也无法不让尿溅到桶的外面。听到尿声我便想爬起来，一个晚上爬起来三次，从满地躺着的人缝之间踩过去，总在寻找下一步脚落的位置。那尿桶的四周臭气熏天，地面被溅得湿漉漉的，脚根本踩不下去。

这一切丝毫没有阻止人们释放的需求，似乎只有撒尿的时候人才是最轻松自在的。

"马哥，那后面的尿桶快满了……"

"我也正愁这事！"

"尿桶满了怎么办？"

"是啊，怎么办？这往哪儿倒啊？"

我与温州王睡不着，为尿桶担心着。

半夜里火车停了下来，有苏联人进来抬着尿桶粪桶出了闷罐车。

当再次发放羊奶和黑面包的时候，才知道终于又过去了一天。

有了第一次发放食物时的教训，人们自动排好了队，不再争先恐后。

时间在漫长而痛苦的煎熬中一分一秒度过，空气中凝结着寂寞和空虚，人的思想和灵魂在游荡着。

这已经是第三天了，闷罐车厢内的气味儿几乎让所有的人感觉到了窒息。这时候，温州王突然出现了反常，一天五六次急匆匆地拎着裤子、弓着身子，奔向车厢的粪桶。

"马哥，我这肚子怕是给羊奶整坏了，从前在家一喝牛奶就拉稀。"

温州王似乎真的瘦了好多，脸也小了一圈。

"黑面包应该不会有事，这羊奶我估计是不能喝了，一定是喝了羊奶过敏了。我想喝点水，怎么办？"

"我来跟他们讲，你坐下别动！"

羊奶的膻味儿我已经适应了，只可惜我也有毛病，与温州王相反，已经便秘两天了。两人虽症状不同，可解决的方法却一样，都需要喝水。

我立马站起身来，壮着胆子向门口的苏联士兵走去。我还没来得及开口，一个苏联士兵突然向我走来，制止我向前并强行把我按在了地上，嘴里叽里呱啦地说着很滑稽的一串话。

"你们是法西斯行为，没有一点人道可言，我们只想要水喝，我们只想要点水喝！"我的叫声很响亮，有点凄凉也有点哀怨。可苏联士兵根本听不懂，温州王吓得打哆嗦，嘴里直喊着："马哥，马哥……算了吧，我不想喝水了。"

我的脸一边贴在了地面，另一边被苏联人的脚踩看，我看到了军用皮靴的靴底上印着"中国制造"时，感到了一种气愤与屈辱。

人群中发出各种各样的唏嘘声，似乎都是旁观者，在看戏。好多人从地上站了起来，他们只是在看热闹，并不是想帮我，让我有种无助的感觉。我突然一点也不恨这苏联士兵了，中国人对中国人尚且如此，看来我只能豁出去了……

我挣扎着站了起来，双手推开苏联军人的步枪，同时大喊一声："你们欺人太甚了！"

那个苏联士兵被我突如其来的反抗吓了一跳，抱着枪，向后退了一步，嘴里依然在叽里呱啦，但语气已不再强硬和霸道。

我身后的同胞们都在看我，有人发出了奇怪的叫声，大概是没想到我会反抗，感到很诧异。后排有位同胞向前走来，他居然在用俄语与士兵对话，两人同时发出会心的笑，他的手还在士兵的肩上拍了几下。这时从门口走过来两个苏联士兵把那个士兵拉向车厢门外，指着我，似乎在指责刚刚那个士兵。

"你没事吧，吓到了吧？"

"没有，谢谢你！"

我对他心存感激。刚刚被苏联士兵踩着时，我内心确实有些惊慌，而且有一点儿遗憾，居然没有一个人敢站起来帮我说一句话，他是唯一的一个。

"出门在外不容易，他刚刚以为你要夺他的枪！中国有句古话，'忍一时风平浪静，退一步海阔天空'。"

虽然是普通话，可听起来根本不像是中国人在讲话。

"可中国还有一句古话，'是可忍，孰不可忍'。"我随即便回答了他的话，"敢问仁兄，哪里人士？"

"我是日本人，姓松田，但我同时也是中国人，我母亲是中国人。我学过俄语，刚刚我看不下去了，又怕出事才冲了上来。"

这个叫松田的人看上去四十多岁，他拍了拍我的肩膀说："老弟啊，识时务者为俊杰！这帮苏联兵本质上并不坏。"

"啊，谢谢！你日本人？我以为这一车厢全是中国人呢。"我笑了，没想到在这里还能够遇见日本人。

"不，不仅仅有日本人，还有韩国人。"松田在说着话，手似乎指着更后面的车厢。

"跟苏联人做生意的，都跑过来要债了！这次很有可能血本无归。"他沮丧地边说边走向他的位置。

很奇怪，从第三天开始，我与温州王似乎都服了水土，每天供给的新鲜羊奶也都全部喝光，便秘也好了，腹泻也好了。渐渐地习惯了闷罐车厢的汗臭味儿、尿臊味儿以及粪便的味道，只盼着火车能够停下来。

我不知道这辆火车将开往何方，我不想知道，有时想到未来，希望火车就这样永远走下去，永远不要停下来……

火车还是停了下来，只听见"哐当哐当"的开门声，门口的苏联士兵突然一个也不见了，闷罐车上的人纷纷拿起行李直往外冲……

终于见到了久违的太阳，呼吸到了新鲜空气。三天三夜的闷罐车让我忘记了这个世界还有阳光和自由。

在这列火车对面的铁轨上停放着另一挂火车，空空的，车厢有硬座。人们狼狈地爬了上去，像落难而逃的难民，也不管是向哪个方向，只等着它开动。

这是我来到苏联境内的第四天。

这里比闷罐车里舒服多了，有流通的新鲜空气，有明亮的太阳光线从车窗外射进来，有可以坐下的硬座椅。屁股坐在椅子上，双脚垂下，脚掌平落在车厢的地面上，手还可以任意地放在桌子上，干着你想干的事情，你可以有尊严有绅士风度地品一口刚刚在闷罐车喝剩下的羊奶。

我终于喝出了羊奶的甜、鲜和可口，这味道比在闷罐车厢里好多了。更好的是可以看窗外的风景，那是闷罐车厢里想都不要想的事情。

车窗外掠过的是古老的建筑，还有典型欧洲风格的民用房屋和村庄，森林、草原、雪山、湖泊让刚刚上来的旅客遗忘了四天闷罐车带来的痛苦和忧伤。我虽然无心细细看遍外面的风景，内心却极不情愿去想来苏联的目的。车窗外的风景像一卷卷画幅在眼前展开，不一样的异国风景让我的心飘浮起来，根本找不到可以沉淀安静的地方。

温州王一上车便趴在桌上睡着了，手里依然紧拽着一根黑黑的面包。

列车在行走，始终不变的方向是向前，车上的人们开始自由地走动起来，神情也自然了好多，似乎整列火车上都没见到过一名苏联士兵，人们拒绝并讨厌枪口下的日子。

每停靠一个站台，似乎都会上来很多中国人。我发现居然有个女人上来了，是中国人，很耀眼。那女人三十多岁，身材苗条，长着一双明亮的眼睛，从我眼前飘过，这让我突然有了一种不安，说不出来的不安。

透过车窗，可以看到人群聚集的地方就有成群结队全副武装的苏联军人，还有的分布在路口，在设置关卡。

"马哥，这有点儿恐怖！"

"是有点，像要打仗的样子。"

"要是打起来，我们怎么办？"

"别害怕，我们申请大使馆保护。"

"真的吗？"

我突然笑了起来，笑声惊动了车厢所有的人，没有人知道我为什么会笑。

上车的人越来越多，车厢也开始热闹起来，嘈杂声伴着咳嗽声和叫骂声，口音很杂，谈话的内容大部分都是有关生意和债权债务。

是否同病相怜便可以忘却短暂的烦恼和忧愁？从别人的诉苦声中也能得到心理的平衡和慰藉？我开始不再因为闷罐车上的事情而憎恨那些没有同情心的中国人了。

夜一下子黑了下来，车厢里的灯陆续亮起来，后来上来的几个中国人因为没有座位只能站着，手扶着椅子，身子不停地摇晃。

人们开始闭眼休息，虽然不再有苏联士兵发放免费的面包和羊奶，车厢与车厢之间却有水箱可以任意接用饮用的热水。人们已经没有了兴致和热情去讨论彼此的冤屈和永远诉不尽的忧愁，除了享受空气、阳光和水带来的自由，几乎没有人关心这列火车究竟开往何方，他们现如今究竟又身处何方。

"马哥，马哥，你听听什么声音？"温州王使劲儿地推搡着我，急切的呼喊声提示有一件可怕的事情正在发生。

我睁开了眼睛，饥饿感突然来袭。车厢里的大部分人都在闭目，有趴在桌上的，有靠在座椅上的，有站着摇晃的。静静聆听，似乎有叫喊声和疯狂的呼救声从远处传来，夹在列车轰隆隆的声音中，忽隐忽现，若有若无。

车厢里有人开始向发出声音的车厢方向走去，那是些睡不着肚子又饿的人。远处传来的吵闹声和呼救声越来越响，车厢内充满了恐惧和疑虑。

"我去看看，一定是出什么事情了！"

我这会儿完全清醒了，我首先想到的是有女人遭殃了，因为我刚刚听到的声音是女人凄惨的哭叫声。

"别去，马哥，那里不安全！"温州王央求我。

有人陆续从发出声音的车厢方向急切地走了回来，慌张失色，边走边说："不得了啦，那边的车厢出现了强盗和流氓。"

"究竟发生了什么事情？"

我已起身要去那个方向。

"我听人说，那边的车厢有人被一帮歹徒抢劫了。已经没有王法了，真是丧尽天良，丢尽了中国人的颜面。"一个男人摇着头边走边说。

"什么？你说歹徒是中国人？"我连忙问道。

"是，听说是。后来有车警上来处理，也不知道结果怎么样。"

"岂有此理！"我心中淤积的屈辱和郁闷一下子爆发出来。

那边车厢的声音似乎渐渐平息了下来，温州王的手始终紧紧地拽着我的衣服。

"像个孩子似的。放心吧！我不会离开你的。"

"不是这个意思，我是担心那边不安全。"

"这么多的人在这里，你还担心什么？"

"我不希望出现什么意外。"

他这样一说，我有点感动。他放心地松开手时，我觉得他像我的亲人一样。

就这样，我居然睁着眼睛过了整整一夜。听声音，听动静，听动向，还有听自己对自己说话："我没有资格去指责别人不帮我，我曾经是名军人，我都见死不救，何来理由去责怪别人？"

那三十多岁女人的身影一直在我的脑海中晃荡。

天亮时，火车终于停了下来，车厢大门"哐当"一声打开了，有苏联军人全副武装地排队上了列车。车厢内顿时安静了许多，随之又开始躁动起来，不知我们又将面临怎样的考验。

"又怎么啦？"

有人开始紧张起来，没见过一下子来了这么多的苏联人。

这是个可怕的早晨，军靴与车厢地面碰撞发出响亮而有节奏的"咚咚"声，显得森严沉重。

整个车厢一下子安静下来，有人似乎忘了昨夜的恐怖事件，其实那时我希望有支军队来维持秩序。

我隔着窗户玻璃看到后一节车厢陆陆续续下车的人流，他们手里拿着行李，正被苏联士兵赶往隔壁的另一列火车。我突然看到了松田，松田转身回头的一刹那也看到了我。他与我招手示意，我也向他招了招手。那个笑有点生硬而无奈，又有点心领神会和兴奋，日本人与中国人似乎在第三国的领土上走近了。

"这是在哪儿啊？"有人在问，但绝对不会有人回答。

"关键是将去哪儿？"我提出疑问，似乎已经没人关心自己的前程了，才几天的工夫，人的脑子就开始糊涂了。

一个苏联军人开始发出一大串叽里呱啦的声音，听得车厢内的中国商人个个面面相觑。但大家似乎已经适应了天书般的语言，也并没有很着急去弄明白苏联人究竟说了些什么。这时候，有一个苏联军人用怪腔怪调的汉语翻译着："你们统统都属于偷渡国境者。现在举起你们的双手高于头顶，然后再双手抱头，跟我们走。我们的人会安排你们在一个集中营，专门处理你们的纠纷。"

集中营，我突然听到翻译说出这三个字，陌生而可怕的字眼让我的思维和意识很快进入了一种极其恐怖的境地。

大体意思已经明白，双手抱头是必须的。可是当双手抱头的时候，拿行李又成了一件无比艰难的事情，这是偷渡者的下场。可谁愿意来偷渡呢？

"生存还是毁灭"，莎士比亚《哈姆雷特》的著名对白，默然忍受命运暴虐的毒箭，或是挺身反抗人世无涯的苦难……这两种行为，哪种更高贵？

被赶下列车，有阳光映照在我脸上的时候，我感觉到了久违的温柔和浪漫。我想起了乐园园，与乐园园缠绵中，她深情的眼神和抚触都是温柔和浪漫的，我明白为什么男人离不开女人，女人其实是男人心中的太阳。这个世界通常把女人比作男人心中的月亮，之所以比作月亮，是因为月亮的美、静、纯和亮。而乐园园却有着太阳的热情与奔放，太阳的无私和忍耐……我努力回忆着最后一次与乐园园在一起的情景，仿佛在几个世纪前，越来越模糊，越来越遥远了。

风的脚步似乎很豪迈，然而当另一辆列车停在我们眼前时，我愣住了。

"又是闷罐车！"

我停住了脚步，想在踏上闷罐车之前充分享受一下阳光下的空气和自由。

"缺德呢！把我们不当人！"

有人开始骂起来了，除了骂，没有人敢去反抗。而且除了上车，已别无选择。

"上车吧，有本事不上！"

有人在这样叫喊，似乎他是这里的权威，他说了算。

这节闷罐车厢特大，里面足足有三百多人，一个紧挨着一个地坐在地上。

已经快一天一夜没有吃东西了，可此刻我一点也不觉得饥饿。温州王在放下行李的一刹那喊我："马哥，我头晕！"

还没说完人就倒在了地上。

"小王，小王！你醒醒！小王，小王！你醒醒！"

我用尽了全身的力气，伸出手掌不断地拍打温州王的左右脸颊。虽然他比我大，他却喊我马哥，我于是喊他小王。如此微妙的关系在危难中显得很自然也很亲切。我懂得急救的第一招，便是拍打和呼喊。

虽然整个闷罐车厢都是人，可彼此却是冷漠而陌生的。呼叫的作用显得苍白而无力，有人只是抬头看了看，有人围过来看热闹。

"人没得用了吧！"

"哪个懂的快上啊！"

可我还是呼喊道："快来人哪，快来人哪！"

"怎么啦？怎么啦？我来帮你！"

松田不知从何处冒了出来，手里拿着半瓶羊奶，一来就半跪在铁皮地面上，把温州王半抱后喂了起来。看到有人来帮忙，围观的人渐渐多了起来。

"唉，这是饿晕了。"

温州王的嘴唇似乎在做着吮吸的动作，我心中惊喜起来。

"小王，小王……"我脱口而出，并一直在不停地喊叫着。

苏联士兵也应声赶来了，叽里呱啦地说着什么，从他们的眼神中我至少看到了关切和焦急，这让我在某个瞬间产生了一丝丝的感动。

"一定是低血糖休克，饿晕了！"人群中有人在说。

温州王睁开眼睛的时候，松田高兴地喊了起来："谢天谢地！终于醒了！"

围观的人群渐渐散去，似乎刚刚看到的热闹并没有满足他们的好奇。

火车摇摇晃晃地向前，伴着轰隆隆的声响。闷罐车内的灯泡好像有点脱丝了，忽明忽暗地眨巴着眼睛，似乎在玩弄着所有的心不在焉的人们……

又颠簸了整整四天四夜，我已经完全麻木了，这倒也好，也忘记了烦恼。脑子里空空的，我开始怀疑我是不是还活着。

苏联士兵拖着食品车进来了，那个车轮与地面发出的摩擦声让我条件反射地想吃东西。可看着面包和羊奶，我却提不起兴趣。

"又到时间了。"

"还是吃这个，能不能换点别的？"

有人在喊。

"这是在苏联，不是在中国！"

"他们苏联人欠了我们的债，就不应该这么怠慢我们。"

有人在高声嚷嚷着。

"妈的，太不人道了，吃也没吃的，这火车也不知往哪里开？"

没人接话，大家低着头排着队。

我接过苏联士兵手中的面包和羊奶后，便又躺到了地上。闻到面包的味道，我又不饿了。我把脸贴在铁皮地面上，想象着火车正经过河流和山川。

我的眼睛开始模糊起来，那是因为眼睛里有泪淌了出来。我看见温州王弓着身子躺在地上，背对着我，他的身体在不停地抽动着，一时半会儿停不下来的感觉。

他那条的确良的裤腿高高卷起来，露出了他的小腿，看起来很细。我不由得摸起了自己的腿，感觉比以前在家的时候瘦了好多。摸上去感觉有点粗糙，我开始使劲地搓了起来，有很多的泥团粘在了我的手上和腿上，并滚到了地上，似乎越搓越多。

"小王，告诉我，我们到苏联来多少天了？"我想着打乱他的思绪，让他停止哭泣。

"马哥，你说说看，我们还有没有希望找到刘煜。"温州王坐起来，用衣袖擦干眼泪。

"有啊，一定有！"

"我怕我们这是空跑一趟，一无所获。"

"别老想这件事了，既来之则安之，船到桥头自然直。我刚刚问你话呢，今天是我们来苏联的第几天？"

我在有意打岔，我何尝不想着找刘煜呢！我做梦都恨不得能够抓到他。

"一直记着呢，今天是第十天。问这个干吗？"

"你摸摸自己身上，我已经搓到泥团了。"

"我早就搓过了……"

列车终于在渐弱的"哐当哐当"声中彻底地停了下来，犹如一头劳作了数年的老黄牛耗尽最后一口气后瘫坐在地上。人们面面相觑，坐立不安起来，等着苏联人下一个花样的到来。

"哐当！"列车门打开了，阳光洒进来，三个苏联士兵站在门前，其中一个军官模样的人叽里呱啦地吼着。闷罐车内顿时安静下来，人们一个个竖起耳朵，盯着他们，想努力从苏联士兵的表情中读懂这高分贝的"叽里呱啦"是祸还是福。

"各位辛苦了，这里是吉尔吉斯，你们马上下车，政府部门有人会接待你们。拿好你们的行李，祝各位愉快！"旁边的一位士兵紧跟着做着生硬的汉语翻译。

这里是什么地方对于人们来说已经不重要了，我无法描述此刻的心情，兴奋而惊喜，似乎柳暗花明又一村了。

从闷罐车上下来的都像是逃荒的人，个个踽里踽遢。我们拿着行李，被赶往前方某个地方。

"马哥，你明显瘦了，胡子也长长了。"

温州王很怜惜地看着我，他看我的眼神，让我觉得他像是我的大哥。

"小王，你不要说我，你也是。"

"也不知这个苦吃得值不值。"

温州王的脸很瘦很瘦，他的手上拿着半根长长的黑面包，我知道，他舍不得全吃了。

终于我们停下脚步，眼前是一个偌大的露天大棚，我倒吸了一口气。大棚足足有半个足球场大，里面是黑压压的人群，像火车站的候车室一样拥挤和繁乱。

我还看见白种人和黑种人，这显然是一个国际性的"逃荒营"。虽然是五月，阳光却没有一丝丝的温暖，恼人的风把人的思绪吹得空空的。

全副武装的苏联士兵在大棚的四周巡逻，不说一句话，端着枪来回溜达着。一种空前的森严，让我感觉天开始阴沉下来。

语言的交流障碍已经成为人们恐慌的主要原因。

"这是什么地方？"我听到周围有中国人在问。

"为什么把我们集中在这里？"

"苏联政府究竟派谁来解决问题？"

"什么时候才能解决我们的问题？"

这正是所有人想知道的事情，可这里除了那些苏联士兵，似乎再也没有其他的苏联人了。我们唯一能做的便是坐在大棚下的长凳上等待！

有一个高大英俊的男人拉着行李箱向我们走来，我一看就欢喜起来。从前我很讨厌日本人，可如今却说不出半点讨厌的理由。

"马啊，我看到你们了！"

"松田，你快过来，太好了！"

"这里是临时搭建起来的大棚，看来苏联人并不心诚！想耗我们了。"

松田放下手中的行李，低头在包里翻东西。

"松田，你懂俄语，你可以去问问那些苏联士兵，我们是不是只能这样坐着等死？"

"这些士兵只是站岗执勤的，他们不会知道什么，知道了也不会告诉我们。"

"你不问，怎会知道？"

"这是剃须刀和镜子，你们俩先把胡子刮刮，反正已经来了，大家就一起等吧！"

"谢谢，你想得太周到了，我们俩都是络腮胡子，这些天长得不成样子了。"

我接过了剃须刀和镜子。

"别怕，中国有句古话叫车到山前必有路。"

"松田，这么多人都是来要债的吗？"温州王迫不及待地问道。

"是啊，你也看见了，不是你一个人，这么多人聚集在这里，苏联政府不会置之不理的！"

"可是马哥，别忘了，我们是来找刘煜的，与苏联人有什么关系？"

"怎没关系？你们做的货是发往苏联的，刘煜他跑不了，会找到他的……"

这是一场无意义的对话，谁也不知道下面会发生什么故事。

时间在一天一天地过去，戒备森严中，大棚里没有一个人敢走出去，等待成了唯一活下去的理由。可是，除了每天定时供给食品外，一切似乎都遥遥无期。人们开始烦躁不安起来，有人在大声骂街，有人在痛哭流涕，有人在相拥而泣，整个大棚像一个哭丧的地方……

我似乎忘记了自己是偷渡者的身份，接下来该干什么？是暗无天日的盲目等待吗？究竟等什么呢？苏联人会给我们满意的答复吗？我思绪混乱。

"松田，如此干耗着不是个事，我们这等于是坐着等死！"

一想到未来我害怕起来，此刻松田成了我唯一可以说话的人。

"是啊，可又有什么办法？如若能想办法出得去，便会有希望活着回家。"

事情变得复杂起来，似乎松田想得更远了些。

温州王突然失声痛哭起来。

"先别这样，怎么一点沉不住气？我这就来问问这些当兵的，看他们怎么说？"

松田走向了大棚外站岗的苏联士兵，这一举动引来了很多人的注目。远远地我看到松田与士兵没说两句便开始吵了起来，这苏联士兵人高马大的还全副武装，我急忙奔跑过去拉起松田就走。

"这个浑蛋，居然问他什么都说不知道，说不关他的事，他只负责站岗。"松田气愤地说。

"也许他确实不知道，才这样回你。再商量商量该怎么办。"

我的手松开了松田的衣服。

"我想如今唯一的出路就是要走出去，走出去唯一的途径就是苏联的军方能有熟人！当然，说这样的话简直就是天方夜谭，偌大的苏联，哪里能在军方找到熟人？"

松田低下了头。在我眼中，他是个有智慧的人，我的内心其实非常信赖他，可眼下连他也没了主意。

我突然两眼发光，像黑暗中看见了光明一样。因为我想到了一个人，一个曾经跟随刘煜去过扬州的苏联人，他就是约翰·克罗夫斯基，一个高大威猛的苏联军官。

"你好！我叫约翰·克罗夫斯基，是苏联人，我会讲一点点中国话。"那天跟随刘煜的"蓝眼睛"很骄傲地说着中国话。我还记得他对我说的一句话："是的，我就是一个军人，我给你留一个电话号码，有什么事可以找我，我会尽全力帮助你。"

我又突然想起一件事。小时候父亲带我去黄山旅游，上山遇见一位道士，道士拦住我们，要给我们测字打卦，说是免费的。原因据说是我看上去天庭饱满，地阁方圆，日后定成大器，且能财源滚滚，吃穿不愁，人丁兴旺。父亲急着要赶路，听道士胡诌了几句心里便乐开了花，嘴上却说没有时间，等下次有空再来细听分解。我知道父亲根本不信这些，可是少年的我却记住了"财源滚滚"四个字。这一切可是天意？我老马该是发财的命啊！

227

我还清楚地记得那位道士追着父亲拱手的样子："要细听我来分解，要细听我来分解……"

唉！只是现如今财还没来得及大发，刘煜便不见了。

我迅速地在行李箱和所有的口袋里寻找一样东西，那是最后的救命稻草了。临行时，记得乐园园把它放在了我的行李箱里。

可这张纸条在哪里呢？我焦急万分地寻找着，这让松田和温州王很诧异也很期待。

终于在行李箱的内层小袋内翻出了一张纸条，这张纸条上清清楚楚地写着约翰·克罗夫斯基的电话号码。记得离开扬州的前一天晚上，我与乐园园说到了苏联，也说到了约翰·克罗夫斯基，乐园园提醒我一定要收好字条，说不定会有用。哦，太好了，谢天谢地，我终于找到纸条了，也就是找到希望了。只要找到约翰·克罗夫斯基，我就能找到刘煜，我就能……

松田从我的手中接过字条，仔细看了一遍，说道："嗯，不错，真是个电话号码。下午与苏联士兵交涉的时候，看到他们站岗的一个亭子里面有一台电话机。下午这个兵不好说话，等晚上换了岗，我们去试试，问他们能不能借个电话用一下！"

"好，我听你的！"

此刻我紧张起来，像要奔赴战场打仗一样。

"到时候你得准备点钱，他要多少，你就给他多少！"松田似乎干过这事一样。

"太好了，我们有救了！"

温州王一听真的高兴起来，兴奋得脸上露出了久违的笑容。

天色渐黑，苏联士兵开始发放羊奶和黑面包了，今晚我吃得特多，胃口突然好了起来。

夜已经很深了，大棚内到处睡的是人，很多人趴在椅子上或躺在地面上睡着了。我与松田不停地探头看岗亭的情况，夜班站岗的刚换班我与松田便迅速出击。

在高大威武的苏联军人面前，松田显得有些弱小，他仰着头叽里呱啦地与苏联士兵交谈。苏联士兵竖起了一只食指，松田便伸出食指和中指，苏联军人坚持一根食指，松田只好点头。接着，苏联士兵伸出一只手，手心手背地翻转了十遍，松田无可奈何地点头。

"马，他答应了！"松田回过头来兴奋地告诉我。

"那刚刚一根指头是什么意思？"我连忙问。

"他只允许一分钟通话，我要两分钟他没肯！他说被长官知道了会没命的。还有就是价格问题，他要五十元人民币！你看他刚刚手心手背翻了十遍！"松田有些不满。

"确实也太贵了，就打个一分钟的电话。"

"好，就依了他！"

我赶紧从身上的口袋掏钱，松田也在掏，坚持要出二十元，我们凑了五张十块，递与苏联士兵。

苏联士兵接过钞票向我们欠了欠身子，脸上露出了笑容。

我走近电话，左手拿起电话，右手开始仔细地对着字条拨号码。唯恐拨错，嘴里始终念念有词。

正是夜深人静的时候，岗亭就我们三个人。我尽力保持冷静，等待电话那头的声响，心都快蹦出胸膛了，从来没有任何时候像现在这样的荒诞而紧张，电话那头漫长而清晰的无人接听声让我几乎要窒息了。如果真的没有人接听，就意味着五十元打了水漂，只得等到明天从头再来。

快接吧！约翰·克罗夫斯基，你快接吧，我求求你了！我心中在轻声呼唤着约翰克·罗夫斯基，仿佛看到了约翰·克罗夫斯基正轻轻地向我走来。那一年在扬州，他是那么的笑容可掬，那么的真诚坦然，他会帮忙的，一定会。

漫长的接听声戛然而止，我全身的血液都凝固了，几乎用尽了全身的力气来聆听对方的声音。

一阵叽里呱啦。

"喂，喂，你是约翰·克罗夫斯基吗？"

"你是谁？"对方终于说了中文。我清楚地记得当年在扬州，我曾经与他无障碍地交流过。

"我是扬州马，我找不到刘煜了，请帮帮我！"

"你在哪里？"

"我在吉尔吉斯的一个大棚兵营！"

"你等着，请不要走动，有生命危险。"

刚刚还想问问其他的事情，电话就断了。我抓着电话看了又看，听了又听，才终于放下了。我有点不甘，五十元人民币一分钟的工夫就没了，可又不能找到更好的办法。我告诉了松田刚刚的通话内容。松田笑了，兴奋地说："马，成了成了。接下来，我们就好好接着等吧！约翰·克罗夫斯基会坚守承诺的。"

从刚刚漫无目的的等待，进入了另一种特殊的等待。同样是等待，前者几乎没有任何希望，而后者完全不同。

五天后的一个下午，太阳从西边斜照过来，远处有一辆军用吉普车向大棚驶来。人们纷纷走出大棚，想去看个究竟。

从军用吉普车上走下来一位军官，全副武装，高大威猛霸气的模样，一下车就朝大棚这边用生硬的普通话喊道：

"五天前的夜晚，谁打电话给我，是谁打过电话给我？"

"是我，是我，约翰·克罗夫斯基。我就是打电话的人……"

我兴奋得语无伦次。我终于看到约翰·克罗夫斯基了，那个苏联军人，幸福和美好就是这样说来就来了。

六

　　远远地，那个高大英俊的苏联军官从吉普车下来后便向大棚走来，站岗的几个苏联士兵连忙迎上去，行了军礼后便很有礼节性地躬身谦让。

　　我一眼认出他来，他还是那个老样子，只是身穿苏联军人的布衣制服。我的心快迸出胸膛了，我冲出人群向约翰·克罗夫斯基狂奔而去，口中仍在不断地高喊着："我就是，就是我，约翰·克罗夫斯基！"唯恐约翰·克罗夫斯基听不见。

　　一路上有苏联士兵想拦我也没拦得住，事实上他们也看出我与约翰·克罗夫斯基有关系。然而，当我气喘吁吁地站在苏联军官面前的时候，失望和失落一下子侵袭而来。约翰·克罗夫斯基高高地昂着头，淡淡地看了我一眼，丝毫没有我想象中久别重逢的兴奋和喜悦。

　　"约翰，我是马！我是扬州马啊！"

　　我像只迷途的羔羊寻找到回家的路时欣喜若狂，又像是失散多年的孩子重见亲人时激动不已，我几乎疯狂了。

　　围观的中国商人越来越多，个个向我投来羡慕的眼神，谁也没有想到，在苏联如此广袤的大地上竟然还有人能够跟苏联军人拉上关系。

　　"这里是军营，是苏联，不是中国！"

　　约翰·克罗夫斯基面无表情地看着我，说着中国话。这让我内心一下子很难接受，顷刻间完全颠覆了约翰·克罗夫斯基在心中的形象，热情、儒雅、随和、坦诚全不见了。我抬头仰视他几秒钟，终于痛苦地意识到，一切都在变化中，人也在变。人会变得陌生，人情也会越来越淡化。更何况我与他仅仅只是一面之交呢？可约翰·克罗夫斯基毕竟在接到电话的第五天赶来了呀，他完全可以不理我啊，我凭什么生气？

我愣在那里不知如何是好，有点尴尬，同时口中竟冒出："救救我吧！看在你曾去过扬州的份上，我今后有机会会报答你的，在这里我只有死路一条！"

约翰·克罗夫斯基似乎没听见我说的话，转身向身后几个苏联士兵叽里呱啦了几句，一把拉过我往岗亭走去，表情严肃而冷漠。他力气很大，弄疼了我的胳膊。人群被两个苏联士兵驱散了，有人想跟过来，也被苏联士兵给拦住了。

"马，这里不安全，说话也不方便，我明白你的意思。用你们中国话说，我是一个知恩图报的人，绝不会背弃诺言，我会救你出去。"

约翰·克罗夫斯基突然紧紧地握住了我的手，这让我惊喜而意外，此刻这个苏联军人终于让我找到了曾经的感觉。

"为什么会这样？我想找到刘煜。"我急切地想表达最迫切的愿望。

"我们国家正处在生死存亡的关头，已经快四分五裂了，全国上下目前处于军管状态，刘煜我已经好久不联系了。我们先出去再说。"

约翰·克罗夫斯基给我又来了一个热烈的拥抱："去准备一下，我到车子那里等你！"

"好，我有两个朋友，一起跟我走行吗？"

我想到了温州王和松田，毕竟这一路相互搀扶而来，我想我不愿与他们分开。

"不行，只能带一个出去。因为这路上军管森严，搞不好我会受到处分。我去那边等你，你赶紧过来！"

约翰·克罗夫斯基说完就头也不回地走向了他的吉普车。

我看着苏联军人的背影，顿时感觉很难受。我不知道接下来该如何去面对温州王和松田。我迈着沉重的步伐走向了大棚。不行，他俩我一个也不能撂下，我宁可自己不走，也不会丢下他们。我主意拿定，心里才稍微踏实，脚下的步履顿觉坚实多了。

"你们快收拾行李，我们一起走。"我一进大棚便对松田和温州王说道。

"我们早已经准备好了，包括你的行李。就等你这句话了！"

松田表现得很兴奋，与温州王拿起行李，三人走向了吉普车。身后是几百个中国商人羡慕的眼神。

"不行，我只能带两个，多了绝对不行！"约翰·克罗夫斯基看着我们三人，连忙说道。

"约翰，请你帮帮我，他们都是我的好兄弟，我不能丢下他们。"我连忙向约翰·克罗夫斯基苦苦哀求道。

"刚刚与你说得好好的，你只能带一个人。千万别为难我，人太多了这一路上会引人注目，更不安全。"约翰·克罗夫斯基满脸的不高兴。

"如果这样，你把他们带走，我一个人留下！"

这是我刚刚想好的一句话，说的时候我感觉很轻松，说完了我更轻松。生死关头，我老马绝不是见死不救的人。

松田和温州王眼睛红了。松田情不自禁地上前抱住了我，所谓患难见真情。温州王也上前抱住我们，没有一个人说话。此刻我们的感觉和心灵是相通的，意见也是一致的，那就是我们都不走了。

约翰·克罗夫斯基僵硬地站在那里，表情缓和了下来，我看见他的嘴角在抽动，他一定被感动了。

"上车吧，我已无话可说。"

约翰·克罗夫斯基没有想到会有这么一幕出现。

"马，你让我对你更敬重了。"

军用吉普车上路了，高高低低地颠簸着。

上车后才发现车上还有一名苏联士兵坐在副驾驶上，看到我们上车很礼貌地叽里呱啦了一下，尽管是俄语，感觉却很亲切，我知道那是在打招呼。约翰·克罗夫斯基告诉我，他那晚接到我的电话后便与这个士兵轮流开车日夜兼程赶来，否则还不知要等多少天才能见到我。我内心无限感激，知道刚刚冤枉他了。想想他的确也不容易，偌大的苏联，一个电话便把他叫来，千里迢迢不辞辛苦，这也绝非常人所能做到的。就算我当初对他有天大的恩赐，也不足以让他以这样的方式回报我。

松田与温州王一上车便闭上了眼睛，我知道他们其实在听着我们对话。

"马，那天夜里接到你的电话，我一夜没睡着，我要根据你提供的消息和内容判断你的方位，全国上下正到处打着仗，很不太平，你一定等急了吧？"约翰·克罗夫斯基边开车边说道。

"约翰，我没打算一定会见到你。那个电话就只允许通话一分钟，我当时紧张得不知道该说哪句话才不浪费时间。"

我在兴奋地回忆当时紧张的情景，内心有说不尽的感激。

"我一听就知道是你的声音，你的音质很美，我知道刘煜一定出事了，你也一定跑到苏联来找这个坏蛋了。"约翰·克罗夫斯基回头看了我一眼。

"现在，我们国家正处于特殊时期，所以很多之前的贸易往来都陷入中止，国内经济形势很糟。你看看，全世界来了这么多上门要债的。"约翰·克罗夫斯基边说边摇着头。

"我的债怎么办？"

刚刚逃离大棚时的兴奋一下子没有了，我忧愁起来，松田和温州王也凑了过来。

"我接到你电话的第二天，就风雨兼程地开着车子往这里赶。赶了四天四夜啊，你知道吗？"约翰·克罗夫斯基的中国话说得真好，我能完全理解他的每一句话。

"约翰，谢谢你，你的帮助实在太让我感动了。我没有想到你一个苏联军官真的会帮助我！"我是真的在内心感谢他。

"我们真的很感谢你！"松田突然冒了一句，约翰·克罗夫斯基回头朝他笑了笑。

"你知道我为什么会帮你吗？"约翰·克罗夫斯基在前置镜中瞟了我一眼。

"上次在扬州，你拿出了你父亲的好酒招待我们，你还送了两件羽绒服给我，让我带回家。这让我很感动。你知道吗？在我们苏联，羽绒服是非常珍贵的礼品，所以我才给了你我的电话号码，也就是想帮你！"

这苏联军官人高马大的，没有想到心却是那么细，在决定生死的关键时刻也会挺身而出。当初送他两件羽绒服的事情，我竟一点也想不起来了，早知道该多送他几件才是。

"请问，你现在带我们去哪里？准备怎么办？"我忍不住提出了最关键的问题。

"我们的目的地离这里很远，大约开车还要两天，我已经打听清楚了，那里才是目前中国商人解决纠纷的地方。"约翰·克罗夫斯基严肃地说，"但那里形势很糟糕，我不清楚政府究竟是如何打算的。"

听了他的话，我已经不知该说什么了，似乎这就是最好的安排，只能听天由命。也许正步入深渊，也许是柳暗花明又一村哩！看着窗外夜色里灯火闪烁，看着欧式风格的房屋和村庄，看着每一个路口要道把守的全副武装的苏联士兵，我深深地感受到所谓的兵荒马乱。

不分昼夜，沿途有食品供应点，全是免费的，我们可以随时停下来取面包和羊奶。有一回约翰·克罗夫斯基很兴奋地取回来一大块牛肉，全给了我们三人。好久没吃肉了，我差点咬破了抓肉的手指。大饱了口福之后，我有了想哭的感觉，说不出为什么，但绝不是仅仅因为吃上了肉。

颠簸了两天两夜，傍晚时分，吉普车终于在一座欧式风格的八层高楼建筑面前停了下来。约翰·克罗夫斯基说："马，这里就是吉尔吉斯小镇，中国人要债的都在这里，很抱歉我也只能帮忙帮到这里，剩下的全靠你们自己了……"

他居然一句也没有再提到刘煜的名字，找到刘煜似乎成了天方夜谭。

我们已无话可说，只能祈求上天的保佑，一切听天由命。黑暗中约翰·克罗夫斯基与我们三人一一拥抱告别，我感受到他强健的臂膀在微微颤抖，他在哭……我还闻到了他身上的汗酸味，我算了一下，他开车整整七天七夜了！

我们谁也没有说话，人生就是在相遇、重逢、别离中才懂得什么叫缘分，我们彼此仅仅是彼此生命中的过客。

我们三人拿着各自的行李，由苏联士兵带进了这座八层高楼。一进大楼便感受到森严和阴冷潮湿，我不寒而栗起来，因为有一种黑暗、近乎死亡的恐怖阵阵袭来。走廊和楼梯随处可见的中国商人向我们投来诧异而冰冷的目光，没有笑容，没有友好和宽慰，我感觉似乎掉进了一个冷漠而无情的陷阱之中。我听见前面带路的穿着皮靴的苏联军人的脚步声，"咚咚"地回响在走廊过道的尽头，还有苏联军人手里的西蒙诺夫步枪与他身上的皮衣发出的"吱吱"摩擦声……

　　我与温州王被苏联士兵安排在同一个房间，松田被安插在另一个房间。

　　走廊里空空的，没有一个人，只有昏暗的灯光在忽隐忽现地亮着，似乎在告诉我这里面住着人。天气已热，走廊里的味道不好闻，沉闷得有些酸酸潮湿的感觉。坚硬的墙壁有一种冷冷的敌意投射过来，让我感觉到的不仅仅是恐惧，而且还有厌倦，甚至是恶心。

　　苏联士兵很有礼貌地向我们前倾了一下身子，这让我多少有点过意不去，因为约翰·克罗夫斯基的缘故，我竟也不再讨厌苏联士兵了。他们指着走廊的尽头叽里呱啦地说了几句话，松田说那是告诉我们，厕所在那边，里面可以洗澡。每顿饭会有人送过来，还有就是祝我们愉快。看着苏联士兵渐远的背影，我不知道愉快是个什么玩意儿。

　　房间并不大，可设施似乎很齐全，灯光下，实木地板和家具的紫红色发着亮光，像有人刚刚用水清洗过一番，或是有人刚把家具的油漆重新抹过了一样，还有一种酸涩味又似一种血腥味。我连忙推开窗户透透气。这是第七层，俯视可见远处零零星星点缀的灯光，苏联小镇的夜景，似乎很繁华又似乎很宁静，可远处传来的军车长鸣声让人心烦意乱。

　　房间里有面镜子，我走过去，看着自己的样子有点心酸。房间的灯光并不明亮，可我还是看清了自己。镜子里是一个蓬头垢面的叫花子。已经一个多月没有洗过澡，也没有洗过几次脸，这日子也过下来了。从前听说过大西北缺水地区的人长年不洗澡，当时不相信是真的，现在相信了。

　　十八岁那年开始想女人，最喜欢的事情就是照镜子。那时候我的激素分泌旺盛，整天脑子里就想着周燕。那时候我有很多头发，不像现在这么稀少，而且根根都是竖直的。我的眼睛也不小，特别是看见女生时会突然发光，只是略带羞涩与胆怯。

我看着镜子摸着自己的脸。黑了，瘦了，脸上全是胡子和骨头，我快认不出自己了，我怕我的女人也认不出我来了。想到我的女人，我内心竟忧伤起来。

我这一生就钟爱过两个女人，一个在天上，一个在远方……在天上的永远无法相见，在远方的不知何日才能相见。

"马哥，你在干什么？"

"你看我还像人吗？"

"我也一样，马哥！"

"好久不照镜子了，看了居然害怕了。"

"别照了，赶紧去洗个头洗个澡吧！"

"好，你先去洗头，洗好了我来给你理发！"

"马哥，我们要好好过。"

"是，既来之则安之！"

"可这幢大楼好阴森，我有些害怕！"

"别害怕，有这么多人在，谁也不敢拿我们怎么样。"

"我去洗了……"

照完镜子，我唯一清楚的是我们依然活着！我的眼睛依然在眨巴，我的鼻翼在翕动，我的嘴巴在哈气，偶尔还闻到从胃里反上来不好的味道。我想安慰我自己，想半天没有找到恰当的词。

洗过澡的我与温州王躺下了，我们已经没有力气再说什么，不久便传来温州王的鼾声，我却异常兴奋不能入睡。一个多月没有洗过澡了，刚刚两人互搓了一下背，那些滚滚而下的泥团，似乎揭掉了我身上的一层皮，我感到轻松舒服了很多。只是一下子还没法适应这样的轻松，因为内心的负担反而更重了。

想想也快一个多月没有躺到床上了，刚刚吃了点松田去领的面包和羊奶，松田还很神秘地弄来一点马铃薯和鱼子酱。我知道这一切归功于他会讲俄语，他总能给我们带来惊喜。鱼子酱让我有了胃口，我突然想吃扬州的盐水老鹅了。我是吃着盐水老鹅长大的土生土长的扬州人，老鹅的脖子很长，吃多了能壮阳，每次吃完了就能"雄心勃勃"。人在"雄心勃勃"的时候是最自信的时候，而且会想心思，想心思又是快乐的，所以就会上瘾。要不去买点回来也让温州王和松田尝尝？那个巷口的老鹅摊子怎么不见了？怎么搞的，都到哪里去了？整条巷子空无一人，就我一人站在巷口。

"哐当！"一声巨响，整幢楼房都摇晃了，就像是高空坠落的物体跟大地相撞的声音。我睁开了眼睛，还在想着老鹅的事情。温州王从床上蹦了起来，大声喊道："什么声音，这是什么声音？马哥，这是什么声音啊？"

"我也不知道啊，你听，走廊里有人走下楼的声音，窗外似乎也有很多的声音。"

我连忙打开灯，坐在床上，仔细听了听里里外外的声音，我知道，此时正是子时。

"马哥，你看看，楼下聚集了好多人。"温州王趴在窗户的边缘使劲地向外向下张望，回过头来惊慌地对我说，"马哥，不好，地上似乎躺了一个人！"

我飞奔到窗前，从七楼向下张望，果然就这么一会儿工夫，聚集了很多的中国人。地上躺着一个人，大部分人离得远远的，只有个别人蹲在地上，似乎在喊着地上人的名字。除了中国人之间相互的说话声，便再也没有了其他的声音。远处有两个苏联士兵向他们走来，夜很黑，可这一切都在路灯下看得明明白白。

急促的敲门声响起，我惊魂未定，连忙去开门。

"老马，不好了，刚刚有人跳楼了。"门外是还有几分沉着的松田，看得出他也是刚刚从床上蹦起来的。

"真的吗？走，下去看一看！"

我随手拿了一件外套，连忙与松田和温州王向楼梯口走去。

"昨天跳了两个，今天又跳一个！"楼梯口也有下楼的中国人，正互相说着话。

我的心猛地往下沉，眼前发黑！

楼道里走下去的还有其他的中国商人。灯光很微弱，他们表情麻木，阴沉着脸，神色黯然，似乎不愿意搭理我们，从我身上掠过的眼光是那么的冷漠和无情。

"别大惊小怪的，这种事见怪不怪。"有人突然冒了一句，这句分明是朝我们说的。

大楼院子的前方是一条马路，路灯把大楼前的院子照得通亮，我们从七楼下来的工夫，已经围过来了几十个人，远远地黑压压的一片。有一小部分是当地的苏联人，似乎是赶过来看热闹的，有几个苏联女人在双手合十做着祈祷的样子。我终于大胆地走上前，只见一个男人趴在水泥地上，脸朝着地面，双手与双腿弯曲着，他的身体完全浸泡在了血泊中，一件白衬衫早已染得通红。

那一年那个爬上卡车的战士，趴在圆木头上，一会儿工夫便不见了，他的尸体被摔到了几十米远的地面上，脸朝着地，腿还在抽搐着，他没有死。我上前把他翻过来，对着他的嘴做了人工呼吸，可我没有救活他。我知道我吹气的时候他已经死了，可我一点也不害怕，我看见他的衬衫都是湿的，是身上流出的血浸湿的。

"已经断气了，从六楼跳下来的，这是个上海人，与他同宿舍的是前几天跳的！唉！太可怜了，可又能咋样呢？"围观的人群中有中国人在说话。

"不是说这里是解决商务纠纷的地方吗？"我立即问道，"难道不是吗？"

"呵，谁告诉你的？你就等着吧！"另一个中国人在答着我的话。

"你是今天才来的吧！你就等着慢慢熬吧！"

有两个苏联士兵过来了，人群自动让开一条道，其中一个苏联士兵拉着一辆板车，板车的四周钉了一圈铁皮，这样似乎可以装上很多的东西而不至于从板车上滚下来。

两个苏联士兵低头弯腰向死者鞠了一躬，嘴里叽里呱啦地说了好多话，然后把尸体往板车上抬。围观的中国人想上前帮一把，可看到流滴的鲜血又都有些缩手。我想这活儿我可以做，别人一定是吓坏了，于是我大步向前，两手托起死者的手臂和上身，与两位苏联士兵共同抬起了尸体。松田也来

239

了，托起了死者的双腿……

尸体很沉，仿佛灌了铅一样，但并不冷也不硬，似乎还有温度在。这尸体看上去很瘦，浑身的肌肉仿佛都痛苦地萎缩起来，把尸体平放到板车上的时候，我看清了那张脸。虽然血肉模糊，但感觉出是一张白皙的脸，嘴巴可能是刚刚摔坏了，满满是血，歪着张着，还有眼睛，也睁着，我想到了"死不瞑目"四个字。这时候，人群中有七嘴八舌的唏嘘声。

板车被拉走了，那两个苏联士兵身上的西蒙诺夫步枪在晃动着，碰到板车的铁皮，发出有节奏的"当当"声。

"哎，把他往哪里拉？"我顾不得去洗沾满鲜血的双手，急切地跟着苏联士兵追问道。松田做着翻译，用俄语向两个士兵急切地大声讲着。

其中一个苏联士兵停了下来，很礼貌地回答松田，松田也很礼貌地点点头，嘴里大概说的是谢谢的意思。

"他说是拖到殡仪馆，然后等大使馆来处理。"松田告诉我，可是这个回答让我们俩都很茫然。如何确定死者的身份？如何通知死者的家属？如何去处理后事？这些事情似乎都是很难做到的。

人群渐渐散开了，只留下一摊鲜血在路灯下更显光亮和瘆人，似乎刚刚死者的灵魂还没有走开，正绕着这摊血在徘徊，在坚持，在盼望……

我这一夜没有闭眼，手上的血腥味依然还在，已经洗了十遍了，我担心永远洗不干净。我竟抬了死人，他的眼睛一直睁着，我开始后悔没给他抹下来。

"好可怕，他怎么能跳楼呢？"

"哎，他一定是想不开了！"

"你说这人要跳楼该需要多大的勇气？"

"跳了，也许就不痛苦了。"

……

这是温州王一夜的自言自语。

窗外传来扫地的唰唰声，夹杂着水流的声音，不看也知道一定有人在清洗现场了。

第二天天还没亮，我就起床了。空气沉闷，有一种新的感觉时时侵袭着我，那就是死亡，这是个十分可怕的预兆。

"马哥，接下来我们该怎么办？"

温州王估计也是一夜没睡着，眼眶黑了一圈儿。

"我们先打听打听这些之前来的人的情况，然后再从长计议。也别太担心，天塌不下来！即使塌了下来，也就头这么大！"

我努力挤出笑容，温州王是个胆怯而又多虑的人，有必要先稳定他的情绪。

阳光从窗口洒进来，新的一天到来了，我奔向窗口，探身向下看了看昨晚那个上海人躺的位置。远远地看，地面上干干净净的，什么也没有，似乎什么也没有发生一样，一切像是在做梦，可也许梦仍在继续。

七

松田从二楼的餐厅领来了面包、羊奶以及一些蔬菜沙拉。这样的早餐应该是这一个月以来最丰盛的一顿大餐，而且是西餐。可是我却根本没有食欲，现在即使扬州盐水鹅摆在我面前，我也咽不下去。似乎我手上仍然有血腥的味道。

"这里究竟是什么地方？"

昨晚的恐惧感丝毫没有降低，我甚至不敢朝窗外张望。

"这儿是吉尔吉斯的小镇，这是一座政府商务招待大楼，原先是专门接待商务外宾的，现在用来作为中国商人洽谈和解决冲突的办公地点。"松田把打听来的消息告诉了我。

欧式的建筑风格和装修风格告诉我这里是苏联，我无法相信我居然真的来到苏联了。可昨晚的感觉还在，我的脑中依然浮现着路灯下的血泊和尸体。现如今阳光出来了，整个大楼虽然少了夜晚的阴冷和恐怖，但凝重的墙壁装饰和色彩还是让人有种陌生感和冷漠感。

"马，就目前而言，我看苏联政府根本没有条件和能力来解决与各国的商务贸易纠纷。"松田的脸色很沉重，接着又说，"所以，眼前大家唯一能做的只有静观其变，如果果真是这样，那实在是太可怕了。"

然而这个消息对于我来说一点也不意外，我从来就没有想到我会与这里发生什么关系，我只想找到刘煜。

我突然开始后悔了，当初是不是想得太天真了？那么拼命地爬上火车来

242

苏联，苏联这么大，刘煜即使不躲起来，我也不可能知道他在哪里。

温州王麻木地看着松田和我，我知道他就是个老实人，有点迂腐，胆子小，性格懦弱……其实，谁不害怕？我反正是悔恨交加，只是不知道该去恨谁。我后悔就这么稀里糊涂地来到了苏联，连句俄语都不懂的人，居然还想找人要钱。

一想到昨晚，我就想到尸体，我沉默了。

我快速梳理着思路，从刘煜的失踪到满洲里要债之行，从偷渡到苏联，到如今不知所措。如何找到刘煜？找到刘煜又能怎么样？越想越害怕，我心绪如麻。

"松田，告诉我，接下来我们该怎么办？该怎么办啊？"温州王突然抓住了松田的手，这男人没了主意，"我知道你最聪明，你一定会有办法。快告诉我吧……"

温州王说松田最聪明，我一点也不生气。这世界上人的智商分三六九等，我一定不算聪明的，否则我也不会连大学都考不上。那年考大学是恢复高考第一年的高考，我其他科考得都不错，只是化学有机部分没有复习，丢了整整三十分，所以我考砸了。

我要是真聪明，便能考上大学了，考上大学便不会去参军，不参军便不会退伍，不退伍便不会跟李兰英结婚，不跟李兰英结婚便不会下定决心下海。唉！这人世间的纷纷扰扰，都是一环套一环的，又有谁能够预测得了呢？又岂是聪明人逃脱得了的？

"小王，别急，这件事不是急的事。你看这楼上有好几百人，没有人不急的，一定会找出解决问题的办法的。"

松田拍了拍温州王的肩膀，算是安慰了温州王，同时又用期待的眼神看着我。他一定也没了主张，才想着从我这里寻求答案。我哪里有什么主张，我还想问问：我找谁要钱？

提到钱，我就难过，要不是因为钱，我怎么可能会下海？那一年，为了让我顺利下海，父亲连他的藏书都卖了。因为李兰英是我的妻子，我必须对她负责，我不能做一个不仁不义之人。她其实心里最清楚我为什么下海，她一直以为是她对不起我，但这又不能怪她，发生这一切又不是她能决定的。

"我们不如静观其变，再找些其他中国人大家好好商量商量，也许会有希望和奇迹出现。"

最后一句话完全是自己安慰自己。希望根本没有，奇迹更不会出现。

宿舍隔壁住着两个东北人，这些日子天天往我们的房间里钻。这两个东北人，一个是做人参生意的，一个是做貂皮生意的，差不多都是三十多岁。

其中一个是大胡子，还有一个是矮个子，见了面自来熟的样子，才几分钟便开始滔滔不绝地讲述各自被骗上当的过程。我哪有心思听他们这些话！越听越后悔自己也是上当受骗的。

"你们从哪里进的苏联？"对于这个我很好奇。

"我们三天前到的，从黑河偷渡而来。进了苏联就被人赶到了这个鬼地方！"

这两个人最大的特点就是直性子，看似很好相处。大胡子嗓门大，开口闭口都在骂人，可听得人心里痛快。

"什么打算？"

"我们人生地不熟的，本来以为来了就能有结果，没想到来了什么事也没办成，天天看人跳楼。"

大胡子说话的声音有点颤抖，眼神中有种恐惧，我看见他的胡子微微抖动着。

两个东北人的加入，并没有缓解我们原先的紧张情绪。虽然人多了，话就多，宽心的话也多。可没有多少话是有用的。只有矮个子的一句话让我听了心里多少有点安慰，那就是："咱决不做傻事，钱永远没有命值钱！我要活着回家见媳妇儿！"

这应该是我们此时此刻活着的共同理由了，钱哪有命值钱！李兰英是我的媳妇，我活着她就能活着。乐园园是我的女人，没有我她便无法活。

五个人就这样天天在一起干耗着，从天亮到天黑，谁也不知道究竟在等什么。

第五天一大早，松田便敲开了门："哎！这两夜挺太平的，但愿这一切快快过去。我们不能总待在大楼里，出去走走吧，说不定会有什么消息。"

"好啊，这也正是我所想的。可如果苏联政府真想找我们洽谈事情怎么办？"

"你可真天真，想得挺美！如果真有，一定会有人提前通知我们的。"

"好，那就走吧！上街转转！"

大胡子和矮个子一听说我们要上街，又知道松田会说俄语，便说也想一起去转转。

五个人走出了大楼，松田与大门前的苏联士兵讲了几句，说是打个招呼告诉苏联士兵想出去走走，苏联士兵点了点头回应了几句。松田说，苏联士兵让我们注意安全，别乱跑。这似乎很人性化，听来也很温暖。

六月的小镇阳光明媚，街道两旁的欧式建筑物古老而凝重，典型的钟楼式洋房和错落有致的街头商店让人很容易联想到，如果不是特殊时期，这里一定相当繁华。

两旁的电线杆与中国城市的有所不同，色彩浓郁的油漆从上到下地涂满，似乎又是一种繁荣富裕的象征。马路上的车辆很多，大多数为军管卡车和吉普车，偶尔还会看见马车经过，这让人感觉很新鲜，似乎来到了十八世纪的欧洲街头。居然还有人骑马呼啸而过，不时还会听见远处传来的不规则的马蹄声响。有时又突然从军用卡车上走下来一群手拿武器的士兵，让你惊慌地以为朝你而来。眼前的一切，分明就是一派兵荒马乱的油画景象。

街头行走的几乎全是苏联军人，偶尔看见市民，可他们大部分也都悠闲地走路，丝毫没有慌乱的痕迹。我们一行五人倒反而成了一道风景。大胡子一直把腰挺得直直的，看见俄罗斯女人从他身旁走过时，笑了起来："乖乖，这么胖！"

"那都是生过孩子的，你不懂，俄罗斯少女可漂亮了！"松田也笑了。

对每个男人而言，这是个轻松的时刻，因为提起了女人。其实我早就看到街头的那些苏联女人了，她们并没有让我提起兴趣，在我的眼中再美的女人也不如乐园园。没有人知道我是多么爱她，只是一想起她，我就觉得对不起她。

商店的门大部分都关着。可是每隔一段路程都有一个食品供应站，写着俄语，松田说是"全部免费"的意思。供应的食品有羊奶、面包、蛋糕和肉罐头。

看见有酒，两个东北人来了劲，但酒必须要花钱买，并不是免费供给的。伏特加和吉特加各二十元一瓶。小镇的街道并不平坦，似乎在坡道上，整个小镇看上去层层叠叠，并带着一种神秘的色彩，美不胜收。太阳已经完全出来了，升到中天，我的身上开始出汗。

转了一圈，也没获得什么有价值的信息，虽说是军管，也并没有战争快要来临的感觉。

这天夜里，搞了点果仁和面包，我们五个人聚在一起，喝了点伏特加。五个人都不想去睡，彼此心照不宣，似乎在等待什么，又不愿等到什么。

那个可怕的声音到底还是出现了。"哐当！"重重的，分明就是物体从高空坠落到地面的声音，松田连忙推窗朝下观望，此时大家心里都明白一定又有人……

路灯下，院子大楼前方的地面上躺着一个人，四脚朝天，虽然夜色中很模糊，但我能看见他的腿还在抽动着。有人从各个方向走来了。

"不好，又是一个跳楼的。"松田一叫，我们五个人立马起身走向门外，楼梯口也像那天一样有不少的中国商人急着下楼，已经没有人惊慌失措了，只有从容淡定，似乎大家是在参加一次军事演习。真的是难以想象，跳楼这样的事情居然又发生了。

"你们快来帮帮忙，快来帮帮忙，他还活着，他还活着！"

有一个中国人，坐在地上半抱着刚刚跳楼的人。那刚刚跳楼的，眼睛居然睁得大大的，看着周围围观的人群，口中在呻吟着，面部表情极其痛苦。

"他是从四楼跳下的，跟我一个房间的。我知道他早已经想不开了，整天眼泪汪汪的，我天天劝他，天天开导他。刚才我有事出去，他居然就跳下来了。"那个坐在地上的人急切地说着话。人群中有人问他们是哪里的，他说："先别问这个，你们行行好，赶快想办法救救他吧！"

松田刚刚还跟我在一起的，这会儿不见了，不一会儿他带着两个苏联士兵从大楼西侧赶来，其中一个苏联士兵拉着板车。我看清了这板车就是那晚的板车，铁皮上还有血迹。

"得赶紧抬上板车送医院。"松田喊道，又转身问我，"我们陪他们一起去医院如何？"

"我去！"

"我也去！"

"我也去！"

"大胡子"和"矮个子"，还有很多的中国人，都想跟着去。人还活着让大家都兴奋起来，似乎不可思议，也同时成了大家的事情。眼下唯一有意义和有价值的就是共同等待奇迹的出现。

我俯身去跟刚刚跳楼的人说话，他居然还能回答我的问题。我其实是有意问的，我妈曾经告诉过我，在抢救危重病人时，使病人的意识保持清醒是第一步，也是最最重要的。我问他是哪儿人，他说是山东烟台人。我问他做什么生意，他说做海鲜干货生意。我再问他为什么要跳楼，他说欠了五百万元的债还不了了。我告诉他，人生没有过不去的坎，活着才是最大的本钱……他听了我的话并没有反应，也一直没有回答我的问题，劝别人总是件容易的事情。

夜色中，一群中国人跟着两个苏联士兵拖着板车走向小镇的医院。

检查结果让大家很震惊，除了股骨颈骨骨折外，其他似乎都是正常的。这让苏联医生感到惊讶，反复伸着四个指头问是不是从四楼跳下来的。松田在不停地点头，口中也在回应着，人群中也只有他能与苏联人说上话。苏联医生直喊了不起，是奇迹。

我一直在担心住院费和手术费的事情，没想到松田说这里的一切都是免费的。做了个简单的笔录，手术就开始了，一直做到凌晨四点。烟台人留在了医院，我们回到宿舍。

一个月过去了，几乎每隔几天就能听见高空坠物的声音，我们已经从最初的慌张恐惧到如今的麻木不仁，甚至连倚着窗户向下看的兴趣也没有了。

夜晚让人难熬，似乎只有死亡之路才是畅通无阻的。

身体坠地的声音是悲壮而从容的，空气中夹杂的是不散的阴魂和恸哭声，这让寂静的夜显得格外的阴森可怕。

很久没有人提到家，更没有人敢提回家二字。我其实很清楚，人人心中都装着家，谁心里都在想着它。

快过去一个多月了，人们快把烟台人忘了的时候，他拄着拐杖由一个苏联士兵搀着回来了，神情漠然。

回来的那天，我们都去看了他，屋里挤满了人。

"大难不死，必有后福！"

"福大命大！"

"以后好好活下去，有命在不怕还不了钱。"

人们在七嘴八舌地说着话，声音都不大，唯恐伤了他。他面无表情地点点头，不说一句话。

他一直沉默着，没人知道他心里在想什么。只是谁也没有想到，突然有一天，他再次从四楼跳下，这回他再也没有回来。

在他的遗物中有一封遗书，上面写着：我之所以选择死亡，是因为我已经生不如死了。一死百了，我可以对得起我的爸爸和妈妈了，也可以对得起我的老婆和儿子了……

温州王抢过那年仅三十四岁的烟台人的遗书读了一遍，失声痛哭起来，声音很响亮，传得楼上楼下的人都朝这个方向走来。这幢大楼里已好久没有听见哭声了，只是不知道眼泪究竟是什么东西，又能解决什么问题。

看着温州王，总能让我想起爱哭的陈兴伟，想起那年在沙漠上面对狼群，在死亡快要来临之际，陈兴伟哭着求我救他的情景。我其实也害怕，谁会是死过又活回来的人呢？谁会不怕死？可是哭泣又能解决什么问题？

"马哥，告诉我，你第一次与女人睡觉是多大？"

有一天半夜醒来，温州王突然问我。那时我正做着春梦，我记得清清楚楚，好久不做这样的梦了，只是梦中的女人总是很模糊。我有点想责怪他坏了我的好梦，但还是坐了起来。我很愕然，温州王从来就是个一本正经的人，在一起这么久从来没有与他谈过女人的话题，今天这样被他一问感觉很反常。

"二十四五岁。"

我从来不会逃避这样的问题，好女人对于男人来说就是男人的半个身体，哪个男人又会离得了女人？我想既然温州王主动提出来了，不如跟他轻松调侃一下吧，反正闲着也无聊。

"我当时不懂男女之事，纯粹被一女医生给强迫的，呵呵！"

想起那个女医生，我突然有点想哭了，因为那是我的第一次。

那个女医生是我妈的学生，我并不喜欢她。那时失去了鄂丽，父母催我相亲催得又紧，以为唯一让我不再思念、忧伤的方法便是找到一个可以与我结婚的女人。

"马琪，她人本分又聪明，我看不错！"

"儿子，她职业不错，你妈是医生，你再找个医生，这是我马家的福分。"

那时我觉得我不会再爱上谁了，既然她那么喜欢我，就遂了父母的愿与她谈吧。

"你要了我吧！"

没有想到，女医生很积极很主动，说出这样的话让我很被动，也怪我没有把持得住，在她的指导下"失了身"……

这也让我知道，女医生并不是第一次。

不是第一次也无所谓，我虽然觉得有些后悔和遗憾，可毕竟我与她睡过了，我不会吹了她的。只可惜，她家里人不愿意，嫌弃我的文凭是部队大专，而她是堂堂大学本科。女医生虽然与家里人闹了半天，但最终还是依了家里人，她没有胆量和勇气违背父母和家庭。我正好对她也没有什么感觉，所以还是吹了。

温州王听着我的故事。这其实是我第一次告诉别人这件事情，因为是我人生中性的第一次，感觉很丢人。毕竟是女医生在主动教我，我很紧张，也很被动。

"我十八岁那年，因为家里穷做了人家的上门女婿，老婆比我大六岁，当时觉得她很丑。我从小是个孤儿，是我外婆把我拉扯大的，外婆已经很老了，我得听她的话。结婚的第一个月，我没有碰我老婆，可是她一点也不怪我，依然对我好。我第一次睡她是在结婚的第二个月，我不会，她也不会，后来发现她还是个处女，流了很多血……再后来，我觉得她很美，她给我生了一儿一女，还帮我操持家务，打点生意！……"

我躺在床上听着温州王讲故事，这让我想起乐园园，她是把第一次给了我的唯一的女人。

"你爱她吗？"我问道。

温州王半天没有回应，我这边也忍不住开始想心思，觉得下面胀鼓鼓地竖直了起来，只想着能够放进一个温柔的地方，这是来了苏联后的第一次。我的手控制不住地伸了过去……

过了很久，我听到了抽泣声，一直持续很久。我想还是不打扰他吧，这也许是他想女人的表达形式，有人乐着想，有人喜欢哭着想。

天已经很热，估计温州王脸上的泪水和汗水早已混在一起。而我这里双手也已经是黏糊糊的，心跳急剧如同刚长跑回来，又像是刚刚爬上了一座山崖，从高空中跳下的瞬间神秘而舒服，仿佛神仙一般。我突然想起来了，白天我们都吃了很多牛肉和牛身上的其他东西。

"爱她！怎能不爱，我这一生就她一个女人。"

温州王突然停止了哭声，爬起来坐在床边。

"才结婚时间不长，那时候不想看她一眼。有一天我突然肚子疼，得了急性阑尾炎，她一个女人把我驮到了二十里外的公社卫生院，整整四天四夜没合眼。我当时就觉得这个女人我要定了。"

夜已经很深了，我闭着眼睛漫无目的地听着他说话，听着听着有了一种奇怪的感觉，那就是温州王有点失常了。我顿时又感觉有了一种责任，只是说不清是什么责任。

"生儿子的时候，她难产，大出血，差点儿送了命。可是，她依然坚持把第二个孩子生了！她说，她愿意为我做一切，哪怕是送命。"

温州王在他的世界里回味着。

"我们都要好好地活下去，继续过属于我们自己的日子。"我知道这句话不仅仅是说给他听的，更是说给我自己听的。

"你胆子大，居然有两个女人，你难道不爱你老婆？"温州王突然转了话题问起我来。

我不知如何回答他，这个问题很复杂。那个女医生回绝了我之后，我一下子颓废自卑起来，虽然从部队回来后便在机关工作，但并没有遇上合适的。

再后来，经人介绍了我老婆，很快我们就结了婚，从认识到结婚就半年时间。我父母的脸上始终就没有舒展的笑容，我理解他们的心思。

我不想接着讲，即使讲一天，也未必让人理解。温州王却似乎听懂了我的意思。

"马哥，不谈了，谈了你心里不愉快。"

"是的，这都是命。"

"马哥，你知道吗？刚开始听到跳楼声，我的心会跟着跳出胸口，现如今，我觉得那是一种回家的声音！"

温州王说完这句话便笑了起来，我听出是带着哭的笑声。

"回家的感觉一定很好，现如今我已不再害怕了！"

对于温州王的自言自语，我大为惊讶和不安。刚刚的话绝对不像从一个懦弱而胆小的人口中说出的，虽然有关死亡的话题已经成了家常便饭，可温州王毕竟是与我朝夕相处的伙伴，两三个月的时间并不短，我了解他。

生与死的话题似乎在这幢大楼里已没有了任何交谈的意义。生死也仅一念之差，一步之遥。有的人虽然还活着，却像行尸走肉一般；有的人虽然死了，比活着还轻松还自由。

"马哥，我死了，我的债也会消失吗？"温州王在某一天夜里突然问我。

"我不知道！"

我被他突如其来的问话给难住了。如果告诉他债务将随人亡而消失，这正合了他的意。我知道他一定是想死了，我突然佩服起他来，因为想死的人一定是勇敢的人，他让我刮目相看。

"马哥，死的时候疼不疼？"

他与我每天谈论的话题似乎步步在向死亡逼近，也许一个想死的人，是十头牛也拉不回的。

他一定希望我告诉他，人死了，债就没了。我不忍心告诉他真话，似乎真话能"催死"温州王。于是我用"不知道"搪塞着。

我很想用励志的话语去唤醒他对生命的信心和勇气，可是我做不到，现如今我连对自己都说不出口，更何况要去说服别人。

"马哥，如果有一天我死了，看在我们兄弟一场的分上，抽空去浙江温州看一看我的老婆和孩子……"有一天温州王笑着冒出了这样一句话。

我开始紧张地面对温州王，与松田他们通了气，个个前来说教安慰。同是天涯沦落人，那是一种生死相依的感觉，只是没人有足够的理由去说服别人放弃死亡的念头。似乎在生与死之间，只有死亡才属于自己。

有一天半夜，我在睡梦中突然睁开双眼，看见温州王正爬上窗台。我连忙跃起，飞奔向窗口，双手死死地抱住温州王的小腿，拼命地往房间里拽。

"你不能这样，你不能这样，你怎能让两个孩子失去父亲，让你老婆成为寡妇……"这是我在性急中唯一能说的话。

"我只有死了，他们才能活下去！"温州王终于被我从窗台上拉了回来，"我不死，我的几百万元债务谁能替我去还？这反而害了他们娘儿仨。"

紧接着是长时间的哀哭声，我默默地抱着眼前这位比我大得多的兄弟，陪着他在寂静的夜里流着泪。

终于有一天深夜，我奔向窗口迟了一步，就一步，温州王那条的确良裤子实在太滑了，我的双手根本来不及抓住，眼睁睁地看着温州王从我眼前的窗口跳了下去。七层高的楼，需要的是勇气和胆量，更需要的是对死亡的深刻理解和接受，我惊呆了。

"不……"

这是我在宁静的夜晚发出的一声长啸，用尽了全部的力气，双手伸向窗外。

眼看着温州王从七楼自由落体的生死瞬间，我那从心底发出的叫声，是恐惧的悲伤的，也是遗憾的怨恨的。

紧接着"咣当"一声，大楼似乎也摇动起来。我的心像被重物击中，一刹那停止了跳动。在路灯昏暗的光线里，我看到落地的温州王两条腿抽搐着，我连忙返身开门，奔向楼下……

八

我发了疯地奔向楼道，嘴里高声喊着："快救命啊，快救命啊！"

我的声音变得可怕起来，根本不像是我的声音。又因为裤子没来得及穿好，用力过猛，我听见裤裆撕裂的声音，但根本顾不了那么多，即使光着身子我也要冲下去看看温州王是死还是活。

七层楼的楼梯今日仿佛变成了永无止境的漫长路途，我根本无法接受刚刚温州王坠下的一幕。我不该醒这么迟，也不该这么晚才意识到发生的事，我甚至恨刚刚手太滑没有抓牢他的腿，哪怕就是抓住他的裤腿一角，我也会拼命地竭尽全力把他抓住。可惜一切都太晚了！

地面上，温州王静静地趴着，脸贴着大地，像是遇见了久未见面的亲人一样依恋。刚刚从楼上看见还在抽搐的两腿，现在已不再抽动，部分身体趴在血泊中，在夜灯下悄悄地释放着一种幽然的光束和阴森的色彩。

"小王啊，小王啊，你为什么要这样啊？"

我上前一把抱起血淋淋的温州王，一屁股坐在地面上，用自己的衣袖拂去温州王脸上的血迹，看清了温州王的脸庞。温州王的两颗沾血的牙齿脱落了，鼻子早已血肉模糊，只有双眼还睁着。我颤抖地抱着他，感觉到他沉重的身体在渐渐冰凉，那颗充满悲伤和孤寂的心脏也渐渐停止了跳动。

我记不清这是第几次面对跳楼的尸体了，却是第一次这么大胆、悲伤而又动情地把尸体抱在怀里。在这片异国他乡的土地上，我是温州王最亲密的朋友和家人，只有我最清楚他寻死的全过程，却没有能阻止得了。

周围已围了很多的中国人，早已经习惯了这种场面的他们，没有惊讶和唏嘘，只有默默的陪伴和道别。

松田半跪在地面上，低下了头，像是在对温州王做最后的默哀。

"真是个傻瓜，他终究去了。"他的双手轻轻地按在我的肩膀上。

"小王啊，我们是难兄难弟，你太不够意思，凭什么撂下了我？"

我这么一说，竟哭出声来。知道他最好哭，可今后再也听不见他的哭声了，就让我用哭为他送上一程吧。松田的手很有力气，似乎在给我传递着一种信息和力量，那是面对死者时生者之间唯一能够做到的一种捍卫和坚守，更是一种默契。

我轻轻地拈去他那两颗脱落的牙齿，想扶正温州王歪斜破损的鼻梁，却发现根本没法扶得正。我伸手从温州王的额头自上而下轻轻地抹下去，要让他死得瞑目。

这似乎就是战场，我成了一名幸存的战士，只是战争并没有结束。

两个苏联士兵拖着一辆板车来了，这是经常重复的画面。那是一辆带有铁皮的板车，车上沾满了无数人的血迹，承载过数不完的尸体，然后再拉向无人知晓的地方。

"不，你们不能把他拉走！你们想把他拉到哪里？你们有什么权力任意摆布中国人的身体和灵魂？"我突然大声叫喊起来，企图阻止苏联人搬运。

松田也大声用俄语说着什么，苏联士兵的回答似乎让他很不满意，他同样也想阻止这一切。

同生过才会想到共死，三个难兄难弟在经历过一场又一场的生死磨难与考验后，已经凝聚成了一个似乎不可分离的整体，可眼前便是骨肉分离，骨肉分离是疼痛的。死者的悲哀，生者的悲伤；死者的失魂，生者的落魄……此刻的场景成了一幅永恒的画面，客死异乡的无奈和心酸已经让中国人的尊严荡然无存了。

苏联军人的板车渐渐走远，西蒙诺夫步枪与板车铁皮碰撞发出的"当当"声也一同消失在了夜色中。

连续三天没有吃下一口面包，我整理温州王的遗物时发现了一份遗书，写给妻子和儿女的。遗书上写道："我亲爱的妻子、儿子和女儿，当你们看见这封信时，我早已不在这个世界了。请不要责怪我就这样走了，我何尝不想与你们仁一起共度人生的美好时光，可是我却不愿你们与我共同承担这天文数字一样的债务。我希望你们幸福，希望你们无忧无虑。我妻，好好过下去，好好培养我们的两个孩子。你辛苦了！我的儿子和女儿，你们要听妈妈的话，爸爸在天之灵一定会好好保佑你们。每年的今天，到坟上给我烧点纸钱，我便会心满意足了……"

读着读着我便泣不成声了。我想起温州王曾经读烟台人遗书时的情景，谁会想到，才过了几天我却在读他的遗书。也许写的人没有读的人忧伤，这是一种多么自私的行为，我真想抽他两个耳光……

自温州王走后，我变得沉默寡言、冷漠无情起来。夜间的跳楼声仿佛与我无关，面对着温州王的床位我常常坐到天亮，竟没有一丝胆怯与畏惧。

这个小镇已经被松田、大胡子、矮个子和我踏遍了，现在已经是七月，天气显然没有中国的南方燥热，阳光也很平和。风中吹来的除了牧场的尿臊味儿外，还有那些中国冤魂的血腥味儿，这样的血腥味儿在小镇的每个角落飘散着，游荡着，像是那些迷失方向的魂魄在苏联的空气中诉说着冤屈和悲哀……

夜晚偶尔有跳楼的声音，依着楼层和体重与地面发出不同程度的碰撞，仿佛是一种生命回归大自然的音符敲击于天空和大地之间，传递着一种灵魂和精神的不朽。那是勇敢者和懦弱者融合体的象征，是无所畏又是无所不畏。只是让人有点遗憾，一个生命的诞生与消失，一个灵魂的崛起和衰落，一个躯壳的行走与迷失，就这样在有意义和无意义中，彷徨和颓废得只剩下了最后一声。等待和守候似乎都没有了任何意义，在生者看来，似乎只有死亡更有价值。

"松田，如果有一天我不在了，麻烦去我家，送上我的遗书。"

有一天我笑着告诉松田，连我自己都不清楚是真话还是假话。我琢磨着写遗书给父亲和母亲，给李兰英，给乐园园，虽然要写三封，但对于我来说这并不难。难的是我如何爬上窗台，再从七楼跳下去。此刻，我真的很佩服温州王。

"你跳了我也跟着跳，正好我俩做个伴。黄泉路上不孤单……"松田话还没说完，便对着我的胸口就是一拳。

"想死还不容易吗？只是你想过你的父母吗？想过你的女儿吗？一边是生你的人，一边是你生的人，纵然你有一千条死的理由，你也没有死的权利。"

我的胸口被他打痛了。他下手真狠，可他却是这个世上唯一可以教训我的人，我不能因为他打了我而去恨他，我怕他从此不再理我了，我从来没有恨过打我的人。我发现打我的人都是爱我的人，小时候挨父母的打，我便知道了这个道理。

我想到我曾经是个多么勇敢的人，与小六子捉迷藏打仗的时候，我扮演的就是英雄。我天不怕地不怕惹了那么多麻烦的时候，我就是英雄。部队里我救了那么多煤气中毒的士兵时，我就是英雄。沙漠里我临危不惧击退狼群时，我就是英雄。还有当年插队时，那个月夜下"英雄救美"……时势造英雄，我死了谁还会成全我做英雄？

"是生存还是毁灭？"

我问了自己千百遍：我要不要跳？我是否一跳就一了百了？我的生命是否就只能停留在这永远纠缠不清的债务上？可是我绝不做一个懦弱的人。欠债还钱天经地义，我必须要懂得这个道理，谁让我遇上了这么倒霉的事呢！其实最关键的是，我是一个怕死的人，那些不怕死的人才是真正的英雄。

生命在这样的自由落体运动中消失，而灵魂却在空中盘旋，唱响着最后的哀歌。这世界上没有一个人是不怕死的，可眼前的死亡所换来的东西远远超越了生命的苟且残存，这不能说是一种逃脱，也不能说是一种畏缩，这不是勇敢者的行为，可也不是懦弱无能者的逃避。

我几乎夜夜难眠，跟松田他们商量着下一步的行动。已经有人开始打包行李，询问着可能出境的方向，从七楼的窗口可以看到陆陆续续拖着行李远去的中国商人。

"不走是死，走可能死，但也有可能活！"松田的话总让人觉得有道理。

"我不想死，我媳妇可等着我回家生个大胖小子呢！"大胡子先发表了意见，只有他的眼神中充满了对未来的美好向往。

"我也不想死，留得青山在，不怕没柴烧。我娘还等着我给她养老送终呢！我坚决不做不孝之子！"矮个子也表态了。

"既然意见统一，那么我们就齐心协力，准备回家。不要想得太多。"

人活在世上就是来经受各种各样的磨难和挫折的，你经受住了考验，便会挺过这一难关，胜利也会向你招手；你经受不住考验，你就是失败者，是懦夫！我其实是在给自己打气，我不愿再提债务二字，谁也不愿再提。我想给父母养老送终，想陪女儿马丽长大成人，还想吃扬州盐水老鹅，想与我的女人乐园园缠缠绵绵到老，我要给她名分，我要给她幸福。

四个人终于决定离开这幢"死亡之楼"，身在其中时并没有感觉到可怕，可离开的那一瞬间，我的心中有了从未有过的平静和安宁。这座充满梦魇的大楼，埋葬了几乎所有人的梦想。那些形形色色的趴在地面的尸体，那些尸体旁流淌的暗红色血液，曾经给过他们想死的冲动，可求生的欲望之火一直未曾熄灭过，生却在这个时候变成了一种责任和使命。

"一定要回家，一定要回家！"此刻这成了我心中唯一的选择和信念。

秋风习习，我们开始漫无目的地行走。我的脸皮变得厚起来，我知道要活下来就得不要脸。跟着松田学会了几句俄语，比如说给点吃的，给点喝的，虽然永远是面包和羊奶，却填饱了我的肚皮。偶尔也会有好心人家送上烤熟的土豆，那便如同过节。只有夜宿街头是件麻烦的事情，特别是下雨的时候。但也有好处，因为躲在屋檐下，我可以有机会流泪而不让别人发现，满脸的水，根本分不清有多少是雨水又有多少是眼泪。

我何时这么伤心地哭过？想起来了，那年当我知道鄂丽离开人间的时候，痛哭了三天三夜。这个女人是我真正意义上的初恋，当初我俩说得好好的，她说她愿意嫁给我，我说我愿意娶了她。她怎么能出尔反尔呢？

我暗恋她时，并不知道她父亲是军长。没想到在给她送信时，她也喜欢上了我。那年我二十三岁，觉得自己高攀了，卫生所所长已经是个不小的官了。于是我很快上了军校，以为从此可以在部队里扎根提干，没有想到她得了白血病。唉！我的运气真差，她比我更差。我那时候很伤心，常常一哭便是几天。

终于在一个傍晚，我们四个人爬上了一列火车。这是一列拉煤车，我们躲在一节车厢的角落里，火车整整开了二十四小时，我们也昏睡了几乎二十四小时。渴了喝点羊奶，饿了吃点烤土豆，在颠簸中感受着痛苦和快乐交织的复杂情绪。这对于我们已经算不了什么，我们只思考着同一个问题，那就是火车将驶向何方……

火车才停下来，我便看到陆陆续续有人下了火车，让我感到欣慰的是他们竟是一群中国人，很惊讶也很好奇，他们是从何处如何爬上这辆列车的？

蜂拥而至的中国人，奔向了铁轨两旁的军管服务站，这里不仅有羊奶、面包，还有军用罐头，这样的罐头让很少吃到肉的中国人两眼放光。人们疯狂地举起路边的石头把抢到的罐头用力砸开扒开，当午餐肉的香味飘逸得满世界都是时，我又想哭了。

我曾经说过男人想哭的时候常常是一为嘴，二为女人。当然还有其他的原因，我觉得这两个是最常见的。只是有时候，不光是得不到时想哭，得到时也想哭。

此时，回家的念头如潮水般涌来，刻不容缓！

四个人重新爬上了一列火车，那个情景和场面让谁看了都觉得不是"逃荒"，而是"逃命"。曾经经受过闷罐车考验的我们，丝毫不觉得路途艰难或辛酸，因为这是一条回家的路。

回家本是件多么美好的事情，而此刻我又心情沉重起来，因为我最害怕的便是回家。

我知道我是矛盾的，也知道矛盾的原因，可眼下唯一能做的事只有回家。

只知道火车在朝着苏联的西方挺进，没日没夜地，谁也不清楚它的具体方向和行程，因为任何方向对于我们来说都是在离开此地，在前进。

突然有一天火车停了下来，上来了很多苏联士兵，全副武装的那种，并且还穿戴着医用口罩和防护装置。虽然我们早已习惯了苏联士兵的装束，可如此医用装备下的苏联士兵还是第一次出现，这让人有点疑惑不解。

"发生什么事了，长官？"

"别问那么多，例行公事。"

"总得让我们知道接下来我们该去何方？"

"统统下车，接受检查。别再废话！"

松田与苏联士兵的对话显然是带着对抗的，军事管制下的强制措施让所有人束手无策。

接下来火车上所有的中国人都被苏联军方赶到了一家战地医院并强行隔离了起来，那个场面让中国人不解、不安甚至愤怒起来，人群中出现了躁动和反抗，但可想而知无济于事。你是名偷渡者，已没有自由和权利，你还有什么资格要求人格和尊严？

"他们说吉尔吉斯正流行一种瘟疫，政府表示，凡是进入本区域的本国公民和他国公民都必须无条件地进入战地医院接受隔离，等隔离期一过方可放行。"松田说。

这也许是另一种对生命的保护和尊重，只是回家的路又遥遥无期了，大家彼此心照不宣，听天由命是最好的接受方式。

我说不出是念家心切还是根本不想回家，人总活在矛盾中。在拒绝中盼望着，在深情中自责着。谁都会说家是心灵最温柔的港湾，因为那里有亲情和爱情。可是如今拿什么去面对家中的一切，又拿什么面对那些要债的人呢？责任再一次让我陷入了矛盾之中。

夜已经很深，苏联战地医院的大病房静悄悄的一片，我睁着眼睛躺着。战地医院的条件和设施不错，森严中带着几分安静，这是我来到苏联后受到的最佳"礼遇"了。每天有医生来查房，并且都是苏联部队的军医，给我们进行几项简单的体检，只是不让走出病房。

伙食也不错，除了羊奶和面包，还加了奶酪和土豆。这样的日子倒让我安逸起来，我渴望这样无所事事的日子，让我暂时忘记了忧伤。

蓝天下，是科尔沁大草原，有位长辫子美女像一只蝴蝶飞舞着，追随着我，我同样也在追随她，只是一直看不清她的脸究竟是个什么样。让我惊慌不定的是，我居然看见了另一个女人，她是乐园园，她满脸泪水地站在一旁，一言不发……我于是大声叫喊起来："乐园园，乐园园……"

睁开双眼，我感觉我的下身很轻松，异常凉快，我看见松田他们正围在我的床边看着我笑。看见我醒来，他们笑得更欢了。因为他们的目光都同时转移到了我的大腿根部，顺着他们的目光，我看见自己正光着下半身，中间昂首挺立的东西让我立刻惊慌失措起来。

"我的裤子呢？我的裤子呢？是谁脱去了我的裤子？"我连忙叫了起来，感到非常难堪。

"马哥刚刚做了春梦，裤头快捅破了。"大胡子笑着说。

"告诉我们，做的什么梦？乐园园是谁？让我们解解馋！"矮个子居然也会寻开心。

"哈哈哈……"

松田他们放声大笑，我也跟着笑了起来，这是一种轻松和快乐。笑声中虽有无奈，也有诙谐，充满了向往。

这是半年以来的第一次大笑，人在困境中也有寻求自由和快乐的权利。生命在最脆弱的时候，本能依然还在，所以我们没有理由不活下去。

有一天晚上，大家都睡不着，松田躺在床上，悄悄地问我："哎，马，谈谈你的初恋。我觉得你的故事最多。"

"是啊，马哥，说说你与嫂子的故事。"大胡子也跟着说。

"哎，你们不懂，马哥的初恋一定不是嫂子。"这是认识半年来，松田第一次调侃我。

正好闲着，我终于向他们讲述了我与鄂丽还有乐园园和李兰英的故事。

第六章

捍卫初心

一

　　当吉尔吉斯政府方面宣布在这一天放行通关时，我们四个人并没有重获新生的喜悦，都已经麻木了。我们在战地医院的病房里熬过整整一个月，大家似乎开始遗忘自己的身份，一切从不平静到平静，再到不平静。心中早已不再向往美好，收获美好谈何容易？看远方日出日落，看天空风云变幻，期待每一个明天尽快取代今天。

　　太阳似乎升得很高，光明洒落在每一处地方，也同样照亮了我们心中的方向。四个人拖着行李，跟随着大批中国人奔向了草原。有人告诉我们，只要穿过这片草原，一直向南，就是中国。

　　"送我们出草原！"

　　松田与一位马车夫谈妥交易后，我们四个人便爬上了一辆五套车。赶车的苏联人六十多岁，高个子，白胡子，蓝眼睛，衣服并不干净，似乎非常满意刚刚的交易，嘴角上扬着，一副似笑非笑的样子。

　　"一人掏五十元！"松田提醒大家。

　　苏联人咧着嘴收下了我们的钱，大家都不觉得贵，因为不知道前方的路究竟有多远，更因为我们这是在逃命。在他从容的目光中，我看到了成功和希望，看着他的样子，我放心了。

　　马车夫转身又叽里呱啦地跟松田说着什么，松田点头哈哈大笑起来。我还没有来得及问松田原因，五匹马就开跑了。

　　五匹马保持着同一种步调，在马鞭声中，奔跑在大草原上。那"嗒嗒"

的马蹄声似乎在跟苏联说着"再见"。四个人默默无语却心照不宣，心中唯一希望的是快快结束在苏联的最后一程。

"松田，刚刚你与他笑什么？"我一直在好奇，想知道答案。

"哈哈哈，你猜！"松田朝我神秘一笑。

"我猜不到，你与他能有什么事可以开怀大笑？"我只能实事求是地继续问。

"哈哈哈，他刚刚说我们归心似箭，想回家睡女人了……"松田说了两句突然停下来，我们也都恢复了沉默，各自想着心事。

蓝天白云下是绿色苍茫的大地，阳光下，那草原更加努力地释放着它们的美丽。草原的尽头，天已经连着地了，天边其实就在眼前，你可以看得到，甚至仿佛摸得到，只是多了些沧桑和悲伤。

颠簸中我突然想起了苏联歌曲《三套车》，很久之前我便会唱，而且唱得很好，只是无法沉浸到词作者完美的想象和意境中。

"冰雪覆盖着伏尔加河，冰河上跑着三套车，有人在唱着忧郁的歌，唱歌的是那赶车的人。小伙子你为什么忧愁？为什么低着你的头？是谁叫你这样的伤心？问他的是那乘车的人……"

我突然间找到了感觉，感觉自己就是那个忧伤的赶车人。我从头到尾哼唱着，且声音越来越大，传得很远很远，连松田也跟着唱了起来。我们相视了很久才笑，心领神会的笑是复杂的，但是一定带着"同是天涯沦落人"的哀伤。

马车夫回过头来朝我点了点头，眼睛似乎潮湿了，边笑边叽里呱啦说着什么。

"中国人居然还会高唱我们的民歌，真的很少见。"

松田刚刚翻译完，那马车夫便大声唱起了《三套车》，地道的俄语飘荡在草原的上空，悠扬而空灵，立即让我心中产生了一种无名的伤感。也许俄语更能充分表达歌曲的意境，伤感的，带着忧愁的，这样的悲哀来自落魄的赶路人，而不是赶车的人……

天渐渐黑沉下来，马车夫用马鞭和口哨叫停了拉车的五匹马。

马车夫下车去喂他的马儿们，我方才想起饿来，松田早就拿出一些面包和牛奶，那是在出发前就备好的。我啃着面包看着马车夫，马车夫也啃着面包，真担心这一路会有什么意外。

夜静悄悄的，有月光洒落下来，把草原照得美极了。风吹来的时候，我裹紧了那件军大衣坐在马车上，松田靠着我坐了下来。

"马哥，你说如果我们永远回不了家，就这样在一起好不好？"大胡子突然有点煽情了。

"你算了吧，前几天还嚷嚷着要回家'打种'呢，现如今却说起这样的话来。"我打趣道。

"呵呵，我就是舍不得大家。"他的心思其实谁都明白。

"当然要回家，千万别忘了我们活着的目的。"我说道，陡然发现生比死要难得多。

"可我真的害怕回家，回家就是等于等死啊！"矮个子突然伤心起来。

"你小子我早说过，吉人自有天相，船到桥头自然直，只要活着都有希望。"大胡子站起来，拉住了矮个子的手。

"那时候常有人跳楼，我真的不知道哪一天会轮到我去跳，可是，死也不是那么容易的。我想明白了，我们必须活下去，哪怕是用一辈子的付出去还债，都是值得的。这样才对得起良心，他们都是曾经帮助过我的朋友，我岂能让他们白遭损失？"我躺了下来，凝望星光灿烂的天空，回答着大胡子。

松田上前拉住了我的一只手，另一只手深情地拥抱了我！

"我们将做永远的兄弟，永远的朋友！"

夜色紧紧地团抱着我们，夜风很大……

来到霍尔果斯口岸，已经是第五天的早晨了。

我坐在马车上看见了远处的建筑物，猜想那一定就是国界。走近了终于看到界碑，四个人早已认识了俄语书写的"中国"二字，知道前方就是中国了。发自内心地，我想大声呼喊："中国，我回来了！中国，我回来了！"

我虽然是个性情中人，更是个理智的人，如今是载誉归来还是立功归来？兴奋渐渐消失，我终究没有勇气放声大喊。

"马哥，活着就是一种成功，一定是人生最大的成功。"

松田似乎看透了我，总能在关键的地方提醒我，让我认清自己，并找回自信。

"总有一天，我们会庆幸今天所做的一切的。"

"我回来了，我回来了！……"

大胡子和矮个子两人虽说没多少文化，却是善良而有情义的人，他们很激动也很兴奋，下了马车，含着眼泪朝着中国的方向呼喊着，只是没喊几声便哽咽了……我的心中又何尝不是同样的感受？只会比他们更强烈！

我的双眼噙着泪花，鼻子酸酸的，说不清是激动还是忧伤。我知道，其实我是矛盾的也是无奈的。久违的中国就在眼前，我却不能确定它就是我心中日夜思念的地方。

心一直在飘游着，我是愿意回来的，只是害怕回来。一想到债务，我便慌起来，不知道该如何面对我的父母、我的女儿，还有那两个女人。

大胡子和矮个子几乎达到了忘我的地步，应该说是"忘债"的境界。

"你们快到家了，这是霍尔果斯口岸，与中国新疆伊犁的对接口岸，出了关就是你们中国的新疆伊犁了。"马车夫看到我们兴奋失态的样子，也激动起来。

"真的吗？是新疆伊犁？"

听完松田的翻译，我感觉自己像在做梦，从来就没有过像现在这样的感觉，似绝处逢生又似久旱逢甘霖？然而，我却无法轻松起来。

松田与马车夫叽里呱啦又说起话来，两人愉快地哈哈大笑。

我连忙也下了马车，上前抱住大胡子和矮个子，感觉到了他们双肩的颤抖和呼吸的沉重。松田也上前抱住了我们仨，在短短几天内，这是四人第二次含泪而拥。

"好好活着！"终于说出了这四个字的时候，我想我已经彻底想明白了。

"大家保重，如果有缘，我们今生还会相见！"

松田松了手，一一拍了拍我们的肩膀。

正午的阳光照在伊犁大草原上，我想奔跑起来，可底气不足，就像个犯了错误的孩子，正等着挨打。

伊犁火车站，人山人海。

"有件事是我们每个人现在必须要做的，都看见了吧，那一排都是公用电话，快快打个电话回家报平安吧！"

松田在提醒大家，其实我早就意识到了，我何曾想过打电话回家？从偷渡上了国际专列到闷罐车厢，到苏联的"大棚集中营"，到"死亡大楼"……已经快半年失去与家人的联系了。我压根儿就没想过能活着回来，与家人的联系成了我最恐惧的事情，那会触痛我内心最脆弱的地方。

"快打吧！也许家里人早就急疯了。"

"说不定你老婆跟人跑了。"

"你老婆才跟人跑了呢！"

大胡子与矮个子的调侃提醒了我，我想到了乐园园。倒不是怕她跑了，而是怕她不知为我担心成什么样了。同时我想到我的父母，会不会为我担心得病倒下去，顿时不寒而栗起来。

"这是一个现实的问题，我们都别害怕，更不应该回避。在苏联时，身不由己，回避是可以理解的，可如今我们都已双脚踏进家门了。"

松田从来就没有把自己当日本人。

"是的，想想半年音讯全无，家里人真会急得发疯了。"我说道。

树欲静而风不止，子欲养而亲不待。我不能接受失去双亲的痛苦，也不能接受因为不孝而留下遗憾。

我颤抖地抓起了电话，那个号码早已深深地刻入我的脑海。从戴着红领巾的时候，我便记住了这个号码。想想那时候的我是多么幸福，每次都是拿起电话问：妈妈，你什么时候回家？妈妈，我饿了，今天家里吃什么？妈妈，我回家了，饭也吃了，作业也写好了……

"喂……"

在自责和诚惶诚恐中，我紧张地等待那头的回应。

"喂，你找谁？"

是母亲的声音，居然就是母亲的声音。我的心几乎要蹦出胸膛！只是我听出了母亲声音中的苍老无力和哀愁。

"妈妈，妈妈，是我，我是马琪啊，我是马琪啊！"

我按捺不住内心的激动，大声叫了起来，同时感觉母亲的喘息声在变大，变得很陌生，像是从上一个世纪发出的声响。我发了疯似的大喊："妈妈，妈妈……"

"不，不，不，你不是我的马琪，我的马琪他早已经死了……"母亲开始惊慌失措，并失声痛哭起来，声音悲怆而低沉，"你别来骗我！你不是我的儿子。"

"妈妈，妈妈，我没有死，我还活着，我没有死啊！"

我依然狂叫着，双眼潮湿起来，一种强烈的内疚和悔恨涌上了心头。母亲那头已泣不成声了，是悲喜交加，还是恨？

"你个不孝的东西，就差要了我们的命了……"

我静静地让母亲发泄，听着她的声音，我觉得我是世界上最幸福的人，仿佛回到了小时候，在挨骂，只是角色换了，这回哭的人是母亲。

通完电话，我悬着的心终于放了下来，只是后悔没有问其他人的情况，没有问乐园园还好不好。

我们四人在伊犁火车站依依惜别。最后走的是松田，他将从上海返回日本。

当列车广播里传来"前方到站镇江站"的声音时，我的心剧烈跳动起来，紧张、兴奋又激动不安。我对着车窗的玻璃，反复照了照，并摸了摸自己的脸，我很担心这半年的变化会让家人看了害怕。因为我的脸上简直是皮包骨头，衣服穿在身上明显宽大了，裤子也是，甚至连袜子、鞋子都嫌大了。

出口处，我一眼看到人群中站着的四个人，他们正朝内张望。那是我的父亲和母亲，大姐马瑶，还有一个扎着两根羊角辫子的小姑娘，那一定是我的女儿马丽。

身穿军大衣的我拖着行李箱飞速地奔向他们。脚上的那双皮鞋早就脱了胶，"啪啦啪啦"的声音今天听起来特别舒服，我再也不用担心这个冬天我会光着脚丫了。

春天里离开，秋天里回来，这是一次"周游列国"的悲伤旅行，我用生命和灵魂挑战了一次命运的极限，像一个死过一回的人又活了回来。

"爸爸妈妈，我回来了！"

我心里在这么喊着，在异国他乡我受尽了屈辱和轻慢，当死亡一次又一次降临之时，对亲人的呼喊成了我口头唯一的奢求和享受。冥冥之中我甚至怀疑，恐怕再也看不见我的亲人了……可如今，亲人就在眼前，就在眼前啊！

"爸爸！妈妈！"

身材高大的父亲身穿旧式中山装，他的头发全白了，干枯稀疏，脸又黑又瘦，背也驼了，唯有眼神在有力地搜寻着远方。站在一旁的母亲，像一个近乎古稀的老人，苍老而坚强地站立着，爬满皱纹的脸像经历了半个世纪的苦难一样。

我已经站在了他们面前，可是他们却视而不见。

"爸爸，妈妈！"我大声地喊着，情绪一下子失控了，因为眼前的亲人形同陌路。

"你是我的马琪吗？你是我的马琪吗？我的天啊……我的儿啊，你怎么变成了这样？"母亲大声叫着，放声大哭。

"儿啊，我的儿啊，你这是从天上掉下来的吗？怎么我都认不出来了？"

父亲上前一下子把我抱得紧紧的，我全身的热血立即沸腾起来，这个拥抱仿佛拉我回到了童年。无限的深情和疼爱，又是那样的厚重和温暖。我猛然感觉到父亲的身体在颤抖，父亲的哭泣像是从远古的森林中发出，似乎没有声音，似乎又有如火山喷发前的预兆。

"哇……"

一声撕心裂肺的呼喊，惊悚了所有在场的人。我不相信这是父亲的哭声，我有生以来第一次听到。老泪纵横的父亲，像一个孩子见到久别重逢的家人一样激动。

母亲走上前来，把我们抱住，站在旁边的马瑶也哭了，把马丽抱在了手上。马丽失神地呼喊，惊慌地哭叫着："爷爷、奶奶、姑姑……爷爷、奶奶、姑姑……"

我挣脱了他们的拥抱，猛地双膝跪地："爸爸妈妈，儿子不孝！儿子对不起你们！"

我这一下跪，让父亲母亲更加动容，号啕痛哭引来了一群围观的人，个个在好奇眼前的这一幕。

"马琪啊，我的儿啊，我以为我们阴阳相隔了，以为我这辈子永远见不到我的儿了！你这个不孝的东西，怎能杳无音讯？你怎能一走了之？你怎能忍心丢下这一大家子？"

母亲停止了哭声，开始数落我，并顺势坐到地上，一把捧起了我的脸，仔细地端详，含着眼泪的她又哭诉起来：

"儿啊，是我的儿子！你怎么瘦成了这样，都皮包骨头了，你可知道？你让人怎么去相认？我的儿啊，你这是吃了多大的苦，受了多大的罪，才变成了这样？"

"快起来吧，大家都起来吧！都别再哭了，马琪既然已经回来了，该高兴才是。这是我们家的喜事！爸爸，妈妈，你们都已经一把年纪的人了，别再伤心了！"马瑶放下马丽，上前拉起坐在地上的母亲，又努力拉起下跪的我，同时又劝起了父亲，"爸爸，别哭了，该高兴，今天是我们家的大喜日子，该高兴才是！"

"来，小丽啊，快来叫爸爸！"马瑶让马丽见过我，同时对我说道，"还不快认女儿！你再不回家，她可不要你了。"

我这才转身来看马丽，擦干眼泪，一把抱起了马丽。

"马丽，我的女儿，你都长这么大了，快叫爸爸！"

抱在我的手上，我感觉马丽比半年前大了很多，沉沉的，沉得让我心里无比踏实。

"爸爸，爸爸，爸爸！"马丽的声音由弱变强，表情在变化着，我看见了她的大眼睛里有闪动的泪花。

"真的是爸爸，爷爷，奶奶，爸爸他没有死，爸爸他没有死啊……哈哈哈……"

马丽的笑声让父亲和母亲都跟着笑了起来，孩子已经懂事了，她一定以为我早就死了，我用手帮她擦拭着眼泪。

"妈，乐园园呢？"我早就想问了。

"乐园园她现在何处？"我止不住又问了一遍。

"回家再告诉你，我们回家再说。"

母亲的回避让我一下子陷入了深深的不安之中，我焦急紧张地追问着……其实此时另一个女人我也并没有忘记，我知道她一定活得好好的，每时每刻有我的那颗肾陪着。而乐园园却是孤苦伶仃的一个人。

"为什么要回家才能告诉我？妈，我现在就想知道。"

越是这样，我就越想知道。她是一个对我来说比什么都重要的女人。

"乐园园嫁人了！"

母亲平静地说道，声音很轻，对我却如晴天霹雳。我惊呆了，因为我不相信，不相信我的女人嫁人了。我摇着头喊道："妈，你说什么？请你再说一遍！怎么可能呢？怎么可能呢？你别骗我，你一定是搞错了！园园是愿意为我而死的人，她不会这么快就嫁人的。"

从镇江去扬州的汽渡船上，看着滚滚而流的江水，我万念俱灰，泪如泉涌。

"马琪啊！这样也好，我们马家再也不欠乐园园的债了，还她自由，否则这辈子我们全家都不会安宁。"母亲安慰着我，不忍心看到久别重逢的儿子再流泪。

"小乐走时，丢下了房子的钥匙和房产证，是哭着走的，她没带走一分钱。她的瘸子父亲来接的她，她确实是个好姑娘！"父亲叹着气摇头。

"爸爸妈妈，我不相信，最起码她要等到我回来啊！她怎么会不等我了呢？"

我重复着心中的疑问，几乎要崩溃了。

"千万别怪乐园园，马琪。在你离家的第三个月，因为杳无音讯，我们都当你不在了。妈哭死过去多次，家里已经帮你建了灵堂，供了牌位，乐园园几乎天天以泪洗面。你知道吗？我和她一起去满洲里找你两次，连扬服和友谊的戴、杨二位科长都不能确定你究竟去了何处。我们回来后，她家里催得紧，她才死了心，丢下了房子钥匙和房产证，跟着她父亲回了家……"

马瑶慢慢地讲述着，江面上的风很大，吹得人心烦。我感觉我已失去了一切，没有了乐园园，我活着还有什么意思？

见到我的时候，李兰英吓得朝后倒退了几步，才半年不见，一定是我的样子吓坏了她。也只几秒钟的工夫，她便缓过神来，上前一把抱住我。我没有拒绝她，也来不及拒绝她，因为我满脑子仍在想着乐园园的事情。

只是没有想到，李兰英抱着我突然哭了起来，嘴里不停地说着："你为什么才回家？你到哪里去了？你为什么连个电话也不打一个，你怎能忍心丢下我们不管呢？"

我发现她的每一问我都没法用一两句话来回答。我定睛看了看她，她虽没怎么瘦，可人却显老多了。我突然有点可怜她，顺手轻轻拍打起她的后背，无奈而又麻木地说着："好了，没事了，我回来了！"

我心里却又想到了乐园园，泪水竟止不住地往下直流，李兰英看到后，低头哭得更凶了。

我回来的消息传得很快，满大街的人都知道了，马家的儿子去苏联并没有死掉，又回来了。可是人人见了我都吓了一跳，像见了鬼一样。我干脆上秤一称，这下连我自己都吓坏了，与当初去满洲里的时候相比整整瘦了三十斤。

"咱留得青山在，不怕没柴烧。"

父亲总在拿这句话安慰我，其实也在安慰他自己。

"平平安安就是福，儿子，我只要你好好的，健健康康地过日子就行了。"

母亲似乎想得更多，快六十岁的她居然主动要求上起了夜班，我知道她是想多挣点夜班费。

最先来看我的人是小六子。小六子匆匆地来又匆匆地走，一见面就给了我一个拥抱，并没有说几句话，含着泪说的第一句话便是："马哥辛苦了，先好好养养，我们再从长计议。"

我也异常激动。这个男人与我的命运息息相关，我看到他脸上的表情比我的还复杂。

"马哥，我们改天再叙！你要好好养起来。"

"马厂长，真没想到你就真的敢去了苏联。"

接着来看我的是杨、戴二人。

杨科长头上的伤疤早就痊愈，只是让人感觉多了一个"疙瘩"，他也早已忘记为缝这个创口还差我八块钱的事情了。

"是的，我也没有想到。"

他们的话一下子勾起了我的回忆。

"对了，温州王后来也与你一块回来了吧？"戴科长急切地问。

"他，他跳楼死了！"我平静地说着，似乎与我早已无关。

"啊，什么？真的吗？"杨、戴二人同时叫了起来。

接下来是很长时间的沉默，父亲正好走了进来，用眼神示意他们离开。

我看见杨、戴二人交换了眼神后便想离开，也没有留他们。临走时我们三人拥抱在一起很久，毕竟患难与共过，这是别人无法体会的一种情义。

他们走了我才知道，父亲规定所有来看我的人，一不许提债务，二不许提苏联。这让来的人很尴尬，每一个来的人都不知道该说什么，个个让我多吃饭，快点长肉。我知道父亲的用心良苦，其实我的内心早已不再脆弱，只是一直想着乐园园和下一步还债的事情。

回来的半个月，父亲、母亲不让我出门，母亲每天变着花样为我加强营养，父亲每天在家陪着我。一不谈债务的事，二不谈苏联追债的事，父亲的口头禅永远还是那句话："留得青山在，不怕没柴烧。"

我常常从梦中惊醒，耳边回响着"哐当哐当"身体坠落的声音，有好几次梦中双手拽着温州王的的确良裤腿，拽得浑身几乎没了力气，想喘口气都没有喘成。手一滑，温州王似断了线的风筝飘向大地……

"不，不，不……"

叫喊着醒来的时候，李兰英常常早已坐在床头，注视着我。这个时候，欲哭无泪的我会闭上眼睛，不让她知道我其实是醒着到天亮的。

这个梦做了好几次后，我感觉我一定忘了一件大事，所以温州王才会托梦提醒我。有一天半夜翻出温州王的遗书，我提醒自己，该找个时间去一下温州。

李兰英早已习惯了我的冷漠，名存实亡的夫妻之情一定让李兰英痛苦过，可如今她对我却一点儿也恨不起来。我想，她体内的那颗肾脏时刻提醒她，她的命是我给的，她便心静如水了。这似乎是残忍的，可我却无可奈何。我无法再给予她什么，我成了一个可怜而又可恨的人。

我无法想象，更无法接受没有乐园园的日子，终于再也熬不住了，我决定去找乐园园，否则我会死掉。

一天正午，我敲开了乐园园家的大门。门开了，是乐园园的瘸子父亲，我虽有思想准备，却仍有些心虚。

"乐叔，你好！是我……"看到她父亲，我鼓足了勇气喊道。

"啊！你是马镇长吗？你究竟是人还是鬼啊？你是如何变成这骨瘦如柴的模样了呢？你为何一走了之杳无音讯呢？他们都说你死了，告诉我，你究竟是人还是鬼？"他盯着我看了半天，深深地叹了一口气。

"你走吧！我们家园园上个月结婚了，她不能再等你了，她去了青岛。"

"不，乐叔，告诉我园园现在何处？"

我仍在求着乐园园的父亲，明明知道他刚刚说乐园园在青岛，我却不愿意相信。

"你回吧！你们的事情我全知道，只是我顾及你当初救我一命，不想与你计较。园园喜欢你，可是，她等来的是一场空，什么也没有啊。你差点儿毁了她的一生！"

乐园园父亲的话让我几乎无法站稳。

"她把房子还给了你妈妈，因为你们家要用房子替你还债，这是她唯一能做的。她以为你死了，她也想去死。她去内蒙古找过你，她答应过我，找不到你就嫁人。她没有找到你，回来后哭得死去活来，我那女婿整整陪了她两个月，最后他们结了婚。你走吧！"乐园园的父亲边说边擦着眼泪。

"不，乐叔。不，乐叔，告诉我这一切都不是真的，都是你骗我的……"我终于哭出了声音。

"唉！马镇长，我知道你人并不坏，可是，你如果是真的为园园好，你就放手吧！园园她怀孕了……"

乐园园父亲的话让我彻底地瘫坐在了地上，心如刀割。

二

　　我失魂落魄地从宝应赶回扬州时，天已经黑了。白天与黑夜在我的心中已没有了区别，那曾经高挂在我心中的太阳，经历过无数次的辗转与磨难都没有落下过，如今却坠入深渊，天地间只剩下一片昏暗。

　　家里没有一个人问我这一天去了哪里，我跌跌撞撞进了家门，没吃一口饭，倒头便睡，这一觉睡到了第二天中午。

　　"马琪，起来吧，你妈妈今天做了几样菜，晚上与我小酌几杯吧！"父亲走进房间，坐在我的床头。

　　我猛地坐起身来："爸爸，对不起，我咋一觉睡到了现在？"

　　我其实早就醒了，就是不想起来。我倒是真希望这一觉睡死过去算了，活着还有什么劲？可是，人不是想死就能死的，死了也不能让乐园园重做我的女人。再说，我还有很多的事情要做，我不能垮下来。乐园园已经是别人的女人了，这是改变不了的事实，我该祝福她才是。儿女情长会误了我的大事，我如此颓废下去，乐园园知道了也会瞧不起我的。

　　"爸爸知道你早就醒了，你心里难受，不想起来也好，就想让你一个人好好静一静。你的心思我懂，男人嘛，更何况你是我儿子。"

　　父亲用手抚摸我的头发，尽量不让我的头发向前遮盖我的额头。他大概喜欢在自己的额头上做这个动作，以为我也喜欢。但我并没有拒绝他，世界上除了父亲，还有谁会如此疼我爱我懂我呢？他又站起身来，弯下腰说："我们马琪早就长大了，早就不是孩子了，对吧？"

父亲的目光是疼爱的，也是坚定的，我知道在他眼里我一直就是一个小孩子，我其实愿意一辈子做一个小孩子，做一个父亲的小孩子。看着他满脸的皱纹，我不禁心痛起来："对不起，爸爸，你就骂我吧。"

"爸爸不怪你，跟爸爸不说这样的话，我养的儿子，我最懂。好了，别装模作样了，你还是起来吧！"父亲说完便拿了衣服让我穿起来。

"是，爸爸，我起来！"

"我们今后好好过，你的命就当是捡来的，我呢，也白得了一个儿子。我们都赚了，其他的一切都不重要。"

我理解父亲的话，我同样知道我已没有理由再抱怨什么了，我起身穿上衣服跟着父亲走进了客厅。

"马琪啊，今晚就我们父子俩好好聊聊，边喝边聊！"

母亲正在厨房做饭，看见我起床了，喜出望外。

"马琪啊，好点没有，肚子饿了吧？"

我一听母亲的话，鼻子又一酸，眼泪滚了下来。

"妈，我早就饿了。"

父亲起身去了房间。

"好，我们今天就来两杯吧！"我答应了父亲。我并不好酒，可也不拒绝喝酒。

"你这次能从苏联平平安安回来实乃大幸，这么多天，爸爸从来没有问过你，是不想让你回忆那些事情。现在，你应该可以告诉爸爸了，我也很想知道，这半年究竟发生了什么？"

父亲敞开了心扉，我的心情却沉重起来。在他的面前，我思绪的闸门一下子打开了，我告诉了父亲在那里发生的一切。

听完我的故事，父亲早已泣不成声，母亲也是。

父亲沉默半天说："儿子，这种经历太可怕了，你遭了大罪了，我当老子的从内心佩服你，我不如你。真的无法想象你是怎么过来的。能活着回来的人都是了不起的人，也证明了你这一路的选择是正确的，爸爸谢谢你，也为你感到骄傲。"

我知道父亲所指的选择应该是我没有选择跳楼，父亲谢谢我是因为我活着回来了，让他继续成为有儿子的父亲。

　　父亲从房间里拿出一瓶泸州老窖和一个笔记本。

　　"来吧马琪，过去的已经过去了，不要再想，不要再懊悔什么，也不要再去追究谁的责任，刘煜的钱我们肯定拿不到了，就认倒霉吧！需要解决的是眼下的一些重要事情，有些事情还需要理理头绪，头绪理顺了，我们再从长计议！"

　　父亲说得对，我不能再这样下去了，眼下这还债之事才是大事。

　　"是，你说得不错。"

　　"马琪啊，爸爸还有话要与你说，这同样也是你妈的意思。昨天你一个人出了门，我们猜到你一定去了宝应，这样也好，让你彻底看明白了，你才会甘心。小乐是个好姑娘，原先我对她还有误解，事实证明你没有看走眼，她一不贪财二不贪名，愿意死心塌地跟着你。这么单纯的姑娘到哪里去找！要不是以为你死了，她会一直等你的。她去满洲里找了你两次，花光了她所有的钱……她一无所有，伤心到了极点……唉，虽然这一切对你是个不小的打击，可现实便是她如今已经出嫁了，做了别人的老婆……"

　　父亲一直盯着我，小心翼翼地观察着我的情绪变化。

　　"我明白，我清楚！"

　　听着父亲的话，我的眼泪夺眶而出。即便刚刚我讲在苏联的事的时候，也没流一滴眼泪。

　　"小乐对你确实不错，人家对得起我们马家，走时留下了房子，什么也没拿。你也不要责怪她，要祝福她有了好的归宿！"

　　父亲其实说得很对，只是我心里无法一下子放下她。

　　"马琪啊，这么多天我只字不提债务的事情，可是必须要提。你在苏联的时候，我们已经把原来厂里的机器设备和一些存货全部处理了，并把钱还了一些个人。我把那套"二十四史"又卖了，得了九万元。还有乐园园的那套房子也卖了。这样算下来还差一百一十万元，差的都是公家的，毛纺厂和针织厂的原材料的钱。"

父亲用颤抖的双手翻开手中的笔记本，那双手满满的都是皱纹。

"你再细细看一看，每笔账我都记得清清楚楚。"

看着父亲的双手我百感交集。

"爸爸，你辛苦了！都是为我，你才这么操心。债是一定要还的，我既然在苏联没有跳楼，为的就是活着回来，把债还上。"

我边擦眼泪边说着，很久不让自己想债的事了，一想到一百多万元的债，我的腿都发软，我到哪里去赚这些钱？

"第一步，你得去一下欠债的毛纺厂和针织厂，好好跟他们把情况说清楚，把困难讲明白，求得他们的同情和谅解。"

"是，爸爸！"

"做人要凭良心，欠债还钱天经地义，否则会遭报应的。再过几天，你姐姐她们会回来。你日本的堂妹马珏，也会回来。我分别给她们写了信。我想开一次家庭会议，先让家里人想想办法，就我们家目前的状况，下一步该怎么样才能把债还上？"

父亲是动了脑筋了，我知道家里也没有积蓄了，这个一百多万元的空该如何来填？这恐怕不是家里的姐妹们能够帮上忙的事情。

父亲居然连堂妹都考虑到了，这日本的堂妹是我叔叔的女儿，从小在我家长大，后来去了南京读中学，再后来在上大学期间认识了她现在的丈夫，一个日本人，大学一毕业便结婚随丈夫去了日本，做着一些买卖。

说实话，这些天我想逃避，我已经没有勇气去面对债务了。可是父亲的话让我一下子振作起来，似黑暗中的一盏灯，让我看清了前进的方向。也许真的是车到山前必有路了。

小六子第二次来看我的时候带上了几个儿时的伙伴，都是那些曾经跟在我后面"行军打仗"的大院孩子。我知道他是在让我重拾自信，重振雄风。而且他让这些伙伴陆续地约我喝酒，说是给我压压惊。只是谁也说不出我究竟受了多少的惊吓，似乎人人都认为我是死过一回的人。

戴、杨二人第二次来看我的时候已经不再遮遮掩掩地说话了。看到我似乎活过来了，他们俩很想听我讲故事，却又不好意思开口。

"马，你大难不死，必有后福。你真的是走了一趟鬼门关啊！"

"上次你父亲规定我们不许过问你的事，怕刺激你。"

"都已经过去了，我已不再忌讳，但我永远也不会忘记……"

听完我的故事后，杨、戴二人惊魂未定，两人坐在我的身旁盯着我看了半天。

"这也太可怕了！"

"你真不简单！"

"我总算明白，生与死都不是件容易的事情。"这句话是我说的。

"你现在安下心来别急，即使没有办法也是暂时的，一切都会好起来的。"

杨额头上的头发长长了，似乎是有意遮挡那个疤痕。相信只要风一吹，或者头一动，那个疤就会显露出来。我盯着看了又看，想到那一夜发生的事情，不觉笑了起来。这是我回来后第一次想笑，可见得人活着是一件多么有趣而美好的事情。

杨走的时候，突然悄悄地对我说："我还差你八块钱，下回一定还你。"

我听了又笑了。

果然没过几天，堂妹马珏从日本回来了，虽然从小很熟悉很了解，但毕竟嫁到日本已经快八年了，外表、气质完全是日本的味道，但性格和脾气却没变。知道了我的事情后，她很认真地说："哥，跟我去日本吧！只要你肯吃苦，只要你想干，我保证你不到五年就能赚回一百万元。"

"真的？"

"当然是真的，日本你没去过，去了便知道我说的是真的了。"

马珏的话让我心动了，似乎在黑暗中一下子看到了曙光。同时又感到有点内疚，当初"发财"的时候，没有与马珏多联系，一点好处也没让她沾上，如今落了难才想到求她帮忙。要不是自己的堂妹，准会被人以为我是个势利的人。

"马珏，此话当真？"父亲急切地问道。我看见父亲边说边忙着找香烟，那拿烟的手在发抖。这是他的习惯，遇到大事的时候，父亲总习惯找支烟点起来，似乎燃烧的香烟能让他更加冷静地拿主意。

"当真，大伯！在日本打工赚钱太容易了，中国有很多留学生在那里打工赚钱，他们有人甚至宁可不要文凭，只想着赚钱。之前我没跟你们讲，是因为你们没有问过我，我也不好说出来。"马珏回了父亲的话，又朝我说道，"哥，跟我走，保证你不会后悔的。你大把赚钱时，就会知道我说的都是真的！"

我、父亲、母亲被马珏这么一说，都心动了。

我算了个账，在国内再怎么去拼命打工挣钱，五年也挣不到多少，除非做生意，要不就是抢银行。还不如信了堂妹的话，就去日本。

父亲、母亲似乎也没有犹豫，这件事很快就决定了。真没想到我又要出国了，都是为了钱。

有一件事我一直放在心上，那就是温州王的遗物和遗书。想到孤儿寡母的凄凉和温州王的纵身一跃，我的心就像针刺一般难受，不了结这桩事情，会永远不得安宁，我似乎每夜都能看到温州王那含冤的眼神。

于是我一个人去了浙江，在温州王的家里，面对着全家老小长时间的号哭，我流下了眼泪。

"你个没良心的，你答应过我要陪我一起到老的。你说过我腿不好，老了做我的拐杖的。你说过娶儿媳妇的时候，你会祝福他们的……你这个骗子，你岂能言而无信呢？"

温州王的老婆手捧遗书先是痛哭，接着边哭边骂，最后是长久地泣不成声。我的心情也很沉重，一个生命消失后留给生者的痛苦是多么的深重。对逝者的痛苦追忆，似乎都在空中悬浮着，僵持着，无法挥去，安宁和平静只有在无尽的等待后。

从温州回来，我的心情异常复杂，满脑子是我与温州王家人会面的情景，怎么也没有想到苏联之行竟会让我直接面临生存与死亡的抉择和考验，对生在和平年代的我来说，这本身就是一种折磨，我变得更加现实起来。

282

决定跟马珏去日本打工后，我内心踏实多了，父亲和母亲也仿佛了却了一桩大心事。去日本打工似乎成了唯一的出路，纵然刀山火海我也必须前往！

"我去日本后，你一定会很辛苦的，既要照顾好小丽，又要顾及我的父母。此次去的目的就是为了挣钱还债，不管吃多大的苦我都会坚持下来的。你要好好保重。你等着，等我赚足了钱，便立刻回来。小丽已上小学，我们都盼望她健康快乐地长大，等我回来了，我一定会把精力全放到她的身上……"

走的前一天晚上，靠着床头，我觉得有必要跟李兰英好好做一次告别。

李兰英清楚我们的关系，即使没有了乐园园，这一切也是无法改变的事实。可是没有想到，今天李兰英主动从床的那头爬了过来。

"马琪，你一定要多保重，全家就指望着你一人了！"李兰英靠近了我，轻声说着。

"好好过，多保重。"

对于爬来的李兰英我并没有拒绝，我一把抱住了她，把她的脸深深地埋在我的胸口前。这个举动让李兰英有些受宠若惊。

"园，你如今在哪里？我又要离开你了，我又要走远了。无论天涯海角我的心都不会改变，我要你过得幸福。你一定不会忘了我，就像我不会忘了你一样……"

我就这样想着，闭着眼睛，内心在痛苦地呻吟着，是一种消沉和寂寞，更是一种无奈和空虚。

"我其实离不开你。"

李兰英突然大胆地抱着我说出了这句话，她并不想哭，可泪水还是忍不住在往下流。夫妻之间好久没有过这样亲密的举动了，而我却丝毫没有半点冲动的想法。她似乎忘了我们之间的障碍，正等着我要了她。

她开始吻我，而且边吻边喊我的名字。我无法被唤起兴趣，似乎有点对不起她。

"我们都要好好活下去！"

这是我对李兰英说的一句真心话。好好活下去，意味深长，因为未来又将扑朔迷离。

　　李兰英停止了一切动作，侧身背对着我，我闻见了她身上的味道，可我今天却没有感到恶心，只是她心里一定难过极了。

　　天气已经完全凉了下来，我半夜里醒来，披上外套又坐在了床边，看着小丽熟睡的脸庞发呆——这是我这些天每天重复的动作。小丽是我生命的延续，也是我的希望和未来。这一别也不知何时再还，再见时不知又是何样？

三

　　我真的就去了日本，跟着我的堂妹马珏。然而日本并不像她所说的遍地都是黄金，面对一个陌生的世界，我茫然不知所措。

　　人生地不熟的，我一句日语都听不懂，好在日语词汇有由古汉字派生出来的汉字组成，看看字样也能猜个八九不离十。我清楚我来日本的唯一目的是打工挣钱，于是像饿狼寻找食物一样寻找机会。

　　这是我来东京的第六天，一连几天没有找到一份工作。天空很高远也很晴朗，走在二丁目的人行道上，看车水马龙，看远方东京电视台红色的铁塔，陌生的街景和高耸入云的大厦让我仿佛置身于虚拟的世界。我感觉这一切并不属于我，我是个流浪的人。随意穿行在东京都的荒川区已经好几天了，我忘记了疲劳和困倦，我的要求并不高，我只想找一份工作。夕阳映照下，有寒风吹了过来，我不禁打了一个冷战。

　　站在东京的桥上，遥望远处的人群，低头看大桥下的河流，我突然羡慕起流水的自由和快乐，想融入其中跟随它们……

　　"算了，干脆一跳了之吧！我还有什么活头？"

　　一个闪念刚刚过去，仅仅一秒钟后，我狠狠地抽了自己一个响亮的耳光。

　　"难道活糊涂了吗？走到如今容易吗？要跳为什么当初不在苏联就跳？生命早就不是我一人的了，我的生命应属于更多需要我的人，人岂能如此轻视自己？大道理小道理我哪条不明白？苏联那样的困境我都挨过来了，我还怕什么？我得做一个坚强的人，一定要好好走下去！"

擦干了眼泪的我慢慢走下桥，风吹着桥，也吹着我。

终于找到第一份工作后，我内心很平静，因为这远不是我的理想。我决定同时上语言学校，语言是生存的工具，它能帮我挣钱，我一定得学好它掌握它，否则我挣不了多少钱。马珏夫妻俩也是这么认为的。

我一心只想挣钱，只想着多挣钱，最多的时候一天打四份工。我舍不得花钱，把挣来的钱全寄回了家，我觉得我快要成为一台疯狂的挣钱机器了。我依然牢记马珏说过的那句话："只要你肯吃苦，只要你想干，我保证你不到五年，能赚回你的一百万元。"

我天天在掰指头算账，虽然挣了不少，可依这个速度，五年根本赚不到一百万元。我问马珏："马珏，告诉我还有什么活儿更能挣钱的？"

"除非你能进一个大公司当个什么高级管理人员。"

仅仅靠我在饭店端碗端盘子，五年是挣不到一百万元的。

我又问："当高管我肯定暂时当不了，就没有更能挣钱的活儿了？"

"有，哥。可如果让你去干那个活儿，说出来怕连大伯也会怪我的！"

"什么活儿？"

"算了，还是不说了。"

"说出来给我听听，什么活儿我都不在乎！"

"好吧，我说。背死尸！"

"啊？什么？背死尸！"

"是的，哥哥！"

"究竟能挣多少钱？"

"说不准，五年一百万元估计没问题。"

我考虑了几天。我想我终究是个唯物主义者，这世上也并没有什么鬼，那都是自己吓自己。只要能挣钱，只要有人干，我为什么不可以干？终于下了决心，我告诉马珏："我干！"

我是经历过风雨的人，死亡在我的眼中早已不那么可怕了，既然能挣钱我不如先干起来再说。

日本人有种偏见，觉得谁背过或抬过尸体，谁这辈子就会倒大霉。所以当地日本人都不愿意干这事，除了只想赚钱的人。因为没人干，所以这背尸工薪资就特别高！

在东京、大阪这些大城市，高楼居民多，如果有人在十八楼去世了，那尸体就要从十八楼背下去，不能坐电梯只能走楼梯。而走楼梯就要经过每一层楼的人家门口，这样下来，背尸的人会在每一层停一下，走到每个户主家门口的时候，户主们都会拿着钱放进背尸人的钱袋子里，然后赶紧把门关上。如果谁家给少了或者没给，背尸工就会停在他家门口歇一会儿，而这样是很不吉利的，所以下楼的时候几乎没有人不给钱。

我终于干上了这活儿，虽然不是天天都有，可有时一天有好几个。那些尸体虽然已经僵硬了，但大多数都是些老人，并不沉。如果不僵硬的话更容易背下来。我一点儿也不害怕，我常常回忆苏联那段非人的生活，那些从高空坠落的尸体形形色色，我又何时惧怕过？相比较，背尸体倒是一件简单而轻松的事情，而且能够给我带来财富。我更不埋怨任何人，这是我自愿的。我很少去看他们的脸，我把他们想象成了黄沙、石子、木板，我只是个搬运工而已。让我感到兴奋的是，多的时候，我一天能挣三十万日元。

父亲母亲打电话问我怎么半年不到就挣了二十万元人民币的，我说："爸爸妈妈，我找了个公司，当上了高管，你们放心吧！"

我让马珏对他们守口如瓶。自从干上这活儿，马珏似乎一直忌讳我进她家门，这让我内心自卑起来。

那天接了两个活儿。第一具死尸是个九十三岁的老太，尸体并不重，僵直了捆得好好的，从十楼背下去，轻飘飘的。要不是背背歇歇，每一层停留等那些住户给我钱，她的家人跟在我后面根本追不上我。

第二具是个年轻的女尸，煤气中毒而亡，尸体已经腐烂好几天了，走到楼梯口就闻见臭味。那天我一到七楼就感到浑身不舒服，屋里站着很多人，个个戴着大口罩，面部表情都很凝重。看见我来了，个个让开了道。我走向女尸，戴上口罩，手心开始出汗，也不知道怎么了，一进大门我心里就发慌。屋里的臭味很浓，像死老鼠腐烂的味道，我讨厌这种臭味。我突然有了一种担心，怕背她时，她的烂肉会一块块掉在地上。

最里面小房间的门开着，我忐忑不安地走了进去。我不相信灵异的事，自己给自己壮着胆子。

卧室的床上静静地躺着一个女人，脸蒙着，全身蒙着，从尸体的外表看，应该是位年轻的女人。我知道她不是老死的，心里更不安宁了。我走近她，屏住呼吸，那是一股恶臭，但我必须忍着。我伸手触碰了一下尸体，鼓起勇气用手握住她的手臂，把她拉到我的背上，那么多人都站在旁边让得远远的，没有一个人上前帮我一把。尸体很臭也很沉。我想起了当年参军时负重行军的练习，有一次负重二百斤，我居然走完十公里的路程，如今背上的女尸顶多一百多斤，我完全有这个能力。我看了一眼手中的钱袋，坚定地迈开了双腿，那些站着的人纷纷往我的钱袋子放钱，看到这个画面，我心里舒服了很多。

下到四楼的时候，我的钱袋子已经装满了，我后悔没带个更大的。然而，没有想到，到了三楼转弯的地方，楼道急匆匆上来一个男人，跟我迎面一撞，我身子一摇晃，连人带尸体竟一起滚了下去……那男子吓得魂不附体，拔腿就跑了。

我当时就慌了，真害怕出现什么诡异的事情。可我并没有忘记去捡钱，我有点鄙视自己，可同时又佩服自己。那女尸正斜斜地躺在楼梯上，我爬起来去背她时发现她的脸已经腐烂，眼睛却睁着，就这么一眨不眨地看着我。我毛骨悚然……

当我走出一楼的楼道时，她的家人早就夹道等我了，个个惊恐地盯着我朝后退，并指着我身后的地面。我回过头才发现刚刚走过的路上全是血迹，血是从我额头上流下来的，我的脸上、身上全是血。我已经麻木了，全然不知脸上的伤痕。可看着手里鼓鼓的钱袋子时，我又觉得我是个英雄……可我并没有高兴起来，我觉得我扮演了一个小丑，一个眼中只有金钱的小丑，我还将继续扮演下去，去完成心中的目标！我的双手和全身弥漫了尸体的恶臭，让我有点想吐……

背尸是白天的活儿，因为不是很累，也不是每天都有活儿，于是我晚上一直在中国餐馆端盘子，至少可以管我一顿晚饭。老板还常常送我猪内脏和烤鸭架子，日本人似乎不习惯吃这些。很庆幸那天没有从饭田桥上跳下去，我依然活着。

"嗨，请问你是来自中国的吗？"

一天夜里，我听到一句地道的日文，声音来自最左边的客人，刚刚我才端去一碗红烧牛肉面。我并没有完全听懂这句话，但是对这声音充满了熟悉感，我停下了脚步，忍不住忆起心灵深处的另一些东西，那里有许多与生死相关的故事。紧接着从同样的位置又传来同样的声音，不过这回是中国话："你好，请问你是中国人吗？"

这句话的末尾拖音，一下子让我回过神来。就是走到天涯海角，就是走到世界的末日，就是把这声音烧成灰烬，我都能知道这是谁的声音。

我转过身子，向左边的角落望去，看见了那里坐着的男人，那个男人正惊喜万分地朝我笑着，眼睛里却噙着泪花。我也是泪眼模糊。真是人生何处不相逢啊！曾经半年的生死相依，一次又一次共同面对生与死的考验，甚至为了对方而置自己生命于不顾……做梦也没有想到，分手半年不到，居然在日本东京的一个饭馆里相见了。

"松田！"

"马！"

我与松田热烈地相拥在一起，四目相对，破涕为笑。

"马啊，真的是你呀！刚刚我听见你说日语，简直不相信自己的眼睛，以为是在做梦，这世界上难道会有一模一样的人？我不相信我会看错，你就是化成灰我都能认出，所以我大胆地喊出了声。"松田激动得语无伦次。

"松田，你一出声我就知道是你，可怎么也没有想到真的是你！"

我与松田相拥着不愿分开，兴奋得不能自已。

"马，那边来客人了！"老板娘的声音从吧台上传了过来。

"你去忙，我等你忙完！去吧！"松田兴奋地向我招手，他的目光温暖着我。

他绝对没有想到，一个中国的商人，竟在不到一年的时间里，来到日本东京的脚下，端着盘子。松田似乎非常同情我，我能感觉到。虽然他也破产了，可回国后日本政府却补助了他一些，加上他父亲的家族拿出不少钱偿还了部分债务，他才总算把债务减少到了最低的限度，工厂很快又复活了。

松田说，看见我，他眼前就浮现出在苏联的那个傍晚，当约翰·克罗夫斯基说只能带走两个人的时候，我宁可选择自己留下，也要把生的希望留给松田和温州王的场面。

他说的时候有些哽咽，我也在流泪。

同时我又心花怒放，没有想到能够在这里遇上松田。新疆伊犁一别至今已快八个月了，来日本后不是没有想到过松田，可是当初分手时匆忙，忘了互留联系方式，如此重大的失误让我后悔了很久。

"辛苦了！马。"

松田再次拥抱我。

"早就该联系你了，可我们当初忘了留下电话号码。"

我知道这是个重大失误。

"是的，回来后我就后悔，每次想到你我就后悔。我也正准备去中国一趟，想去扬州找你。"松田脸上露出了笑容。

"真是太好了，真是太好了！没有想到能够遇见你。"想到来日本后的艰辛，我又开始流泪。

"马，我与你有缘分，这一定是天注定的。"松田抓紧了我的手。

"天大的缘分！"我说道。

"告诉我你是怎么到日本的？"他一定想知道我是怎么来的。

"我堂妹嫁到日本，她让我来日本打工挣钱还债！"我连忙解释道。

"真的很了不起，靠打工挣钱还债！可长期这样紧张地劳动，你会吃不消的。"松田有点可怜我。

"与在苏联的日子相比，不知要幸福多少倍呢！可怜的王……"

"是，那个时候，我们仨相依为命，你去浙江温州了吧？"看得出松田仍把温州王放在心上。

"去了，见了他的老婆和孩子，送还了遗书和遗物，可怜他客死他乡，连尸骨也无法安葬……唉！王兄真傻，也许活到现在，说不定他也来了日本了……”我想起了去浙江温州时的情景。

提起了温州王，两人顿时沉默起来，是对温州王的追忆和惋惜，那些不远的记忆一直飘浮在空中，充满了痛苦、恐惧、悲伤和无奈。

“跟我干吧，到我这里来！我正缺个助手。你也不用打几份工，我一年给你三十万元人民币……”松田突然抓住了我的双手，很认真地说道。

我一直没有告诉松田我白天干过什么工作，怕他会嫌弃我，瞧不起我。在这世上，松田是我唯一生死之交的朋友，值得我信任依托，于是我毫不犹豫地答应了他。

“好，我听你的！”

真的没有想到，苏联的死亡之旅反而成就了我，遇见松田是我一生的财富。

松田的水晶艺术品公司是全日本最大的水晶工艺品进出口贸易公司。在松田的产品陈列室，我被眼前的一切震惊了。各种艺术制品晶莹剔透，琳琅满目，瞬间让我有了神奇的感觉和想法。

“这些是玻璃做的？”我觉得手上的东西很沉。

“这些不是玻璃，是水晶！是人造水晶，人造水晶是含氧化铅的玻璃，氧化铅的成分越高，折射率和硬度越高，成品就越显得纯净晶莹，同时越难以切割，制成品也就越稀有。”松田耐心地解释着。

“真的太美了，你一直是做这个的吗？如今销往哪些国家？”我突然对水晶很感兴趣。

“在大学期间我学的就是化学，干这个行业时间也不短了，除了俄罗斯，还有欧美一些国家，目前销售前景都很好！”松田兴奋地告诉我，眼里充满了自豪。

“我就跟你干！”

我发自内心地愿意，有了一种重获新生的感觉，心中甚至萌生了希望和梦想。

就这样，我一干便是四年，熟悉了水晶制作的所有工艺流程和销售渠道。这期间，我没有回国一次。父亲、母亲年纪大了，身体并不太好，电话里说了好几次要我回去。在第五年快要结束的时候，我决定回国。我悄悄地算了一下，除了偿还所有的债务，我手上已有近一百万元的存款了。

"松田，回去后，我也想做你这个，你可得帮我！"临走时我对松田提出了这个要求。

"马，别人不可以，全世界就你可以，你不说我也会让你干这个。玻璃做成水晶制品是当今国际上最流行的时尚元素，市场行情好，会让你赚钱的。"松田不假思索就答应了，字字都是认真的。

我很感动，这个曾经与我生死相依的松田，本身就是一件值得收藏的珍品，我感觉自己是一个富有的人。

"你是我唯一愿意无条件帮的人，在这个世界上！"松田的眼睛有点潮湿。

是的，苏联的日子仿佛又重现在我们眼前，在那些沾满了鲜血、充满了死亡恐惧的时光里，松田与我在不离不弃中早已形成了一种无法割舍的默契。生命的意义在那种时日的流逝中更显从容与淡定，彼此间只有简单与真诚，没有任何世俗的渴求……

"我给你一份资料，是我曾经研究过的课题，你回国后可以申报专利，也许能帮上你大忙。今后只要有事，尽管打来电话。我永远在这里等待你的呼叫，我相信我们还会再见面的！"松田的离别赠言让我感动终生。

回国后我决定东山再起，小六子帮我重新租了厂房，我聘请了一名扬州大学的化学教授做顾问，松田多次来中国帮我，销售渠道都是他的，我也终于上了路子。

尾　声

"那么，老马，后来你就再也没见着乐园园吗？"我听完故事，感到意犹未尽，心中很多的疑问。

"我回国后才知道，在我去日本的第二个月，乐园园与她丈夫一起出了车祸，她丈夫去世了，她腹中的胎儿也夭折了……"老马平静地讲述着。

"啊，这实在太惨了。可是，那不正好吗？你可以有机会了。"我心中同情起了乐园园。

"她一直没有嫁人，我回国后才知道这一切，却并没有去找她！"

老马第一次这么看着我，他其实在等我问他下一句。

"为什么不去找她？"我当然要问。

"因为我心里很乱，我给不了她幸福，我是一个懦弱无能的人，只会给她带来更大的痛苦。"

老马显然是个内心慈悲的人。

"这太遗憾了。"我说道。

"李兰英也变得温顺柔和起来，这么多年我不在家，她为我女儿吃了不少的苦。可我一回来，她就提出跟我离婚，她知道我的债还清了，更多的是因为知道了乐园园的消息。可我不忍心做一个不仁不义的人，我把对乐园园的爱一直埋在心里，直到我的女儿马丽上大学。"

老马提起李兰英时，似乎充满了内疚和不安，更多的是感激。

"'爸爸，你跟妈妈离婚吧！'有一天马丽对我说，她已经长大了，早就知道了我们的事。她妈妈也彻底想开了，放手才是真的爱我，才是对我最大的回报。从前是为了她，如今我该为我自己好好打算打算了！我的女儿真的长大了，我没有想到，马丽会劝我与她妈妈离婚。"老马像是在自言自语。

"'马丽，算了，爸爸已经老了，不谈这些事情了……'我对女儿这么说。我觉得去日本的这五年，我对性已陌生，早就失去了兴趣，我担心自己是一个无用的人了。还提离婚干什么？可女儿却告诉我：'爸爸，我找过乐阿姨了。这么多年，乐阿姨一直在等你，我今天告诉了她你们要离婚的事情，她一直在问我：你爸爸怎么说的？你爸爸是怎么说的？'我一听赶紧问马丽，是否真的愿意妈妈与爸爸离婚。她说，她相信我们离了婚会过得更幸福！"老马接着说道。

"后来居然是李兰英帮我找来了乐园园，十三年没有看见乐园园，看见她的第一眼，我觉得一切都回到了从前……"

老马的眼中似乎含着泪花。

"李兰英做到这点真的不简单！"我突然感觉到李兰英的不易和可贵。

"唉，是啊。就在这时，李兰英又倒下了，面临第二次换肾。可这一次，她没有那么幸运。临死的时候，她告诉我，她婚前的男人不是别人，是张局长……"

沉默了半天，我理解老马内心的复杂和痛苦。

"小六子因为经济问题被判了五年。在他坐牢的第二年，他父亲去世了。出来后，我让他来了我的企业。"老马提到了小六子，这样的结局似乎对小六子也是公平的。

"苏联方面有没有给一个说法？那刘煜后来究竟有消息吗？"这是个重要的问题，我心中一直想知道。

"苏联方面做了赔偿，全给了刘煜，可刘煜因为吸毒，败光了……据说，他死在了苏联。他死得很惨，但是死有余辜！"老马淡然地说着，从他的眼中几乎看不见仇恨了。

"那松田当年给你的专利你后来申报没有？"我突然想起这件事，也很感兴趣。

"哈哈，申报成功了，并且成功地应用到上海东方明珠的防弹玻璃上，当年拿了二百万元，我分了一半给松田。松田来中国与我一起去了浙江温州，我们一人拿出二十万元给了温州王的老婆，他老婆早就瘫痪了……如今那两个孩子都大学毕业成家了，温州王也该安息了。"

老马手上点燃了一根香烟，脸上掠过一丝遗憾，还有一丝欣慰。

"乐园园现在何处？"我真想看看整个故事的女主角。

"呵呵，我明天的飞机去吉尔吉斯斯坦，乐园园早就在那儿等我了，我与松田合伙准备在吉尔吉斯斯坦开采一个煤矿，她先行了一步。等忙过这一阵，我带她来见你，她也正需要找你看牙呢。"老马笑着说道，那飞扬的神采告诉我他是个幸福的人。

有人说人生如梦，梦破梦圆；有人说人生如歌，歌抑歌扬。风吹的日子里可以看到落叶的飘零，雪飞的时节可以遮挡角落的伤悲，心中的春天总在不经意间错过了一年又一年。当繁华落尽的时候，那些曾经的梦想和追求都在这尘世的浮华中化作了天边的一道彩虹，闪亮登场。

已经是晚春季节。喧闹了一天的扬州东关街，人影稀疏，格外宁静。我似乎看见一个身穿旗袍的女人挽着老马的臂膀，款款行走在闪烁的霓虹灯下，并肩的身影在条状大理石铺就的古街道上拖得很长很长……

有一条路在延伸着，光明就在前方，那些苦难和不幸都消失了，人们走在路上……

（完）